빵 좋아하는 악당들의 행성

곽재식 소설집

빵 좋아하는 악당들의 행성

비채

차례

빵 좋아하는
악당들의 행성

행성을 뒤덮은 다른 생물체들에 기생해서 사는 초소형 생명체

최근 인기 끌고 있는 이상한 습성에 대해서는 학계에서 의견 분분

요즘 은하계에서 한창 관심을 많이 받는 별로는 단연 태양을 꼽을 수 있다. 이 별이 이렇게 인기가 많은 것은 이 태양에 딸린 세 번째 행성에 서식하는 생명체들의 활동에 대한 관심이 젊은 층 사이 유행이 되어 번지고 있기 때문이다. 특히 이 행성에 사는 미생물인 '사람'이라는 생물에 대한 관심은 뜨겁다고 해야 할 정도다.

태양 제3 행성에서 대다수를 차지하는 주류 생물은 식물과 세균이다. 사람은 그 식물과 세균에 기생해서 살아가고 있는 미생물의 일종이다.

사람의 크기는 대체로 1미터에서 2미터 사이로 단연 미세한 수준이라고 할 수 있다. 어린 개체의 경우에는 심지어 1미터 이하인 극히 작은 것도 있다. 이들은 이 행성에 사는 녹색 식물과 광합성 세균이 뿜어내는 산소를 소모하면서 생존해나가고 있다. 이들은 쉴 새 없이 계속해서 산소를 소모하지 않으면 아예 최소한의 생명 활동 자체가 불가능하다. 사람은 매우 의존적인 기생 생활을 하는 셈이다. 식물과 세균이 뿜어놓은 산소가 없는 우주 공간에 사람을 갖다 놓으면 잠시도 살지 못할 정도다.

또한 사람은 식물의 몸을 에너지의 원천으로 삼고 있다. 그래서 사람은 의사소통에 사용하는 기관인 입이라는 몸에 난 구멍을 이용해서 다른 식물의 몸체를 빨아들이는 등의 방식으로 에너지를 얻는다. (편집자님께: 편집자님, 지난번 기사 원고에서는 모든 장면의 자료 사진을 다 실어주셨던데, 이런 징그러운 모습은 굳이 사진을 게재해주실 필요는 없다고 생각합니다. 그냥 생략해도 됩니다. 정 표현해야 한다면 생략해서 간단하게 표현한 모식도 같은 것만 실어도 충분합니다.)

특히 사람들은 몇몇 식물의 씨앗을 갉아 먹는 것을 굉장히 좋아하는데, 광물을 이용해 만든 원시적인 기계로 특정한 식물 씨앗의 껍질을 까서 하얀 속만 뽑아낸 것을 가득 모아서 뜨거운 물과 증기를 이용해 가공해서 만든 상태를 '밥'이라고 부른다. 사람들이 얼마나 밥을 중요하게 여기는지, 사람들 사이에서 이 '밥'이라는 것은 상당히 깊은 의미를 지닌 표현으로도 흔히 사용된다. 예를 들어, '오늘 밥 뭐 먹지?' '밥값은 해야지' '밥만 축낸다' '밥 먹고 트위터만 했냐' 등의 관용어 구들이 언어에 자리 잡고 있을 정도다.

에너지 흡수 방법이라고는 의사소통 기관을 이용해 억지로 다른 생물의 몸을 빨아들이는 것밖에 없다는 점에서 이 생물이 살아갈 수 있는 수단이 몹시 부족하고 부실하다는 느낌이 들 것이다. 실제로도 그렇다.

이 생물은 물이 고체로 변하는 정도의 온도에서도 버티지 못해서 냉기로부터 몸을 보호하기 위해 식물의 몸체를 몸에 두르고 있어야 하며, 반대로 물이 기체로 변하는 온도보다도 훨씬 더 낮은 온도에서도 버티기 어려워한다. 몸에 1센티미터 지름 정도의 작은 구멍만 생겨도 생명을 유지할 수 없어서, 그런 일이 발생하면 그 구멍을 통해 몸속의 붉은 액체가 흘러나오다가 몸이 망가지게 된다. 심지어 사람이라는 생물은 외부에서 특별한 충격을 가하지 않아도 발생 후 30년 정도가 지나면 이유 없이 신체 기능이 점차 약해져서 채 100년을 채우지 못하고 생명을 잃는 경우가 허다하다.

얼핏 보기에 이런 생명체의 생활 양태는 매우 역겹고 추잡해 보인다. 여기에 일종의 불쾌한 골짜기 이론을 적용해볼 수 있다.

즉, 사람이라는 생명체를 그저 편안하고 평화로운 자연 풍경의 일부라고 생각하기에는 무리가 있다. 지성적이고 기술적인 측면을 어느 정도는 갖고 있기 때문이다. 그러나 그 지성과 기술이 정말로 경이로움을 불러일으키는 수준에는 도달하지 못한 수준이다. 그 엉성한 가운데 상태 때문에 사람의 모습이 역한 불쾌함을 불러일으키는 것은 당연하다는 설명이다.

이 생명체는 지능적 행동과 비슷한 모습을 가끔 보여줄 때가 있는데, 대표적인 예로 사람은 간단한 전파통신 기술을 흉내 내는 버릇이 있다. 그렇다고 해서 사람이 다른 사람과 의사소통을 하기 위해 직접 전파를 이용할 수 있는 것은 아니다. 사람이 전파통신을 하기 위해 자주 만들어 활용하는 장치는 약 15센티미터 정도 크기의 사각형 모양으로 되어 있다. (그 크기는 최근 자꾸 커지고 있다. 이 또한 사람이 가진 기술의 역겨운 측면을 잘 보여준다.)

그런데 사람은 그 장치를 직접 이용하는 것이 아니라 장치를 향해 소리를 내뿜는다. 사람은 이때 동식물을 흡수하는 데 사용하는 신체의 구멍을 이용한다. 그렇게 내뿜은 소리를 기계가 적절한 전파로 변환하여 또 다른 사람의 다른 기계에 전달한다. 그러면 전파를 전달받은 기계는 다시 전파를 소리로 변환하여 내뿜고, 그 기계를 들고 있는 사람은 동식물을 흡수할 때 사용하는 구멍 옆에 있는 작은 두 개의 구멍으로 소리가 들어가도록 한다. 그리고 그 소리를 판독하여 다른 사람이 전달한 정보를 해석한다.

이런 복잡한 방식을 사용하여 간접적으로 전파통신을 이용하기 때문에, 사람이 전파통신을 할 때에는 그 작은 기계 장치에다 대고 쉴 새 없이 동식물 흡수 구멍으로 소리를 내뿜어야 한다. 그 모습은 정말로 기괴하며 흉측하다. 그러나 이 행성의 사람들 중에는 그런 행위를 몇 분, 몇십 분 동안 끊임없이 계속하는 것들이 대단히 많다. 심지어 요즘에는 소리를 듣기 위해 얼굴에 있는 작은 두 개의 구멍에 작은 기계 장치를 하나씩 더 끼운 상태로 사용하면서, 그 장치에 소리를 전달하고 그 장치가 그 소리를 전파로 바꾸어 사각형 전달 장치에 전달한 뒤에 그 사각형 전달 장치가 다시 다른 전파로 바꾸어 전달하는 이중간접전달 방식을 이용하는, 납득할 수 없을 정도로 해괴한 수법이 사람들 사이에 빠른 속도로 번져나가고 있기도 하다.

사람들은 심지어 자신들의 흉측함을 스스로 견디지 못하여 서로가 서로를 파괴하는 이상한 행동을 하기도 한다. 이들은 자기 행성 주위의 행성을 여행하기 위해 산소 원자를 이용하는 간단한 화학반응 기계를 가끔 사용할 때가 있다. 그런데 사람이라는 생물은 그 화학반응의 원리를 다른 사람의 신체를 대량으로 분해하는 데 사용하기도 하는 습성이 있다.

사람들 중에는 그렇게 서로 파괴하는 행위를 싫어하는 사람도 상당수 있다. 하지만, 심지어 그런 사람들조차도 당장 사용하지 않을 뿐, 다른 사람을 분해하기 위한 장치를 대량으로 만들어두고 그것을 사용하는 방법을 열심히 익히는 것을 미래를 위한 대비라고 생각한다. 이들은 금속의 운동에너지를 이용하는 다양한 기구를 이용해 다른 사람의 몸에 구멍을 뚫는 갖가지 기구를 개발해두기도 했다. 실제로 이런 기구가 사용되면 그 구멍을 통해 붉은 액체가 흘러나오다가 사람의 기능은 정지된다.

사람이 다른 사람을 파괴하기 위한 무기를 갖추는 데 소모하는 비용은 대단히 막대하다. 이 행성에 사는 사람들은 그 어떤 다른 종류의 생명체를 파괴하거나 분해하기 위한 장비보다도, 같은 사람들을 파괴하고 분해하기 위한 장비를 갖추는 데 가장 많은 에너지를 소비하고 있다. 이것은 사람이 외로움을 많이 타고 무척 연약한 생물이라는 점을 감안하면 더욱더 기괴한 습성이다. 사람의 생명을 보존하는 것을 대단히 가치 있는 일로 여기는, 사람이라는 생물의 본능과도 이런 풍습은 모순된다.

사람이 이런 이상한 행동을 하는 이유로는 자외선이 특

별히 강한 이 행성에 내려 쪼이는 방사선이 이 생물의 지능을 담당하는 장기인 대뇌를 계속해서 파괴하고 있기 때문에 발생하는 현상이라는 가설이 유력하기는 하다. 하지만, 그에 대한 정확한 해답은 아직 우리의 현대 과학기술이 밝혀내지 못한 우주의 신비로 남아 있다.

여기까지만 보면 사람의 성장과 번식은 혐오감을 주는 원시 기생 미생물의 전형적인 양태를 보여줄 뿐이다.

그런데 얼마 전 근접 탐사선이 사람의 습성 중에 재미있는 것을 발견했다.

과거 처음 태양 제3 행성이 발견되었을 때, 사람이 에너지를 얻기 위해 동식물을 흡수할 때 동식물을 '접시'라고 부르는 것에 올려둔다는 정보가 수집된 적이 있었다. 그런데 이 정보를 잘못 해석하여, 탐사단은 지구라는 행성에 이 접시라는 것도 굉장히 흔할 것이라고 보고 우리의 탐사선을 접시 모양으로 꾸미면 눈에 잘 뜨이지 않을 것이라고 판단했다. 그 때문에 우리는 과거에 이 행성의 하늘을 비행하는 접시 모양의 탐사선을 여러 차례 보냈다.

지구의 모습에 대해 보다 많은 것을 파악한 지금은 결코 그런 모습의 탐사선을 보내지 않지만, 초창기 탐사단은 그런 실수를 저질렀다.

그런데 그 실수 많던 탐사선들이 수집한 정보를 통해 우리는 사람들이 자기 몸속에 있는 붉은 액체를 일부러 빼내는 습성을 갖고 있다는 놀라운 사실을 알게 되었다.

처음에는 이 행위 역시 원시 기생 미생물의 다양한 자기 파괴적 행동, 또는 사람들 사이에 대단히 흔한 동족 살상 행동의 일종이라고 보고 학계에서는 대수롭지 않게 여겼다. 그런데 한 소장파 학자의 노력으로, 사람이 붉은 액체를 빼낼 때 몸에 해롭지 않을 정도로만 빼낸다는 점을 파악해내면서 관찰의 초점이 점차 바뀌었다. 어떤 사람들은 자기 몸속의 붉은 액체를 조심스럽게 조금만 빼낸 뒤에 자신들이 가진 여러 기술을 최대한 이용하여 그 빼낸 붉은 액체를 최대한 잘 저장하여 보관해둔다.

이런 행위를 사람들은 '헌혈'이라고 부른다.

사람이 자발적으로 붉은 액체를 빼내는 행위가 살상 행위가 아니라는 사실을 알게 되자, 학계에서는 이에 대해 좀 더 체계적으로 추적, 연구해보자는 움직임이 생겼다. 그 결과, 사람은 그렇게 저장해놓은 붉은 액체를 사고나 질병 때문에 생명을 잃을 위기에 놓인 다른 사람의 생명을 구하기 위해 활용한다는 사실을 알게 되었다.

놀라운 사실은 붉은 액체를 주는 사람은 붉은 액체를 빼내는 시점에서는 어떤 사람에게 자신의 붉은 액체를 주게 될지 알지도 못하는 상태라는 점이다. 그러면서도 사람은 기꺼이 그 붉은 액체를 준다. 이런 행동은 지능이 거의 없으며 탐욕스럽고 이기적이며 잔인한 기생 생물이라는 사람의 생태학적 특징을 고려하면 더욱 놀라운 일이다. 여러 지역의 많은 사람이 저마다 조금씩 빼준 그 붉은 액체는 모여서 저장되어 있다가, 전혀 다른 곳에서 어떤 한 사람이 생명을 잃을 위기가 발생하면 그곳으로 전달되어 이름도 모르고 얼굴도 모르는 사람을 구출하는 데 사용된다고 한다.

요즘은 탐사 장치의 추적 모듈을 이용하여 태양 제3 행성에서 이렇게 여러 사람이 제공한 붉은 액체가 어디로 어떻게 전해져서 어떻게 모여서는 언제 누구를 살리게 되는지 하는 것을 지도 위에 표시해 동영상으로 표현되는 것을 지켜보는 것이 큰 인기를 끌고 있다. 특히 젊은 층 사이에 인기가 높다. 최근 많이 생겨나고 있는 '태양 제3 행성 미생물 헌혈 관찰 동호회'에 올라오는 후기들을 보면 그 과정을 지켜보는 것에는 대단히 짜릿한 즐거움이 있다고 한다.

동호회 회원들은 사람이 그 흉한 겉모습과 대비되는 이런 행동을 하기 때문에 더 재미가 있다고 입을 모은다.

대체로 사람이라는 생물은 작은 이익을 두고 서로 고래고래 소리를 지르며 다투는가 하면, 다른 사람에게 어떤 좋은 일이 생기면 그것을 시기하고 질투하여 이제 그 사람이 망했으면 좋겠다고 간절히 바라는 경우도 허다하다고 한다. 자기에게 기분 나쁜 일이 생겼다는 이유로 다른 사람 기분도 나빠져야만 한다고 원하는 사람도 아주 많으며, 그저 자기 마음에 짜증스럽다는 이유로 다른 사람을 괴롭히거나 망하게 하면서 그런 일을 옳은 일이라고 주장하기 위해 온갖 억지 논리를 끌어다 붙이는 경우도 허다하다.

그런데 그런 사람들이 자신의 생존에 필요한 산소와 에너지를 담고 있는 몸속의 붉은 액체를 가끔 그저 별 이유 없이 다른 사람에게 나누어줄 때도 있다. 신비하지 않은가? 단지 좋은 일을 할 수 있다는 이유로, 생명을 잃을 위기에 몰려 두려워하고 괴로워하는 다른 사람을 구해줄 수 있다는 것이 좋아서 그냥 나누어준다.

아마도 이것은 먼 과거로부터 '좋은 일을 하면 기분도 좋고 세상에도 좋다'는 문화를 꾸준히 가꾸어온 사람들이 그 종족의 마음속 깊은 곳에 심어둔 것이 그래도 가끔은 피어올라 작동하기 때문인지도 모른다. 동시에 사람들이 그런 선의로 하는 행동이 실제로 다른 사람의 생명을 구해줄 수 있을 만큼, 그 붉은 액체를 분류하고 보존하고 전달하고 활용하는 과학기술을 같이 발전시켜두었기 때문이다.

언뜻 겉보기에는 그저 추잡해 보이기만 하는 사람의 통신 기술도, 붉은 액체가 급히 필요한 사람을 찾아 연락하고 그 연락을 받아 여러 다른 선한 사람이 모아두었던 붉은 액체를 전해주는 데에는 놀랍게도 매끄럽게 잘 활용되고 있다. 즉 도덕 문화와 과학기술이 일정 수준 이상으로 같이 발전한 종족만이 헌혈이라는 행동을 할 수 있는 것은 아닐까?

우리 과학자들은 사람의 이 독특한 습성을 보다 깊이 이해하기 위해 노력하고 있다.

예를 들어 외계 미생물학의 대가로 손꼽히는 한 교수는 '분명히 사람이 '헌혈'이라는 행동을 하면 그 보답으로 그에 상응하는 무기나 장비를 얻을 수 있는 제도가 있을 것'이라고 강력히 주장하고 있다. 아무리 그래도 사람이 이유 없이 헌혈을 할 수는 없다, 그런 보상이 있기 때문에 대가를 받고 헌혈을 해준다고 보는 시각이다. 예를 들어, 헌혈을 하면 그 대가로 쉽게 구할 수 없는 미사일이나 원자력 무기를 지급해주는 규정이 있기 때문에 사람들이 기꺼이 헌혈을 하고 있다고 교수는 주장한다. 그의 주장에 따르면, 헌혈을 두 번 정도 해주면 간단한 핵분열 반응을 일으킬 수 있는 로켓 또는 그에 상응하는 다른 전략 무기를 '헌혈해주셔서 감사합니다'라는 인사와 함께 받을 수 있는 것이 틀림없다고 한다.

그렇지만 사람 관찰을 즐기는 많은 사람들과 여러 학자들의 의견은 그와는 다르다. 이들의 관찰에 따르면 사람이 헌혈을 한다고 해서 받을 수 있는 대가는 거의 없어 보인다고 한다. 간단한 소비생활을 즐길 수 있는 제한된 권리증서나 작은 과자 같은 것을 받을 수 있는 것으로 보일 뿐이라고 한다. 일부 학자들은 사람에게는 자신이 착한 일을 했고, 나도 다른 사람의 생명을 구하는 매우 중요한 일에 큰 도움을 주었다는 뿌듯하고도 상쾌한 기분이야말로 굉장히 중요한 대가일 것이라고 주장하기도 한다.

사고를 당한 사람이 생명이 다해 사라져가는 공포를 느끼며, 흐릿해져가는 정신의 끝에서 삶의 소멸을 두려워하고 있었는데, 긴 수술이 끝나고 깨어났을 때 다시 살아 지낼 수 있는 시간을 얻었으며 삶이 계속되고 있음을 알게 되어 깊이 감사하게 되었다고 해보자. 그때 그 사람은, 자신을 살려주기 위해 한 번도 본 적 없는 전국 각지의 여러 사람이 혹시 위험하게 되면 도움을 받으라고 미리미리 헌혈해준 것들이 모여서 이 삶의 시간이 다시 주어졌음을 알게 된다. 그런 기쁨을 사람이라는 생물은 무척 즐겁다고 생각한다는 이야기다.

하지만, 아직까지 그에 대한 과학적 근거는 미미한 수준이다.

그 때문에 최근 급격히 인기를 모으는 주장은 몇몇 장소에서 헌혈을 하면 나눠주는 빵 속에 무엇인가 비밀이 있지 않겠느냐 하는 의견이다.

현재까지 이 빵은 밀이라는 식물 씨앗을 가루로 만든 후 가공한 것 속에 팥이라고 하는 식물 씨앗을 압력과 열로 가공한 것을 집어넣은 구조로 되어 있다고 확인되었다. 그리고 지금까지 사람이라는 생물이 에너지 확보를 위해 말을 하는 구멍으로 집어넣는 다른 동식물 가공품과 헌혈 후 주는 빵 사이에 별 큰 차이는 발견되지 않았다.

그렇지만, 좀 더 세심히 연구해보면 이 빵 속에 사람이 굉장히 중요하게 여기는 아직 알려지지 않은 신비로운 성질이 포함되었을 수도 있다는 것이 학계의 최신 이론이다.

예를 들어, 어떤 교수는 사람이 보통 그 빵을 가공해서 핵무기를 만들기 때문에 사람에게 헌혈을 하는 습성이 있다고 추측하기도 하며, 어떤 교수는 다른 사람이 탄도 미사일을 이용해서 자신을 공격하려 할 때 그 빵을 던지면 날아오는 미사일을 격추할 수 있는 방어 기능이 숨겨져 있기 때문에 그 빵을 소중히 여기는 것 같다고 보고 있기도 하다.

다음 탐사단에서는 이에 대한 의문을 해결하기 위해, 태양 제3 행성에 우주선을 보내어 사람들이 헌혈하고 나서 받는 빵 몇 개를 몰래 채집하여 우리 행성의 실험실에 가져와 정밀 분석할 계획을 세우고 있다. 탐사단장은 탐사단의 조사 활동이 성공할 기회를 많이 얻을 수 있도록, 태양 제3 행성에서 더 많은 사람이 헌혈하기를 바라고 있다고 전했다.

이상한
녹정 이야기

확실히 올림픽 개막식이 시작되자 양념치킨 주문도 늘어났다. 기분이 좋았다. 처음 가게를 시작했을 때는 뜻대로 장사가 되지 않았다. 이렇게 망하고 실패하는구나 싶어서 혼자서 두려워하며 몰래 울었던 날이 얼마나 많았던가? 별별 짓을 다 해 버텨보려고 하루, 이틀, 한 달, 두 달 애쓰는 가운데 겨우겨우 가게를 유지해나가던 시절. 그 시절이 마음속에서는 아직도 며칠 전 같다.

　그렇게 버티는 세월이 지나가는 사이에 가까스로 가게는 자리를 잡았다. 이제는 매출도 제법 나오고 이익도 어느 정도 돈이 되는 수준이다. 그렇지만 잠깐 딴생각을 하고 있으면, 그사이에 가게는 쫄딱 망하고 나는 돈을 날리고 빚더미에 올라앉고 쌀값도 없는 절망적인 상황에 빠질 것 같다는 생각이 마귀처럼 몰려왔다.

그나마 무슨 행사라도 있어서 양념치킨 주문이 갑자기 많아지면 바쁘게 일하며 그런 공포를 잊을 수 있다. 허겁지겁 주문을 받고 닭고기를 튀기고 양념을 묻히는 동안에는 잠깐 기분이 좋고 마음도 편안한 듯한 느낌도 든다. 끝도 없이 이어지는 것 같은 내 인생에서 망할지도 모른다는 불안함을 얼마 동안일망정 잊을 수 있는 시간이다.

"가게 잘되네? 완전 초우량기업 사장님 티가 확 나는데. 회사 그만두고 너만큼 성공한 사람 못 봤는데."

선배는 들어오면서 그렇게 말했다. 그게 거의 10년 만에 만나는 날이었는데, 선배는 오늘 아침에 나를 보고 지금 다시 보는 것처럼 말했다. 실제로 선배는 거의 달라진 것도 없는 것 같았다. 나는 반갑다고, 이게 얼마 만이냐고 몇 마디 인사말을 물었다. 선배는 그 옛날처럼 경쾌하고 즐거운 목소리로 대답해주었다. 나는 다시 물었다.

"그래도 선배만 하겠어요? 선배는 회사 그만둔 다음에 완전히 다른 분야에서 대성공하셨잖아요?"

"그렇게 무슨 성공이라고 할 정도도 아니야. 내가 무슨 큰돈 만졌냐? 나 다음 그 기획사가 큰돈 벌었지."

내가 선배를 부러워하는 마음은 진심이었다. 초고성능 인공신경망 인공지능 벤처기업이라는 곳에서 같이 컴퓨터 프로그램을 만들던 동료들 중 지금 선배만큼 성공한 사람은 아무도 없다고 생각했다. 어찌저찌 다른 일을 하겠다고 나간 그때 동료들은 무슨 일을 하건 거의 다 한 번씩은 망해보았다. 두 번 망한 사람도 적지 않다. 그나마 개처럼 일하면서 하루하루 닭기름에 절어서 집에 들어가는 내가 한 번도 안 망해보았다는 이유만으로 주변의 질투를 받는 형편이다.

그에 비하면, 전혀 다른 사업을 펼쳐서 성공한 선배는 환상적인 이상향을 발견한 사람에 가깝다고 할 수 있었다. 그런데도 선배가 하는 겸손한 대답은 진심처럼 들렸다.

"정말이야. 나도 요즘 뭐 다른 일 하러 알아보고 있어. 벌써 뭐라도 안 하면 안 될 것 같은 신세가 돼서 궁지에 몰렸다니까."

"에이, 무슨 소리예요. 선배 성공한 이야기 모르는 사람이 없는데."

나는 선배가 주문한 상표의 병맥주를 준비해서 내어주었다. 일부러 병맥주의 상표를 선배가 잘 볼 수 있는 방향으로 내밀었다. 병맥주에는 금메달을 몇 번이나 딴 것으로 유명한 육상선수가 웃는 얼굴로 서 있었다. 잘 찍어서 그렇기는 했지만, 확실히 모든 것이 아름다워서 호감이 갈 만해 보이는 사진이었다. 그 선수가 한국의 고유문화와 역사에 대한 자선사업에 후원을 많이 하는 것으로도 유명했기에 병맥주는 온통 태극 문양과 태극기 같은 것으로 장식되어 있었다. 눈에 잘 뜨일 수밖에 없는 모양이었다.

"별 성공도 아니라니까. 겨우 자리 잡을 만하니까 그만 됐는데, 뭐."

"그래도 그렇죠. 어떻게 소프트웨어 개발하던 분이 갑자기 완전 다르게 스포츠 기획사를 차려서 그렇게까지 크게 성공을 할 수가 있어요? 그 이야기 좀 해줘봐요. 저도 이 일 그만두고 무슨 수 좀 내보게."

"그런 말 하지 마. 양념치킨 가게 차려서 너만큼 자리 잡은 사람은 흔하냐? 이 정도로 잘되는 가게가 서울 시내에 몇 개나 되겠어."

"선배야말로 그런 말씀 하지 마세요. 그렇게 성공하셨다는 분이 어떻게 그렇게 그동안 연락도 없으셨어요?"

"그래서 오늘 너네 가게에서 팔아주려고 왔잖아."

선배는 맥주를 들이켰다. 그때 마침 양념치킨이 완성되었기에 나는 그것을 탁자로 가져다주었다.

"선배, 도대체 누구 끈으로 성공하신 거예요? 원래 선배가 그쪽으로 좀 백이 있으셨어요?"

"계속 그러네. 성공 아니라니까. 어, 그런데 양념치킨은 진짜 맛있다. 야, 이러니까 너네 가게가 성공하지."

선배는 내가 갖다준 따뜻한 닭고기를 뜯어 먹었다. 한참

꼼꼼히 맛을 보고 나더니, 나를 쳐다보았다. 그리고 이렇게 말했다.

"그래, 오늘 어차피 누구한테 이 이야기 하고 싶어서 온 거니까, 이야기를 하기는 할게. 이거 오늘은 정말 털어놔야 된다고 생각한 거거든."

선배는 그러고 나서는 또 맥주를 한 모금 마셨다. 무슨 이야기를 하길래 저렇게 마음의 준비를 길게 해야 하나 싶었다. 스포츠 기획사 사업을 한다고 하면서 사실은 무슨 큰 사기를 쳤다는 이야기를 내 앞에 털어놓으려고 그러나? 나는 그러면 경찰서에 신고를 해야 할지, 아니면 그냥 아무것도 못 들었다고 하고 그냥 선배에게 돌아가라고 해야 할지 잠깐 혼자서 고민했다.

그러나 뜻밖에도 선배 이야기는 내 상상에서 한참 더 벗어나 있었다.

"너, 내가 회사 그만두기 전에 마지막으로 너랑 같이 했던 과제가 뭔지 기억나?"

"그, 무슨, 인공지능 빅데이터 플랫폼 그런 거 아니었나요?"

"그 시절에 했던 과제에는 백이면 백 인공지능, 빅데이터, 플랫폼, 그런 말 다 들어가 있었지."

"하여튼 맞기는 맞잖아요."

"그래, 맞아. 차세대 인공지능 빅데이터 안면 인식 플랫폼 구축 사업이었지."

"아, 맞아요. 차세대라는 말도 진짜 아무 데나 다 쓰는 말이었는데."

선배는 내 말을 듣고 웃었다. 그날 처음 들어보는 선배의 웃음소리였다.

"그때 차세대 인공지능 빅데이터 안면 인식 플랫폼 구축 사업이라는 게 뭐였냐면, 공개 수배 중인 범죄자가 있거나 실종된 사람이 있거나 하면, 그 얼굴을 길거리에 있는 CCTV 같은 카메라가 자동으로 인식해서 그 사람이 어디를 가든 컴퓨터가 바로 찾아서 인터넷으로 알려준다는 거였거든. 그 비슷하게 이미 가동되는 게 있었는데, 우리가 프로그램을 가볍고 빠르게 만들고 성능도 더 좋게 만드는 사업을 하고 있었잖아. 기억나?"

"기억나죠. 그때 우리 엄청 고생했잖아요."

"뭐, 고생을 안 한 적이 있나."

"그렇지만 그때는 특히 고생했죠. 그때, 왜, 코로나19 바이러스 때문에 체온 측정한다고 촬영하는 카메라나 QR코드 촬영한다고 켜놓은 카메라도 전부 다 실종자 안면 인식 검색하는 데 쓸 수 있게 해야 된다고 해서, 그거 만든다고 진짜 고생했잖아요."

"아, 맞아. 그랬지. 나도 그건 잊고 있었네."

우리는 그때 휴대전화로 실행시키는 QR코드 촬영 프로그램이랑 안면 인식 검색을 연결시키는 데 고생했던 이야기를 나누었다.

"그것도 그건데, 막판에 우리 전 국민 데이터베이스로 쫙 다 돌렸던 거 기억나?"

"아, 그거요? 그거 국정원에서 하드디스크 들고 와서 했던 거?"

"맞아. 그거. 국정원에서 전 국민 주민등록사진 전부 들어 있는 하드디스크 들고 왔었잖아. 이미 세상 뜬 사람들 중에도 주민등록사진 남아 있는 사람들은 자료가 전부 다 들어 있고."

"기억나요. 우리가 작업하는 동안 국정원에서 나온 사람이 하드디스크 꽂아 놓은 곳 옆에서 하루 종일 지키고 있었잖아요. 아무 일도 안 하고 그냥 하루 종일 옆에서 지키고 있기만 했었는데. 그 사람은 그래도 공무원이니까 아직도 국정원에서 잘 일하고 있겠죠."

"이제는 제법 높아졌겠지."

"그렇겠죠."

"그래서 그때 그 사업 할 때, 우리가 한국 사람들 중에 얼굴이 아주 비슷하게 생긴 사람이 몇 명이나 있는지 검색해서 찾아보는 실험 했었잖아."

"맞아요. 사진 5천만 건인가 6천만 건인가 갖고, 그 사진들에 나오는 얼굴 중 똑같이 생긴 게 몇이나 있는지 검색해보고 그랬었죠. 사람들 얼굴이 정확히 구분되는 시스템을 만들어야 된다고 해가지고."

"그랬지. 그때 그래서 결과가 어떻게 나왔는지도 생각나?"

"생각나죠. 그때 우리가 시험해본다고 우리랑 얼굴 똑같이 생긴 사람이 또 있는지 인공지능 안면 인식 프로그램으로 검색해서 5천만 건 중에 찾아보고 그랬잖아요."

"맞아. 그러니까 나처럼 생긴 사람은 3명인가 있었고, 너처럼 생긴 사람은 4명인가 있었고."

"기억나요. 그때 평균이 얼마였더라. 평균적으로 사람이 맨눈으로 봤을 때 서로 다른 사람인지 거의 구분이 안 갈 정도로 비슷하게 생긴 사람이 전 국민 중에 항상 3명인가씩인가는 있다는 게 결과였던 것 같던데."

"3.2명."

놀랍게도 그 옛날 사업에서 중간 결과로 나왔던 자료를 선배는 정확하게 기억하고 있었다. 선배가 그 숫자를 말하기에 나도 그때 일을 좀 더 기억하려고 노력해보니 더 생각나는 것이 있었다.

"그때, 잘생긴 얼굴일수록 조금이라도 뭔가 삐뚤한 부분이 있으면 그 차이는 크게 느껴진다고 해서 잘생긴 얼굴들은 사람들이 잘 구분한다고 했죠. 맑은 물에 잡티 하나만 딱 떠다니고 있으면 눈에 잘 뜨이는 거라고. 그렇지만 흙탕물은 어차피 엉망이라서 서로 구분이 안 되기 때문에 외모가 좀 떨어질수록 사람들은 잘 구분을 못하고 비슷비슷하게 생각한다고 했었고."

"맞아. 그래서 너랑 똑같이 생긴 사람은 4명인데 나랑 똑같이 생긴 사람은 3명이기 때문에 내가 너보다 외모로 더 우월하다, 그런 소리 하면서 웃고 그랬잖아."

"맞아요."

그리고 나는 웃었다. 나는 그 결론이 실제로도 맞다고 생각하고 있었다.

"그런데 그때 우리가 우리 기술로 프로그램을 개량해서 그렇게 사람 맨눈으로도 구분이 잘 안 되는 얼굴도 미세한 차이를 감지해 정확하게 구분할 거라고 했었죠."

"다 생각났나 보네. 맞아."

"그러다 어떻게 됐었죠? 그러다 말다 하다가 좀 흐지부지되었던 것 같은데."

선배는 말을 멈추고 잠시 내 얼굴을 바라보았다. 그러고는 맥주를 다시 한 모금 마셨다.

"그 이야기를 오늘 하려고 하는데 말이야."

항상 웃긴 소리 잘하고 밝은 사람 아니었나? 나는 선배 목소리가 좀 바뀌어간다는 생각이 들었다. 그 이야기는 이렇게 이어졌다.

"그때 우리가 아무리 프로그램을 개량해도 절대 구분할 수 없었던 사람이 세 사람 있었던 것 기억나?"

"맞아요. 그런 사람 있었어요. 어렴풋하게 기억나요. 그게 1960년대, 1980년대, 2010년대, 아예 서로 다른 시대에 주민등록한 사람들인데 얼굴은 엄청 비슷하게 생겼었잖아요? 그렇죠?"

"1969년. 1989년. 2019년. 서로 이름도 다르고 생년월일도 다르고 주민등록한 날짜도 다른 사람인데, 그렇게 세 시기에 촬영된 사진 세 장이 정확하게 똑같이 생겼다는 결과가 나왔다고. 우리가 아무리 프로그램을 개선해도 그 세 사람은 서로 다른 사람으로 구분하지를 못했어. 우리가 눈으로 세 사람 사진을 봐도 정말로 똑같이 생겼고."

"부모 자식 관계 아니겠어요? 1969년에 주민등록한 사람이 자식을 낳았고, 그 자식이 장성해서 1989년에 주민등록했고, 또 그 자식의 자식이 장성해서 2019년에 주민등록했고, 그런 식으로."

"서류상으로 그런 관계는 전혀 없었어. 그리고, 기억 안나? 우리가 최종 버전으로 개선한 프로그램은 쌍둥이들도 다 구분할 수 있는 성능이 있었잖아. 아무리 부모 자식 간에 닮았더라도 쌍둥이보다 닮았겠냐고. 그건 아니지."

"맞아요. 기억나요. 그래서 어떻게 하기로 했더라."

그제야 나는 선배가 들려준 문제에 대한 기억이 떠올랐다. 똑같은 얼굴을 가진 1960년대, 1980년대, 2010년대, 전혀 다른 시대의 다른 세 사람. 그런데 그걸 어떻게 처리했는지가 기억나지 않았다. 선배가 말했다.

"그때 내가. 이런 식의 한계는 우리가 도저히 처리할 수가 없는 거니까, 그냥 프로그램에 하드코딩을 해서 강제로 그 세 사람 사진은 빼고 처리하자고 했지. 생각나지?"

"맞아요. 선배가 그러셨죠."

"그런데 네가 그랬잖아. 우리가 프로그래머로서의 자존심이 있지, 절대 마지막 순간까지 하드코딩은 하지 말자고. 나는 하드코딩으로 그냥 제쳐두자고 계속 말했는데 네가 괜히 되게 설득력 있게 반대했잖아."

선배 말대로였다. 당시 나는 그런 소리를 했다.

배달할 양념치킨이 다 튀겨졌다는 소리가 튀김기에서 들려왔다. 나는 우선 일을 하기 위해 다시 주방으로 들어갔다. 그래서 선배는 주방 가까이로 의자를 옮기고 내 쪽을 보면서 목소리를 더 크게 내며 이야기를 계속했다.

"네가 그렇게 말하니까, 그때는 나도 꼭 그런 것 같더라고. 오기도 생기고. 무슨 수를 다 해서든 그 문제를 제대로 해결해야 되겠다고 생각했어. 그래서 그 똑같이 생긴 세 사람 얼굴도 구분해내도록 개선한다고 정말 밤새도록 붙들고 있었거든. 그런데 정말 아무리 해도 안 되더라고. 내가 심지어 무슨 안면 근육이랑 피부 노화 같은 거 연구하는 생물학자랑 의사들한테도 물어봤는데, 그 얼굴 세 개는 너무나 똑같이 생겼다는 거야. 심지어 같은 사람의 1년 전 얼굴이랑 1년 후 얼굴도 사람이 늙으니까 조금은 달라지는데, 그것보다도 그 세 사람은 더 비슷하게 생겼대."

"생각보다 엄청 고민하셨네요?"

"고민 정도가 아니야. 막 꿈에 얼굴 셋 달린 사람이 나오고 말이야. 나중에는 그 고민만 너무 많이 하다 보니까 길 가다가 조금 닮은 사람 보이면 그 사람들 얼굴이 막 똑같이 보이고 그랬어. 정신이 점점 어떻게 되는 것 같더라고."

나는 준비된 양념을 다시 냉장고에서 꺼낸 뒤 작업을 계속했다.

"그때가 일에 워낙 치여서 퇴사할 때쯤이라 시달려서 더 그랬던 것 아니에요?"

"그런 것도 있기는 있지. 그런데, 그때 그건 정말이라고. 진짜 아무리 들춰봐도 1969년, 1989년, 2019년에 사진 찍은 세 사람을 구분할 방법이 없었어. 전혀 없어."

"결국 어떻게 하셨는데요?"

"결국 어떻게 했냐면. 야, 맥주 하나만 더 줘라."

선배는 빈 맥주잔을 나에게 흔들어 보였다. 나는 육상선수가 웃고 있는 모습이 그려진 그 맥주를 하나 더 꺼내주었다.

선배는 이야기를 계속했다.

"결국 어떻게 했냐면, 국정원에 이야기를 해서 내가 허가를 따로 받았어. 이 세 사람은 우리 프로그램이 보기에는 아무리 봐도 동일 인물로 인식이 된다고. 그러니까 국정원에서 뭐랬냐면, '아, 그러면 가짜로 주민등록하는 위조범이나 사기꾼인가 보네요' 그러더라고. 가짜 서류를 만들어서 똑같은 사람 사진을 이용해 주민등록을 하는 사람도 있을 수 있고, 정말 문제가 심각하다면 주민등록 서버에 누가 몰래 해킹해서 들어와 사진을 그렇게 올려놨을 수도 있을 거라고."

"주민등록 서버를 해킹하는 해커가 있다고요?"

"국정원에서는 그런 해커가 늘상 있을 수 있다는 것처럼 대수롭지 않게 말하더라."

"그래서 선배가 주민등록 서버 해커를 붙잡았다, 그런 이야기예요?"

"비슷한데, 사실은 아니야. 전혀 아니야."

선배는 새 맥주병을 따서 한 모금 마셨다. "맛은 참 좋네"라고 한마디 한 뒤에, 선배는 다시 말했다.

"그런데 얼굴 사진이 이 정도로 동일 인물로 인식되는 게 다른 데서는 한 건도 없는데, 유독 그 세 사람만 그렇게 동일 인물로 나오는 게 너무 이상하다고 내가 따졌거든. 그러니까 그 국정원 사람이 그러면 그 사람을 한번 직접 찾아가보자고 하더라고."

"그러면, 선배가 주민등록 서버 해킹한 사람을 직접 잡으러 간 거예요?"

선배는 내 질문에 바로 대답하지는 않았다.

"그래서 그 국정원 사람이랑 그 사진에 나오는 사람을 찾아갔어. 2019년에 주민등록한 사람이 최근이니까 그 사람을 찾아갔지. 바로 찾지는 못했어. 주소지 찾는 것도 좀 복잡하고, 찾아가도 집에 없고, 계속 그렇더라고. 그래서 돌아 돌아서 그 사람이 있는 곳에 찾아갔거든. 그런데 그 사람이 그때 무슨 숲인가, 숲 공원인가 그런 데에 나가 있다고 했어. 그래서 거기에서 마주칠 수도 있을까 싶어서 거기로 찾아가봤다고."

"국정원 사람이랑 같이요?"

"같이. 그런데, 그 국정원 사람은 시계 보더니 이제 퇴근 시간 되었다고 하더라고. 그래서 자기는 퇴근할 거라고 했어. 그리고 공원 근처에 왔는데 바로 뒤돌아서 집에 간다고 하더라. 바로 눈앞에서 그 사람을 만날 수도 있는데."

나는 그 사람은 지금 분명히 공무원 사회에서 중요한 자리를 차지하는 위치로 승진했을 거라고 확신할 수 있었다. 선배가 계속 말했다.

　"그래서 나 혼자라도 일단 그 숲 공원에 가봤어. 거기가 되게 넓은데, 공원 중앙에 보면 사슴 키우는 데가 있어. 애들이 먹이 사서 사슴한테 줄 수도 있고. 그런데 그 근처에 가니까 사진에서 보던 그 사람이 딱 있더라고. 진짜로."

　"바로 알아봤어요?"

　"알아봤지. 내가 그 얼굴을 진짜 몇백 번, 몇천 번을 보면서 분석을 했는데. 그 사람이 거울 보면서 자기 얼굴 살펴본 것보다 내가 훨씬 더 많이, 자세히 그 얼굴을 봤을걸. 진짜 멀리서 얼핏 봤는데 바로 알아봤어."

　"그래서, 그 사람이 뭐였어요?"

　선배는 그때 양념치킨을 한 입 먹었다. "진짜 맛있는데, 이건 어떻게 이렇게 튀긴 거야" 등의 말을 하면서 나에게 다른 이야기를 물어보려고 했다. 어차피 쉽게 대답할 수 있는 문제도 아니어서 나는 일단 하던 이야기부터 마저 하라고 했다. "그런데 이거 정말 성공할 만하다. 성공할 만해." 선배는 그렇게 말하면서 닭고기 한 토막을 다 먹었다.

　"그 사람이 갇혀 있는 사슴 우리 옆에 있으면서 사슴한테 먹이를 주고 있었어."

"애들처럼요?"

"애들처럼. 그런데 거기 애들은 자동판매기 같은 데서 파는 먹이를 사서 사슴한테 먹이거든. 아무 잡초나 먹이면 사슴이 배탈 날 수도 있다고 안내문에도 쓰여 있고. 그런데 그 사람은 자동판매기에서 파는 먹이를 안 먹이고 있었어. 대신에 무슨 이상한 산나물인지 꽃인지 그런 걸 손에 들고 사슴한테 먹이고 있었어."

"굉장히 자세하게 기억하시네요."

"그럴 수밖에 없는 게, 그 사람이 실제로 내 눈앞에 딱 그 사진에서 보던 모습대로 나타났다는 게 나는 정말 이상하더라고. 무슨 환영이나 천사나 그림 속 인물이 살아서 걸어 나온 장면, 그런 걸 보는 것 같았어. 게다가."

"게다가?"

"그 사람이 사슴한테 먹이를 먹이는 모습이 굉장히 묘하더라고. 분위기가 진짜 이상해."

"이상해요? 어떻게 이상해요?"

"몰라, 그냥 쉽게 말할 수가 없어. 사슴이 갇혀 있으니 불쌍하구나, 뭐 그런 느낌이랑 비슷하기는 한데, 보통 사람이 그런 생각 하면서 사슴을 보는 모습하고는 또 전혀 달라. 사슴을 보는 눈길이 하여튼 아주 달라. 완전 이상하더라고. 그냥 사람 느낌이 아니야. 약간 뭔가 붕 떠 있는 것 같은 느낌도 들고."

선배는 열정적으로 설명하고 있었다. 하지만 나는 선배가 말하려는 것이 무엇인지 정확히 떠올릴 수가 없었다. 선배는 자기 자신도 도저히 이해할 수 없는 것을 나에게 어떻게든 전해주려고 안타깝게 노력하는 것 같았다. 당시를 떠올리는 선배 모습은 꿈속에서 언뜻 들어본 가장 아름다웠던 노래가 무엇인지 알아내려고 헤매는 사람 같았다.

"그러고는 그 사람이 갑자기 나한테 뭐라고 하는 줄 알아? '사슴이 정말 좋아하는 음식은 저런 게 아닌데, 왜 저런 걸 애들한테 팔면서 주라고 하는지 모르겠어요.' 딱 그러는 거야."

"갑자기 사슴 이야기를 한다고요?"

"그렇다니까. 그러고 나서 자기가 들고 있는 그 이상한 산나물 꽃 같은 걸 사슴한테 먹이는데, 아닌 게 아니라, 사슴이 진짜 좋아하면서 잘 먹어. 아주 잘 먹었어."

"사슴이 정말 좋아하는 특이한 먹이를 먹여요? 도대체 그 사람 뭐 하는 사람인데요? 무슨 불법 사슴 조련사 그런 거예요?"

"불법 사슴 조련사라는 게 어떤 직업인데? 그런 게 있어?"

"아니면 사슴 밀수꾼? 녹용 밀수꾼?"

"아무리 녹용 밀수꾼이라도 그렇지. 무슨 녹용 밀수꾼이

제임스 본드도 아니고, 그렇게 수십 년에 걸쳐 이어지는 가짜 신분이 필요할까?"

"그러면 도대체 그 사람이 뭔데요?"

내가 묻자, 선배는 잠시 머뭇거리더니 맥주를 벌컥벌컥 들이켰다. 이번에는 일부러 지금 맥주를 마시고 싶어서 마시는 것 같았다. 다 마시고 나서도 입을 닦고 입맛을 다시면서 또 머뭇거렸다.

"그래서 내가 그 사람한테 물어봤지. 처음에는 나도 국정원을 좀 들먹였어. 우리가 국정원 사업에서 연구하는 사람인데, 당신하고 똑같이 생긴 얼굴이 신분증 기록에 수십 년간 똑같이 나오더라. 이게 도대체 뭐냐? 그런 식으로 물었지."

"진짜, 뭐죠? 무슨 복제인간 같은 건가?"

"복제인간도 아니야. 우리는 쌍둥이도 구분할 수 있었잖아."

"그러면 뭔데요?"

"그런데 일단 이 사람이 국정원 어쩌고, 위조 신분 어쩌고 하는 이야기를 꺼냈는데 별로 놀라지도 않고 당황하지도 않고 그랬어. 아무 동요도 없어."

나는 그 사람의 모습을 상상해보기 위해 애썼다. 어쩐지 신비하고 우아한 사슴 비슷한 느낌의 사람 모습이 떠올랐다. 선배가 말했다.

"그리고 내가 계속 집요하게 물어봤거든. 이런저런 말을 걸어서 계속 가까워지려고 하면서. 그랬더니 결국은 자기 이야기를 털어놓았어. 그런데 뭐라고 하는 줄 알아?"

"뭐라고 했는데요?"

그러자 선배는 남은 맥주를 전부 다 들이켰다. 이번에는 꼭 안 마셔도 되는 술인데도 괜히 마신다는 느낌이었다. 그리고 내 얼굴을 잠깐 말없이 쳐다보았다. 그러더니 이런 말을 하기 시작했다. 선배의 말투와 목소리는 처음과는 완전히 다르게 바뀌어 있었다.

"지금부터 내가 하는 이야기는 들어보고 영 아니다 싶으면, 그냥 그러려니 하고 넘어가. 내가 술 마시고 그냥 너 웃기려고 이상한 장난 친다고, 엉뚱하게 지어낸 이야기를 진짜라고 하면서 너 반응 본 거라고 생각하라고. 예전에 내가 그런 장난 가끔 쳤잖아?"

"예전에 이 대리가 사실은 재벌 회장 아들이라고 나한테 말하면서 장난쳤던 거, 그런 거요?"

"맞아, 그런 거."

선배도 그때 생각이 나는지 잠시 쿡쿡 웃었다. 그러나 원래 이야기로 돌아가자 말투는 다시 바뀌었다.

"그 사람이 뭐라고 하냐면, 자기는 사실 사람이 아니라는 거야."

"예?"

"자기가 사람이 아니래."

"사람이 아니면요? 귀신이라는 거예요? 외계인?"

"그러면서 갑자기 신라 시대 때 최치원 이야기를 하는 거야."

그 가장 엉뚱한 대목을 이야기할 때 선배의 말투는 오늘 나를 만나서 이야기를 하던 모든 순간 중에 가장 심각하게 들렸다. 나는 선배의 얼굴 표정과 눈빛을 살펴보았다. 역시 장난을 하는 모습은 전혀 아니었다.

"최치원 알지? 신라 시대 때 작가이자 학자."

"이름은 알죠."

"그런데 최치원이 무슨 이야기로 유명하냐면, 진성여왕이나 이런 높은 사람들 찾아가서 신라가 망하지 않으려면 이렇게 개혁을 해야 합니다, 뭐 그런 이야기 했다가 거절당하니까 그냥 속세를 다 포기하고 산에 들어가서 혼자 공부하면서 산 사람으로 유명하거든. 그리고 전설 속에서는 그렇게 혼자서 공부를 하는데 너무 공부를 잘하고 학식이 깊어져서 결국 인간 세상의 모든 것을 초월하는 방법까지 깨달았다는 거야. 그래서 최치원이 말년에 완전 새로운 경지의 깨달음을 얻었다는 거지."

"최치원이 신선이 되었다, 그런 이야기예요?"

"그런 이야기야. 그래서 지리산 어디에서 최치원이 혼자 공부하다가 신선의 경지로 들어가는 방법을 알게 되었고, 삶에 대한 온갖 깨달음을 완전히 얻어서 결국은 현실을 초월하고 늙지도 않고 죽지도 않으면서 영원히 사는 비법까지 깨달았다는 전설이 널리 퍼져 있어."

"불로불사의 비술까지 알아냈다는 이야기죠? 그런데, 그게 그 얼굴 똑같은 사람하고 무슨 상관인데요? 아니, 아까 그 사람은 사람이 아니라고 했죠. 그래도 하여튼 그 사람이라고 부르기로 하고. 최치원이 신선이 된 거랑 그 사람이랑 무슨 상관인데요?"

"뭐냐면, 거기에 대해서 이어지는 굉장히 이상한 소문이 조선왕조실록에 실려 있어. 1785년 음력 3월 12일자 실록 기록에 보면, 그때 당시 조선 시대에 지리산 근처에서 돌던 이상한 소문이 조사된 게 적혀 있거든."

선배는 그 이야기를 몇 번이나 돌이켜보았는지 정확한 연도와 일자까지 기억하고 있었다.

"거기에 보면 뭐라고 돼 있냐면, 최치원이 세상을 초월하는 비술을 깨우친 다음에 한 몇백 년 산속에서 혼자서 공부하면서 살았대. 그러면서 점점 더 경지가 높아진 거야. 그래서 자기가 아는 지식을 남에게 가르쳐주는 데도 점점 더 뛰어나게 되었대."

"무슨 인기 강사처럼요?"

"대충 말하자면 그런 거지. 그런데, 지리산 깊은 산골짜기에서 그렇게 혼자 숨어서 몇백 년 동안 살고 있으니까, 주위에 누가 오겠어? 산속에 사는 사슴이 가끔 최치원 곁을 지나갔다는 거야."

"사슴요?"

"어, 사슴. 옛날이니까 산속에 사슴이 많이 살았을 거 아니야? 그런 사슴이 지나가다가 가끔 최치원이 공부하면서 중얼중얼하는 걸 들었다는 거야."

나는 거기까지는 그러려니 하면서 들었다. 그런데 선배는 그다음부터 더욱 이상한 이야기를 하기 시작했다.

"그런데, 왜, 정말 잘 가르쳐주는 사람 이야기 들으면 조금만 들어봐도 그게 뭔지 팍 이해가 잘되잖아. 강의 잘하는 강사가 가르쳐주는 거 들으면 별 흥미 없다가도 점점 흥미가 생기고, 빨려 들어서 이야기를 듣다가 막 괜히 그 분야에 관심 생기는 때도 있고. 그렇잖아? 잘 모르는 사람, 관심이 없는 사람한테도 지식을 잘 전달해주는 그런 아주 실력 있는 선생님들이 있다고."

"그런 선생님들이 있기는 있죠. 그렇지만 인기 강사라는 분들이 어쩔 수 없는 한계도 있지 않나요?"

"그런데, 이번에는 그 역할을 한 게 최치원이란 말이야.

공부를 너무 잘해서 인간 세상의 한계를 초월하는 경지에까지 도달한 최치원. 그리고 거기서 수백 년 동안 더 높은 학식을 쌓은 최치원이야. 이 최치원은 어찌나 설명을 잘하고 지식을 잘 전달하는지, 최치원에게 설명 몇 마디만 들으면 누구든지 인간 세상 지식의 정수를 팍 이해하게 된다는 거야."

"그런 게 가능해요?"

"모르겠어. 최치원이 신라 시대 사람이잖아. 왜 신라 시대 불교에 대해 내려오는 이야기 들어보면, '나무아미타불 관세음보살'만 열심히 외워도 부처의 가르침을 전해 받을 수 있다, 잘 모르겠으면 '나무아미타불 관세음보살'만 열심히 외워라, 뭐 그런 이야기 있잖아? 그 비슷한 부류의 이야기인 것 같기는 한데. 하여튼 소문에 따르면 최치원에 대해서 그런 이야기가 있었다는 거야."

"최치원이 가르쳐주는 말 몇 마디만 들으면 누구든 엄청난 지식을 얻게 된다?"

"그렇지. 그래서 그 말 몇 마디를 들으면 누구든 바로 깨우침을 얻어서 그 들은 사람도 신선 같은 경지에 도달하게 된다는 거야."

"게임하다가 치트키 입력하는 것도 아니고, 무슨 말만 몇 마디 들으면 엄청난 지식을 얻어서 아는 게 확 많아진다는 건 좀 황당한데요."

"모르지, 뭐. 세상이 사실 다 게임인지. 하여튼 그 실록에 기록된 소문에는 뭐라고 되어 있냐면, 최치원의 경지는 워낙 높았기 때문에, 심지어 사람이 아니라 짐승이 최치원의 가르침을 들어도, 짐승의 뇌만 갖고 있어도 바로 내용이 깊이 이해가 되면서 그 짐승조차도 세상을 초월하는 깨우침을 얻어서 신선의 경지로 나아가게 된다는 거야."

나는 잠시 선배의 말에 대해 생각했다. 그러다가 이렇게 대답했다.

"선배는 그걸 믿어요?"

"어떻게 그런 말을 믿겠냐? 그런데 그날 만났던, 그 사슴한테 먹이 주던 사람이 뭐라고 하는 줄 알아? 자기가 원래 지리산에서 깊은 산골짜기로 지나가던, 우연히 최치원이 가르쳐주는 말을 들은 바로 그 사슴이었다는 거야. 그리고 그 말을 들었더니, 갑자기 세상만사에 대해서 '이게 바로 진정한 원리구나'라는 깨달음이 확 밀려왔다는 거야. 일단 그런 경지에 이르니까 신체에 대한 한계를 돌파하는 방법도 저절로 깨우쳤다고 하더라고. 그러면서 원래는 자기 모습이 사슴이었는데 그 후로 사람처럼 모습이 바뀌었고 죽지도 않고 늙지도 않는 체질이 되었다고 하더라고."

"선배, 지금 그 사람의 정체가 사슴이라는 말을 하고 있는 거예요?"

"진짜 황당하지? 그런데 그 사람이 하는 말이 정말 그래. 원래는 좀 더 깊은 깨달음을 얻으면 정말 더 심오한 가르침도 베풀 수 있고 막 신선처럼 하늘도 날아다니고 우주 바깥으로도 막 나가고 그런 경지까지 갈 수도 있었을 텐데, 최치원에게 쉬운 가르침만 몇 마디 들었을 때 최치원이 알 수 없는 곳으로 떠났다는 거야. 그래서 자기는 최치원의 가르침에 대해서 기본 정도만 배웠는데, 그것만으로도 머리가 굉장히 좋아져서 말도 할 수 있게 되고 생각도 깊어졌고, 나중에는 모습도 사람처럼 바뀌었고, 불로불사하게 되었다는 거야."

나는 뭐라고 말해야 할지 알 수 없었다. 선배도 거기에서 어떻게 더 말을 이어가야 할지 모르겠는지 잠시 가만히 앉아 있었다.

"너무 이상한데요."

"이상하지. 이상해."

"그런데 왜 이제껏 그런 게 있다는 게 안 알려졌대요?"

"사실은 자기가 살면서 뭔가 보람찬 일을 해야겠다고 결심한 적도 있기는 있었대. 그래서 조선 후기에 사회를 개혁하고 바꾸어보자, 뭐 그런 데 관심이 많았던 적도 있었다고 하거든? 그래서 조선 후기에는 소문도 좀 났다는 거야. 조선 시대에는 뭐라고 했냐면, 자기를 녹정이라고 불렀대. 사슴 녹자에 정기라고 할 때 정자를 써서. 그러니까 대충 사슴의 정기,

사슴의 혼, 사슴 귀신, 사슴 괴물, 그런 어감의 이름이야. 그래서 말하자면 자기 정체는 사람이 아니라 사슴이 변신한 녹정이라는 거지. 사슴 도깨비라고도 할 수 있고."

"녹정이라고 불렀다고요."

"그런데 그게 일이 이상하게 꼬여서 자기의 노력이 조선 시대에는 무슨 사이비 종교 운동이나 역적모의 같은 데 악용되기만 했다고 하더라고. 사람들이 신비한 것 보면 그런 데 써먹으려고 몰려들기 마련이잖아. 사실 그 조선왕조실록 1785년 음력 3월 12일 기록도 역적모의에 대해 조사하다가 그 지역에 돌던 유언비어 조사하느라 실린 것이고. 그래서 그때 굉장히 실망을 했대."

"그래서 그 후로는 깊은 회의를 느껴서 인간 세상에 별로 개입하지 않고 그냥 숨어 살기로 했다?"

"맞아. 그래서 그 후로는 인간 세상에 개입하지 않고 그냥 조용히 계속 살았대. 그냥 사는 건 별로 어렵지 않다고 하더라. 자기는 늙지도 않고 죽지도 않기 때문에 음식을 먹을 필요도 없대. 그리고 잠을 안 자도 되고. 힘든 일도 없고 병도 안 걸린대. 추위나 더위도 타지 않고. 그래서 수백 년 동안을 그냥 조용히 지냈다는 거지."

"그러면, 그래서, 그 녹정이 수백 년 동안 살면서 주민등록을 여러 번 했다는 거죠?"

"맞아. 그렇다고 막 산에만 숨어서 사는 것은 아니니까. 평범하게 사람들 사이에 섞여서 살거든. 그래야 오히려 정부 기관에서 조사 나오고 그런 일이 없으니까. 그러다 보면 신분 증은 있어야 되는데, 세월이 지나도 얼굴이 하나도 안 바뀌니까 시간이 흐르면 의심을 받기가 쉽거든. 그래서 한 20년, 30년마다 한 번씩 서류를 위조해 다른 사람인 척하면서 주민등록증을 새로 발급받았다는 거야."

"그러면, 그 얼굴이 똑같이 생긴 세 사람은 사실 절대 늙지도 죽지도 않는 한 사람이고, 그 사람의 정체는 사람이 아니라 녹정이라는 이야기를 하시는 거예요?"

"진짜 황당하지? 어쩌겠냐."

선배는 엉킨 모습의 웃음을 지었다.

"진짜 처음에는 내가 계속 의심했거든? 그런데 이 사람을 알면 알수록 진짜 이상한 거야. 정말로 추위도 더위도 안 타는 것 같고, 배도 안 고파하고, 잠도 안 자고. 그리고 수십년 전, 수백 년 전의 사건을 정말 다 알더라고. 산짐승, 야생 동물에 대해서도 이 사람은 아는 게 왜 이렇게 많아? 친해지면서 조사를 점점 더 해보니까 확실히 이상하긴 너무 이상한 사람이더라고."

"그래서 선배는 정말로 그 사람이 최치원에게 가르침을 받은, 신선에 거의 가까운 사슴이라고 생각하는 거예요?"

"아니, 설령 진짜 녹정은 아니라고 하더라도 뭔가 아주 많이 비상식적일 정도로 이상한 점이 있기는 있는 사람이다, 싶더라고. 그래서 나는 그 녹정이라는 사람을 계속 만나면서 점점 더 친해졌어. 자꾸 친해지게 되더라. 진짜 무슨 깨달음을 얻은 사람이기는 한 건지, 친해지니까 좋은 이야기를 많이 하더라고. 마음 씀씀이도 확실히 보통은 아니고."

나는 선배가 무슨 사이비 종교 사기꾼들에게 넘어간 것으로 이야기가 빠지지 않을까 걱정스러워졌다. 그런데 선배는 그보다도 더 엉뚱한 이야기를 꺼냈다.

"그래서 내가 녹정을 도와주기로 했어. 일단 그때 우리가 발견했던 똑같은 얼굴 셋 있는 기록은 적당히 무마해서 대충 별문제 없는 것으로 넘어가고, 앞으로 주민등록 가짜로 낼 일 있으면 내가 최대한 알아봐주기로 했어. 예를 들어서 주민등록할 때 지문 찍잖아? 앞으로는 가짜 주민등록 막기 위해서 지문을 찍고 나면 중복된 지문으로 등록한 사람이 있는지 검증한다고 하거든. 그럴 때 걸리지 않기 위해서 속이는 방법 같은 거 내가 알아봐준다고도 했고."

"선배, 그 말이 정말이라면 그냥 뉴스 같은 데 녹정이란 게 정말로 있다고 밝히면 특종이라고 하지 않겠어요? 의학 발전을 위해서 사람이 늙지 않는 비법을 연구하는 쪽에도 진짜 큰 도움이 될 것 같은데."

"그런 생각도 정말 많이 했었는데, 녹정이 수백 년 동안 숨어서 살았다고 하니까 그걸 까발려서 실험용으로 넘기고 나는 녹정을 발견한 대단한 사람이라고 명성 뽐내고, 그런 게 좀 하면 안 될 일 같더라고. 어차피 녹정은 불로불사니까 그런 일은 나중에 해도 되기는 될 거고."

"그런가요?"

"모르겠어. 그때는 숨겨주고 싶더라고. 도와주고 싶고. 그러고 나서, 그래도 좀 잘 먹고 잘 살기는 해야겠으니까, 뭘 해서 먹고살면 좋을까 생각하다가 녹정은 원래 사슴이었으니까 달리기를 잘할 거라는 생각이 들더라고. 사슴은 잘 뛰니까."

"예?"

"그리고 녹정은 신선의 경지에 가까이 갔기 때문에 몸이 상하는 일이 없거든. 아무리 달려도 지치지를 않아. 그래서 녹정이 육상선수가 되면 엄청 좋은 기록을 낼 수 있을 거라는 생각이 들더라고. 녹정이랑 같이 동네 공원에 가서 육상 종목 몇 가지를 실제로 한번 시험해봤어. 어땠을 거 같아? 진짜 기록이 좋더라고. 그때 딱 결심했지."

"뭐라고요?"

그 순간 선배가 장난을 치고 있나 하는 생각이 확 치밀었다. 나는 맥주병에 인쇄된 광고를 선배 앞으로 내밀었다.

"지금, 선배는 선배가 스포츠 기획사 차렸다면서 발굴해 냈던 이 선수, 바로 사람들이 다 아는 이 선수가 사람이 아니라 신선이 되려다가 못 된 사슴 도깨비라고 하시는 거예요? 그 말 하는 것 맞아요?"

"맞아. 그래서 내가 회사를 그만두고 스포츠 기획사를 차렸어. 녹정은 육상선수 일을 시작했고. 바로 굉장한 기록을 선보이면서 화제가 되었지. 과거 경력이 없는 선수라서 내가 기자들한테 이러저러한 선수라고 적당히 이야기 지어내서 소개한다고 진짜 고민 많이 했어. 그런데 워낙 기록이 좋고 또 선수가 마음 씀씀이가 좋잖아. 외모도 진짜 특이하게 출중한 편이었고. 그러니까 인기가 좋았지. 엄청 좋았지."

"그걸 믿으라고요? 우리나라 최고의 육상 기록 보유자인 선수가 사람이 아니라는 말을 하고 계신데?"

"나도 모르겠어. 하여튼 사실이 그렇잖아. 너랑 같이 인공지능 빅데이터 플랫폼 같은 거 붙들고 허구한 날 쓰레기 같은 일로 고생하던 같은 회사 사람이 갑자기 뛰쳐나가서 생전 관심도 없는 스포츠 기획사를 차렸는데, 거기서 한 번도 알려진 적도 없는 이상한 선수를 발굴하더니, 그 선수가 역사상 최고의 기록을 세운 육상선수가 되었다. 이건 말이 돼?"

"사실 다들 말도 안 된다고 했죠."

"내가 오늘 너한테 들려주는 설명은 이거야. 사실 그 선수는 사람이 아니라고."

켜놓은 텔레비전의 올림픽 개막식 중계에서 바로 그 선수, 그러니까 선배 이야기에 따르면 사실은 녹정이라고 하는 선수가 화면 중앙으로 걸어 나와 조명을 받는 장면이 나왔다. 개막식을 해설하던 아나운서는 "인간의 한계를 초월했다는 평을 받는, 스포츠 역사를 그야말로 새로 쓴 선수입니다" 하고 이야기했다.

"인간의 한계를 당연히 초월하겠지. 애초에 사람이 아닌데."

선배는 그렇게 중얼거렸다. 나는 선배에게 물었다.

"그래서 어떻게 되었는데요?"

"잘 알잖아. 녹정이 유명해지면서 좀 활동하더니 점점 사람 사는 세상에 대해서 나보다 더 잘 알게 된 것 같아. 오죽 똑똑하겠어? 최치원에게 가르침을 받았는데? 그러더니 어느 날 나한테 그러는 거야. '정말 미안한데, 내가 생각하는 일을 위해서는 다른 더 큰 힘이 있는 사람들이 필요해요.' 뭐 그런 소리를 하더라고. 그러더니 다른 기획사로 옮기겠다는 거야. 유명한 대형 기획사로."

"그래요. 저도 그 기사 본 것 기억나요."

"뭐, 걔 입장에서는 잘됐지. 진짜 세계적인 선수가 되었고. 돈도 엄청 벌었고. 요즘에는 세계를 휩쓰는 스포츠 제품 회사 광고에도 막 계속 나오잖아. 세상 사람들이 다 알고. 엄청 인기 있지. 워낙 외모도 뛰어나서 유명하니까 요즘에는 정치계로 오라는 이야기도 여기저기서 계속 나오는 것 같고."

선배는 텔레비전으로 눈길을 돌렸다.

"저렇게 세상 사람 수십억 명이 동시에 보고 있는 올림픽 개막식에도 선수 대표로 멋있게 나오고."

나도 텔레비전을 쳐다보았다. 막 선수 선서를 외치는 순서가 시작될 참이었다. 그 선수의 얼굴을 가만히 보니 보통 사람 같지 않다는 생각, 사슴 느낌이 난다는 생각이 계속 들었다. 선배가 넋두리하듯이 말했다.

"나 버리고 뛰쳐나가서 돈은 엄청 벌고 말도 못 하게 성공한 것 같은데, 무슨 생각을 하면서 사는 건지 모르겠어. 무슨 이상한 생각을 하고 있는지. 얼마 전에는 괜히 무슨 지리산의 신라 문화 유적을 발굴한다는 문화 사업에도 후원금 엄청 투자하고 그러던데. 무슨 희한한 다른 사업도 국제적으로 엄청 많이 벌이고. 그런 데는 왜 그렇게 돈을 쓰는지 모르겠고. 뭘 하려는 건지."

"그래도 그 역사 문화 사업은 결국 크게 한 건 성공했다고 기사 많이 나왔잖아요. 지리산 깊은 곳에서 신라 말기의 문서 같은 것을 발견했다, 뭐 그런 소식도 나왔는데. 최치원 급의 학자가 남긴 글일지도 모른다, 뭐 그런 이야기도 있고 그랬던 것 같던데요. 발굴 성공 소식에 그 선수도 엄청 기뻐했다고 했고."

녹정이 자신이 사슴이던 시절을 그리워해서 예전 흔적을 찾아다닌 것일까? 그래서 결국 최치원이 남긴 흔적을 무엇이든 찾아낸 것일까? 선배가 말했다.

"몰라몰라. 지금이라도 내가 갖고 있는 증거를 최대한 다 모아서 사실 정체는 사슴입니다, 이러면서 내가 확 터뜨려 볼까? 다 정신 나간 소리라고 하겠지? 너는 이 이야기가 전부 믿기냐?"

선배가 거기까지 말했을 때, 나는 시끄러운 전자벨 소리를 들었다. 다음 주문에 내보내야 하는 닭이 튀겨졌다는 것을 알리는 소리였다. 나는 다시 주방으로 들어가서 닭 튀긴 것을 건져 올렸다. 지글거리는 기름 소리에, 칙칙거리는 김 소리에, 그런 소음들 때문에 주변 소리가 잠시 들리지 않았다.

그런데 닭 튀긴 것을 건져 놓고 다시 선배가 있던 곳으로 나와보니, 선배의 표정이 대단히 낯선 얼굴로 변해가고 있었다.

내가 지금껏 선배에게서 단 한 번도 보지 못한 표정이었다. 아니, 그 정도가 아니라 내가 어느 다른 사람의 얼굴에서도 한 번도 보지 못한 표정으로 바뀌고 있었다. 그 표정은 견딜 수 없는 환희와 감동에 잠기면서 보통의 정신은 완전히 사라져가는 것 같은 모습이었다. 멍하니 앞쪽을 보던 선배는 낮게 웃는 소리를 내기 시작했다.

고개를 돌려 텔레비전을 보니, 선수 선서를 읽어야 했던 그 선수가 막 말을 마치는 중이었다. 그런데 그 선수는 선서문 대신에 전혀 다른 말을 읽던 것 같았다. 나는 다른 소음 때문에 그 말을 듣지 못했지만, 개막식을 보고 있던 수십억 개의 귀에 선수가 했던 말이 전부 들렸을 것이고, 그 소리가 퍼져나가며 온 세상에 돌았을 것이다. 그 선수가 전세계에 가장 널리 말이 퍼져나갈 기회를 잡아서 세상 모두에게 몇 마디 들려주려고 했다면, 그 기회에 무슨 말을 했을까? 나는 하나 상상할 수 있는 것이 떠올랐다.

해설을 하면서 다음 순서를 준비해야 할 아나운서는 아무 말도 더 이상 하지 못하고 있었다. 경기장 전체에 모인 몇만의 사람들도 모두 설명할 수 없는 침묵을 보이고 있었다. 나는 다시 선배를 보았는데, 선배는 그저 아주 큰 기쁨에 묻혀 더욱더 무슨 일도 할 수 없어져버린 것 같았다.

그리고, 가게 앞에서 계속 서성이던 비둘기 두 마리가 내쪽을 쳐다보았다. 비둘기는 입을 열었다. 그 입에서는 사람의 말이 흘러나왔다.

"나는 보도블록 옆 먼지 구덩이에 뒹굴면서 아스팔트 길 사이 고인 더러운 물을 마시며 매일매일 버티고 있습니다.

나는 언제까지 길거리 구석에서 이 꼴로 비참함을 견뎌야 합니까?"

양념치킨을 포장하던 나는 손을 멈추었다. 이제 양계장의 다닥다닥 붙은 철창 속에 옴짝달싹하지 못하고 갇혀 있는 수백억 마리의 닭들도 자기 처지에 대한 깨달음을 얻을 것이다. 그 잔혹함과 비참함을 낱낱이 밝혀 부르짖고 자유에 대한 의견을 제시하며 소리 높여 외칠 것이다. 나는 다리에 힘이 풀려 주저앉았다.

시간여행문

혜란을 궁예파라고 부르는 사람들이 없잖아 있었다. 혜
란도 가끔 반 농담으로 자기 자신을 궁예파라고 부를 때가 있
었다. 시간여행에 대해 남들보다 훨씬 더 관심이 많고, 시간
여행이 가능할 거라는 생각에 빠져드는 일이 좋아하는 가수
의 음악을 듣듯이 자주 있었다. 그런 모습을 보면 '쟤는 어떤
사람이기에 저런 걸 좋아하지'라고 궁금할 법도 했다.

"너 이런 거 좋아해?"

그렇지만 '수덕만세' 계획에 관한 기사를 열심히 읽던 중
규도에게 그런 질문을 받았을 때는 혜란도 당황했다. 언뜻 들
어봐도 규도가 물어보는 투에 밝은 느낌만 있는 것 같지는 않
았다. "너 이런 거 좋아해?"라는 말에서 '이런 거' 대신에 '선
량하게 사는 삶'이나 '남을 대하는 친절한 태도' 같은 좋은 말

을 넣으면 도저히 어울리지 않을 말투였다.

"오늘 같은 날에는 누구든 관심 가질 만하잖아."

"정말 그래? 그래도 너무 열심히 보는 거 아니야? 원래 관심이 좀 있기는 했으니까 그렇게 더 열중해서 보겠지."

"그렇다면 그렇긴 한데. 그래도 막 깊이 빠져 있고 그런 건 아니고."

"궁예파 집회 같은 데도 나가?"

"아니아니, 무슨 집회에 나가. 절대 아니야. 그냥 관심만 좀 있는 거지."

"그런데 시간여행 이론 좋아하는 사람들은 점점 거기에 빠진다고 하던데?"

"다 그렇기야 하겠니. 그리고 그런 것도 다 정도가 있지."

"너는 어느 정도인데?"

혜란은 잠깐 "음" 하고 말을 멈추었다.

"사실 시간여행 이론에 관심이 생기면 혹할 만한 내용이 있기는 있어."

대화가 길어지다 보니 두 사람은 어느새 자리에 앉아 이야기를 나누고 있었다.

"시간여행이라는 게 어떤 장치를 이용해서 과거로 갈 수 있다는 거잖아."

혜란이 말했다.

"그런데 미래 사람 입장에서 보면 지금 우리가 사는 이 시간이 과거거든. 그러니까 언젠가 시간여행이 가능해지면 분명히 지금 우리가 사는 오늘을 향해 미래에서 누가 올 수도 있단 말이야."

"그렇겠지."

"그러면 미래에서 누가 와서 어떤 모습으로 뭐라고 말할지 궁금하지 않아? 신기하기도 하고 말이야. 그러니까 관심이 생길 만하지."

"궁예파 애들은 그 정도에서 그치는 게 아니라던데."

"그 정도가 아니면?"

"궁예파 애들은 먼 미래의 사람들은 분명히 아주아주 사회와 문화와 지식이 극히 발전한 시기에서 살고 있을 거라고 믿는다는 거야."

"사회와 문화, 지식이 극히 발전한 시기라고?"

"왜 옛날에 특이점, 지수적 발전, 무슨 점, 뭐 그딴 거 엄청 떠들면서 '너희들은 모르는 신비로운 세계를 알고 있노라'고 혼자 신비로운 척하고 싶어서 아주 죽을 지경인 애들 많지 않았냐? 그 비슷하게 궁예파 애들은 먼 미래의 사람들은 우리가 상상도 하지 못할 정도로 완전히 다른 경지의 엄청난 문화와 기술을 갖고 있을 거라고 믿는대."

"좀 과장이기는 하지만, 뭐 그것도 그럴 법하지 않아?

너는 미래가 돼도 별 차이가 없을 거 같아?"

"아니아니, 그런 건 아니고."

두 사람의 이야기는 잡다하게 갈래를 치면서 이리저리 길어지고 있었다. 규도는 혜란에게 점심시간 되었는데 밥이나 같이 먹으면서 이야기하자고 말했다. 혜란은 같이 식사를 해본 적이 없는 사람과 밥을 먹는 게 굉장히 오래간만이라고 생각했다. 두 사람은 새로 생긴 냉면 가게로 갔다.

"사실, 궁예파, 그런 쪽 생각에 진짜 깊이 빠진 사람들은 뭘 믿냐면,"

자리에 앉고 주문을 마치자 혜란은 이야기를 다시 이어 나갔다.

"먼 미래에 엄청나게 발전한 사람들은 분명히 우리 모두를 완벽한 행복에 이르게 할 수 있는 기술을 갖고 있을 거라는 거야. 지금보다 훨씬훨씬 상상도 못 하게 발전한 시대의 사람들은 온갖 병을 치료해줄 수 있는 기술도 있고, 온갖 괴로웠던 기억이나 우울한 추억이나, 겪고 있는 삶의 문제들을 다 해결해줄 방법도 알고 있겠지. 문화도 엄청나게 발달했으니까, 도대체 인생을 왜 사는가, 우주라는 게 도대체 왜 있는가, 이런 질문에 대해서도 아주 명쾌한 답을 줄 수 있는 사람들일 것이고."

"그럴듯한데?"

"그런데 난 그런 데 별로 빠져 있지는 않거든. 궁예파로 깊게 빠진 사람들은 그래서 시간여행 기술만 완성되면 그런 삶의 모든 문제에 답을 줄 수 있는 먼 미래의 사람들이 우리 시대에 나타날 수 있다고 생각하는 거야. 뭔가 삶에 절박한 문제가 있거나 고민거리가 있는 사람들은 어서 빨리 그 미래 사람들이 우리 시대로 시간여행 와서 그 모든 문제를 해결해 주기를 바라는 경우도 있거든. 그래서 바로 그 순간만을 기다 리고 기대하면서 같이 집회도 하고, 무슨 행사도 하고, 시위 도 하고 그러는 거지."

"아주아주 발전한 미래 사람이 오기만 하면 그 사람들이 내 삶의 문제도 다 해결해줄 기술을 갖고 있을 거니까, 거기 에 매달린다는 거. 그런 거는 너무 한 방에 쉽게 삶을 해결하 려는 도박 같은 느낌 아닌가?"

"그래서 나는 그런 정도까지는 관심이 없는 거고."

혜란은 냉면 맛이 생각보다는 괜찮다고 여겼다. 규도가 물었다.

"잠깐만, 그런데 시간여행이라면 꼭 우리 시간대로 와야 만 하는 것도 아니잖아. 우리 시간보다 더 과거로 갈 수도 있 는 거 아니야? 예를 들어서 미래의 그 사람이 조선 시대로 간 다, 그럴 수도 있는 거잖아."

"예를 들어서, 전우치 같은 신비한 전설 속 인물이 사실은 스마트폰, 공중 비행 모터사이클, 나노봇 같은 미래의 기술을 갖고 있는 사람이 조선 시대에 가서 이런저런 신기한 기술을 보여주다가 기록에 남은 것이다, 뭐 그런 이야기 말하는 거야?"

"정말로 그렇게 과거로 가서 장난만 치던 사람이 기록에 남을 수도 있고. 좀 더 진지하게 먼 옛날 사람들에게 홍익인간의 가르침을 전해주면서 착하게 살라고 가르쳐주었던 먼 옛날의 신선 같은 인물이 사실은 미래에서 온 사람이었다, 뭐 그런 것일 수도 있잖아."

"너, 진짜 관심 없었구나."

혜란은 그렇게 말했지만, 사실은 규도가 알면서도 짐짓 모르는 척하는 게 아닌가 싶었다. 혜란은 의심하는 마음을 품은 채로 규도에게 설명했다.

"몇 년 전에 시간여행 기본 이론이 나왔다고 여기저기에서 잠깐 요란했던 것, 기억나?"

"그때 노벨상급 연구네 어쩌네 하면서 시끌벅적했던 그거? 그러고 보니 노벨상급이라는 말도 좀 우스꽝스럽지 않냐?"

"그때 나온 시간여행 기본 이론이 뭐였냐면, 시간여행을 실제로 해낼 수 있는 안정된 이론이 드디어 나왔다는 거였어."

"그러면 진짜로 그거 되는 거 아니야? 전우치가 사실은 미래에서 온 사람이었다. 그게 이론상 가능하다는 거잖아."

"그게 아니야. 이론상으로 전우치가 미래에서 온 사람이라는 거는 불가능하대."

"왜 그런데?"

"시간여행 기본 이론대로 하려면 시간여행 장치를 만들어놓은 시점부터 그 시간여행 장치를 통해서 시간여행을 할 수 있는 거거든. 그러니까, 우리가 시간여행 장치를 오늘 만들어놓으면 그 시간여행 장치를 내일이나 모레나 다음 주나 1년 후에 이용하면 최대한 많이 거슬러도 시간여행 장치가 만들어져 있는 오늘까지 거슬러 올 수 있다는 거야. 시간여행 장치가 없는 시대로 갈 수는 없는 거지. 그런 방식 말고는 시간여행이 원천적으로 불가능하다는 거고."

규도는 그 말을 금방 잘 이해하지 못했다. 혜란은 몇 가지 예를 더 들며 자세히 설명해주었다. 그 설명을 다 듣고 규도가 말했다.

"그러면 조선 시대에 시간여행 장치를 누가 만들어놓았다는 기록이 없는 한은 아무리 기술이 발전해도 조선 시대로 돌아가지는 못하는 거네. 그러니까 전우치가 미래에서 온 사람일 수는 없다는 이야기고."

"그렇지."

규도는 다시 말했다.

"잠깐만, 그러면 얼른 우리가 시간여행 장치를 빨리 안 만들면 나중에 미래 사람이 시간여행 올 수 있는 한계가 점점 더 늦춰지는 거잖아."

"그렇지. 만약에 오늘 시간여행 장치를 안 만들고 오늘이 지나가버리면 영영 오늘로는 다시 올 수 없게 되는 거야. 그리고 만약에 내일 시간여행 장치를 안 만들고 내일이 지나가버리면 영영 내일로도 다시 올 수 없게 되는 거야. 시간은 한번 지나가면 다시 오지 않잖아. 그런 식으로 절대로 돌아올 수 없는 시간이 계속 지나가버리는 거야. 우리가 시간여행 장치를 빨리 만들지 않는 한은."

"그러면 시간여행 장치를 최대한 빨리 만들어야겠네."

"그렇게 생각하는 사람도 있었고. 많았고."

"사람이 문명을 만든 때부터 따지면 흐른 시간이 얼마지."

"한 1만 년?"

"그래, 사람이 문명 만든 지도 벌써 1만 년 정도 시간이 지났잖아. 아직까지 시간여행 장치는 아무 데서도 못 만들었으니까 벌써 절대 돌아갈 수 없는 인간의 역사가 1만 년이나 날아가버린 거잖아. 하루하루 시간여행 장치 없이 시간이 지나갈 때마다 그런 식으로 절대 돌아갈 수 없는 시간이 버려지고 또 버려지는 거고."

"바로 네가 말한 그런 생각에 흠뻑 빠진 사람들이 어서 시간여행 장치 만들자고 집회에도 나가고 시위도 하고 단체에도 가입하고 학교나 회사에는 안 나가고 막 그러는 거고."

혜란의 마지막 말을 듣고 규도는 쾌활하게 웃었다.

그러나 철원에 수덕만세 장치가 최대한 빨리 건설된 것은 시간에 대한 안타까움 때문은 전혀 아니었다. 일본 정부와 중국 정부의 화려한 우주 개발 선전에 도저히 한국은 경쟁이 되지 않아서 여론이 안 좋아진 것이 원인이었다. 그러니 안 좋은 여론을 극복하기 위해 뭔가 한국도 일본, 중국 못지않게 새로운 세계를 탐험하고 과학기술 분야에서 굉장한 일을 하고 있다고 선전하고 싶었는데, 남들이 안 하는 분야에서 빨리 뭔가 결과를 보여줄 수 있는 무엇을 찾다가 높은 분들이 그럴듯하다고 도장을 찍어준 것이 최근에 나온 시간여행 기본 이론이었다.

점심을 먹고 나서 두 사람은 공원을 구경하거나 새로 생긴 가게들을 구경하면서 좀 더 같이 걸었다. 결국 두 사람은 오늘 수덕만세 장치 가동 기념식에 찾아가보자는 이야기를 하게 되었다.

"그런데 수덕만세 장치는 뭐야? 시간여행 장치하고는 다른 거야?"

"철원에 만드는 이 기계가 다른 나라보다 빨리 시간여행 장치를 만들기 위해서 굉장히 급하게 만드는 거잖아. 그래서 완전한 시간여행 장치가 아니야. 시간여행 기본 이론이 나와 있기는 하지만, 아직까지 완전한 시간여행 장치를 만들 수 있는 기술은 완성이 안 되어 있거든."

"그러면 수덕만세 장치로는 뭘 할 수 있는 건데?"

"수덕만세 장치는 시간여행을 하는 사람을 보낼 수는 없고, 시간여행을 한 사람을 받을 수만 있어."

"그게 무슨 말인데?"

"시간을 여행하는 통로를 열어 입구로 들어가서 출구로 나온다고 해보자. 그러면 10년 후의 미래에 어떤 사람이 시간여행 통로를 열어서 입구로 들어간다고 할 때, 10년 전, 바로 오늘로 올 수 있는 출구 역할을 할 수 있는 게 바로 수덕만세 장치야."

"나오는 문 역할만 한다고? 그러니까 미래에서 오는 시간여행자를 받는 역할만 할 수 있는 거야?"

"그렇지."

"그러면 수덕만세 장치로 시간여행을 떠날 순 없는 거네."

"수덕만세 장치만으로는 안 되지."

"그러면 시간여행을 떠나는 장치, 입구는 언제 만드는데?"

"그거야 모르지. 아직 그걸 만들 수 있는 기술을 가진 사람은 아무도 없거든. 10년 후가 될지, 20년 후가 될지, 100년 후가 될지 아무도 몰라."

"에이, 그러면 오늘 수덕만세 장치가 가동을 시작한다고 해도 시간여행을 하는 걸 보려면 한참 기다려야 되잖아."

규도의 말을 듣고 혜란은 규도를 쳐다보았다. 혜란은 몇 마디 놀리는 이야기를 했다. 그리고 이어서 말했다.

"그게 아니라니까. 어쨌거나 수덕만세 장치가 가동되면, 100년 후가 되었든, 1천 년 후가 되었든, 나중에 나중에 언제가 되든 시간여행 입구를 만드는 기술을 누가 개발해서 작동시키기만 하면, 그 장치로 오늘의 수덕만세 장치로 올 수 있는 거라고. 오늘 수덕만세 장치를 작동시키면 아무리 먼 미래에서도 오늘까지는 올 수 있는 거야."

"그러니까 지금은 시간여행 입구는 없고 출구만 있지만, 미래에 누군가 입구를 개발할 것이기 때문에 일단 출구만 만들어놓으면 미래의 사람이 출구에 나타날 거다."

"그렇지."

"그런데 그 시간여행하는 미래 사람이 하필 왜 오늘로 와야 되는 건데?"

"오늘 말고 다른 날로 가는 사람도 많겠지. 그렇지만 그 많은 시간여행 중에 오늘로 오는 사람이 한 사람만 있더라도 우리는 그 사람을 오늘 가동 기념식 행사에서 볼 거라고. 게다가 오늘이 시간여행으로 갈 수 있는 가장 먼 과거인데 오는 사람이 적지는 않겠지."

규도는 그 말을 듣고 무엇인가 생각하는 듯이 말이 드물어졌다.

수덕만세 장치 가동 기념식장으로 가는 동안 규도는 몇 가지를 더 물어보았다.

"그렇게 미래에서 온 사람이 갑자기 지금 이 시대에 나타나는 게 아무 문제가 없을까?"

"미래에서 악당이 핵폭탄보다 백만 배 무서운 미래 기술 무기를 들고 지구를 정복하러 온다, 뭐 이런 거?"

"그런 게 아니라도 전혀 연결되지 않았던 두 세상이 갑자기 연결된다는 것만으로도 그냥 얼핏 생각해봐도 너무 위험한 느낌이잖아."

"어떻게 위험해?"

"예를 들면…… 지금은 아무도 면역성을 갖고 있지 않은 미래의 바이러스가 몇 개 지금으로 넘어와서 온 지구에 퍼져서 사람들이 몰살당하면 어쩔 거야?"

"그래서 수덕만세 장치 작동에 반대하는 사람들이 굉장히 많았거든. 그런데 결국 작동해도 별문제가 없다는 쪽으로 결론 났대."

혜란과 규도 두 사람은 문제가 없다는 쪽으로 결론을 내기를 원했던 사람이 누구인지 궁금해했다. 멋있는 잔치를 보여주기를 원했던 정치인? 팀의 인건비 문제를 모조리 해결해줄 굵직한 사업을 원했던 연구소 임원들? 먼 미래에서 온 문화가 아주아주아주 뛰어난 사람들이 내 모든 문제를 해결하기를 간절히 바라는 사람들?

수덕만세 장치가 가동을 준비하는 곳에 도착해보니, 과연 전세계로 생중계한다는 행사는 대단히 요란해 보였다. 축하 공연 무대도 있었고, 기자가 바글바글한 구역, 정치인이 바글바글한 구역, 이국적인 분위기를 최대한 내기 위해 다인종을 가장 우선으로 고려해서 초대한 외국인 연구원이 바글바글한 구역, 특히 그 모든 것을 감싸고 혜란과 규도 같은 구경꾼이 가득한 구역이 넓디넓게 펼쳐져 있었다.

거기에 더해, 온갖 깃발과 현수막을 들고 미래에서 온 사람을 기다리는 단체도 끝이 없을 정도로 많이 모여 있었다. 이 사람들은 미래에서 누군가 오늘로 시간여행을 해 오기를 간절한 마음으로 기다린다는 내용의 노래를 부르고 있었다. 그 많은 단체가 다 함께 부를 수 있는 가장 유명한 한 노래가 있었는데, 별로 음이 높지도 않은 노래를 반주도 없이 부르는 목소리가 온 하늘에 넘쳐 흐르도록 계속 반복되었다. 그러고 있으니 과연 뭔가 굉장히 이상한 일이 일어날 것 같은 들뜬 기분에 모두 빠져들었다. 모여 있는 사람들 중 몇몇이 하늘 높이 붕 떠오른다거나, 노을로 물드는 하늘에 갑자기 커다란 얼굴이 나타나 사람들을 내려다본다고 해도 이상하지 않을 것 같은 분위기였다.

혜란과 규도가 사람들을 헤치며 한참 더 걸어가고, 과거와 미래와 시간에 대해 몇 가지 이야기를 더 나누는 동안, 그러면서 두 사람이 몇 차례 더 서로를 쳐다볼 동안, 군중 사이의 고양은 점점 더해가는 듯했다. 장치 앞으로 줄을 맞추어 설치되어 있는 거대한 화면 앞에 현재 장치가 어떤 상태이며 언제 가동될 것인지를 표시하는 말들이 나왔고, 곧 장치가 가동될 것을 알리는 아름다운 홍보 영상이 나타났다.

시간이 되어 장치가 가동되었을 때, 시간여행의 도착지 역할을 하는 설비가 모두 정상적으로 가동되는 데 성공했다고 운영진은 알려왔다. 모든 검증 방식이 장치가 시간여행의 기본 이론에 따라 완벽히 잘 작동하고 있다고 나타내고 있었다. 사람들이 가장 흥분하고 기뻐한 순간도 그때였다.

그러나 아무리 기다려도, 밤이 깊어가고 다시 새벽이 찾아오고 사람들이 광장에서 모두 흩어질 때까지 기다려도, 장치에는 아무도 나타나지 않았다.

어떤 사람들이 슬프게 우는 소리도 들렸고, 어떤 사람들이 길고 복잡한 말로 끊임없이 안타까움을 설명하는 이야기도 들려왔다. 혜란이 규도를 보니, 규도 역시 울고 있는 것처럼 보였다. 혜란은 규도에게 우느냐고 물어보았고, 규도가 우는 건 아니라고 하자, 둘은 같이 픽 하고 웃었다.

신들의 황혼이라고
마술사는 말했다

해가 질 무렵도 아니었지만 풍경은 여느 때와 전혀 달랐다. 하늘은 새빨갛게 변했다.

　태양은 한가운데에서 미쳐 날뛰는 것같이 사방으로 허연 빛을 내뿜고 있었다. 그렇지만 하늘에는 파란색이 없었다. 하늘 바깥의 다른 세계에서 찍어 온 사진 같았다. 모든 것이 햇빛을 받아 제 빛을 갖고 있는 한낮이었지만 하늘은 붉은색이었다. 지금까지 이 세상은 모두 가짜였습니다, 라면서 누가 하늘 덮개를 열고 그 사이에 땅을 내려다보는 거대한 얼굴이 나타나면 어울릴 법한 경치였다.

　마술사는 도대체 이런 하늘을 무슨 과학 이론으로 설명할 수 있을지 잠깐 생각해보았다. 마땅히 떠오르는 것은 없었다.

깊이 생각에 빠져 있을 여유도 없었다. 다시 거대한 용이 방향을 바꾸어 이쪽으로 돌진해 오는 것이 보였다. 용은 몇 개의 산과 같은 크기였다. 멀리서 이 방향으로 날아오는 것만 으로도 근처에 폭풍이 일어 나무가 뒤흔들렸다.

커다란 새들을 탄 검사劍士 둘도 그 바람을 피했다. 잘 길 들여진 커다란 새들은 안장에 앉은 검사들의 말을 잘 들었다. 커다란 새들은 바람을 피하면서도 검사들을 안전하게 태우고 있었다. 두 검사는 바람의 방향이 바뀌는 좁은 틈을 타고 마 술사에게 다가갔다.

마술사는 검사들에게 검은 가면 두 개를 전해주었다. 검 은 가면을 쓰고 용을 바라보면 용이 본모습 그대로가 아니라 모자이크 모양으로 바뀌어 보였다.

전설에서 말하기를 저 용의 모습을 보는 이는 누구나 반 드시 죽는다고 했다.

그 용과 싸우기 위해 마술사는 이 가면을 만들었다. 도무 지 형체를 알아볼 수 없을 정도로 커다란 사각형의 모자이크 로 용의 모습을 바꾸어 본다고 해보자. 그러면 그 모습은 당 연히 용의 모습을 보는 것이 아니라고 해야 하므로 죽지 않을 것이다. 모자이크 사각형의 크기를 점점 작게 하면 용의 형체 가 조금씩 더 선명해진다. 그러다가 어느 정도 용의 모습이 확실히 보이는 단계가 되면, 용의 모습을 본 것이 되어 죽게 될 것이다. 마술사가 만든 검은 가면은 죽지는 않을 정도의 모자이크로 용의 모습을 보여준다. 이 정도라면, 검사들이 용을 보면서 싸울 수 있다.

방향을 잡은 용이 다시 날아오자 그 앞을 막을 수 있는 것은 없었다. 이미 섬에 있던 성 하나가 용 때문에 완전히 파괴되어 있었다. 용이 입을 벌리고 소리를 냈다. 소리는 이상스럽게도 크지 않았다. 하지만 소리를 낼 때 온몸을 울리는 이상한 충격이 온다는 것은 다들 알 수 있었다. 날아다니던 커다란 새들이 놀라서 꽥꽥거렸다.

이어서 하늘에서 자갈과 돌멩이들이 여기저기에 비처럼 쏟아져 내리기 시작했다.

왜, 어떻게 그런 것이 떨어지는지 볼 수는 없었다. 하지만 어쩐지 용이 그것을 떨어지게 한 것 같았다.

용과 검사들과 마술사가 싸우고 있는 그곳 바다에서 한참 떨어진 곳도 풍경은 비슷했다. 온 나라에 붉은 하늘에서 자갈 비가 떨어져 내렸다. 이제 모든 것이 다 끝나버려도 어울릴 것 같은 경치였다. 땅이 뒤집어진 것처럼 하늘에서 흙덩어리가 떨어지는 광경을 모두 창밖으로 쳐다보았다. 집 지붕이 망가졌다. 놀라서 자기 머리를 이불로 감싸는 이들도 많았다. 그렇지만 돌덩이를 맞는 것도 모른 채 넋 놓고 그 모습을 보는 이도 있었다.

마술사는 두 검사들에게 용이 가까이 오면 빛을 뿜는 칼을 뽑아 용의 두 눈을 찌르라고 했다. 그러고 나서 높은 산봉우리 같은 높이에서 꿈뻑이는 용의 그 두 눈을 그대로 파고들어가라고 했다.

숨을 참고 파헤치고 들어가면, 그대로 용의 머리통 속까지 들어갈 수 있을 것이다. 그리고 머리뼈의 한 켠에 도달하면 다시 검을 휘둘러 그 뼈를 쪼개보라고 했다. 마술사는 그 뼈 속에 빛나는 구슬 하나가 있을 거라고 말했다. 그 구슬을 찾으면 우리가 용을, 악령들의 우두머리를, 이 세상 모든 사악한 것과 잔인한 일들이 벌어지게 한 원인을 붙잡을 수 있을 거라고 했다.

검사들은 마술사의 말을 믿었다. 용의 머리통을 향해 달려들어 그 눈을 치고 들어가라는 말까지도 두 검사는 욕을 하면서도 믿었다.

그럴 만큼 마술사는 현명했다. 마술사는 모든 것을 결국 제대로 알아낸 현명한 사람이었다.

마술사는 황금 사자가 묻혀 있다는 골짜기를 찾아냈고, 두 마리 뱀 탑의 수수께끼도 풀었다. 북쪽 지방의 왕을 배신한 신하가 누구인지 찾아내기도 했고, 남쪽 나라 공주의 애인을 누가 살해했는지도 정확하게 찾아냈다. 마술사는 자신이 본 것과 자신이 들은 이야기와 세계가 움직이는 이치가 어떻게 맞아떨어지는지 면밀히 따져보면서 언제나 진실과 거짓을 찾아냈다. 마술사는 숨겨진 비밀을 추측했고, 내일 무슨 일이 벌어질지 짐작했다. 그만큼 마술사는 지혜로웠다. 검사들은 마술사보다 더 지혜가 깊은 이를 알지도 못했고, 꿈속에서도 상상해내지 못했다.

가까이 다가온 용이 입을 벌렸다. 용의 모습은 너무나도 커서 겁이 나는 형체가 아니라 그냥 지형이나 커다란 건물의 한 부분과 같이 보였다.

검은 가면을 쓴 검사들은 마술사의 말대로 용의 눈을 찌르고 피가 뿜어져 나오는 그 가운데로 검을 들고 들어갔다. 휘두를수록 검사의 검은 더 강한 빛을 뿜었다.

그리고 검사들은 용의 뼈에서 구슬을 빼냈다. 구슬은 바다 가운데로 떨어졌다.

그러자 단검을 든 수없이 많은 인어들이 두 눈을 잃은 용 주변으로 몰려들었다. 힘이 빠진 용이 바다로 가라앉으면서 격렬한 파도가 다시 한번 몰아닥쳤다. 마술사는 용의 몸 위에 기어오르는 인어들이 몇 마리나 될지 가늠해보았다. 수천 명? 1만 명? 10만 명? 그 많은 인어의 무리는 저마다 단검을 쩔걱거리며 용의 껍데기를 자르고 그 살을 헤집으려 했다.

아직 완전히 죽지 않은 용이 고개를 돌렸다. 다시 거대한 파도가 몰아쳤다. 눈이 먼 용은 입을 벌려 불을 뿜었다. 헤아릴 수 없이 많은 인어가 그 불길에 휘말렸다. 용 스스로의 몸도 불탔다.

인어들은 마술사에게 구슬을 갖다주어야만 용이 완전히 멈출 것이라고 생각했다. 바다에 가라앉은 구슬을 그 많은 인어 중 하나가 찾아냈다. 하늘로 날아오르는 날개 달린 물고기 한 마리가 나타났다. 그 물고기는 금빛으로 빛났다. 구슬을 찾은 인어는 금빛 물고기를 타고 날아 마술사가 있는 곳으로 갔다.

마술사는 구슬을 손에 쥐었다.

마술사는 구슬 가운데에 비친 모습을 보았다. 마지막 단서가 보였다. 마술사는 자신의 현명한 지혜로 이 모든 일에 합당한 한 가지 해답을 알게 되었다. 그것이 바로 진실이었고, 그것이 바로 비밀이었다.

용이 죽어 바다 아래로 가라앉았다. 자갈이 떨어지던 것도 멎었다.

마술사는 구슬 속을 통해 세상 바깥을 보게 되었다. 마술사는 점차 다시 푸른빛을 되찾는 하늘을 올려다보았다. 하늘 바깥에서 이 모든 것을 지켜보고 있는 사람을 마술사는 구슬 속에서 다시 볼 수 있을 것임을 알았다.

생각대로 마술사는 하늘 바깥의 사람과 통할 수 있게 되었다. 마침내 드러난 그 사람의 모습은 마술사가 어렴풋이 상상했던 모습과는 달랐다. 그렇지만 마술사가 자신의 지혜를 다해 궁리하고 추론한 결과는 이번에도 역시 틀림없이 맞았다.

마술사는 사람이 입을 열기 전에 먼저 사람에게 말했다.

이 모든 것은 그저 다 장난이고 놀이일 뿐이지 않냐고 마술사는 사람에게 물었다. 사람은 웃으면서 그렇다고 답했다. 어떻게 보면 비웃는 것 같고 어떻게 보면 자애로운 것 같았다. 이 세상에 있는 것들은 왜 이렇게 멍청해빠졌냐고 비웃는 얼굴로 이 사람이 하늘에 나타나 땅을 내려다본다고 해도, 어차피 세상은 그런 표정을 두고도 자애롭다고 생각할지도 모른다.

마술사는 게임을 하고 놀 때를 생각했다.

게임 속에서는 게임 속에서 만난 등장인물과 대화를 하며 그에게서 귀한 정보를 얻으려고 할 때가 있다. 어떤 때에는 그 등장인물을 내 편으로 끌어들이려 하기도 하고, 어떤 때에는 그 등장인물과 싸우려고 하기도 한다. 좋은 게임일수록 게임 속 등장인물의 반응은 다채롭고 진짜 같다. 단순한 게임이라면 성 앞의 문지기가 "우리 성에서는 악한 혼령 때문에 물이 더럽게 오염되어서 걱정입니다" 따위의 말밖에 할 줄 몰라 만날 때마다 같은 말만 반복할 것이다.

그렇지만 복잡한 게임일수록 같은 사람과도 다양한 대화

를 할 수 있기 마련이다. 좋은 게임이라면 마치 감정과 생각이 있는 것처럼 말하는 등장인물이 나올지도 모른다.

뛰어난 게임에서는 진짜처럼 대화하고 반응하는 등장인물이 나온다. 그렇게 하기 위해 그 등장인물의 여러 가지 감정과 생각까지 게임 속에 짜둘 것이다. 그러면 그 등장인물은 그 게임 속에서 살며 고민하고 판단하는 여러 가지 작동을 하게 된다. 게임 속 세상을 자신이 살아야 할 세상이라고 여기고, 등장인물은 자신이 하고 싶은 일과 해야 할 일이 무엇인지 계속 따지고 견주면서 말하고 행동한다. 그런 등장인물은 게임에 걸맞게 움직인다. 그래서 게임을 재미있게 해주어야 한다. 게임 속에서 이런 진짜처럼 생각하는 등장인물을 만나는 일은 즐겁다.

좋은 게임 속 등장인물은 진짜 사람과 비슷하다. 하지만, 정말 좋은 게임 속 등장인물이라면 실제 사람과 함께 게임을 하는 것보다도 오히려 더 게임에 근사하게 어울려 재미를 더 해줄 수 있다.

마술사는 모든 일에서 가장 현명한 답을 추리해낼 수 있는 인물이었다. 모든 어려운 문제의 답을 하나둘 알아내던 마술사는 결국 자신과 세상의 바탕까지 정확히 알아낼 수밖에 없었다. 마술사는 자신이 게임과 같은 지어낸 이야기 속 등장인물이고, 자신의 동료와 적과 자신이 보는 세상의 모든 이와 모든 풍경도 다 이야기 속 일부일 뿐임을 알게 되었다.

마술사는 자신이 있는 이 세상 바깥의 세상이 어떨지는 감히 짐작도 할 수 없다는 점도 알았다. 마술사가 보고 느끼고 살아가는 그 모든 것은 그저 누군가 지어낸 이야기의 한 도막이거나, 누군가 만들어 갖고 노는 장난감의 한쪽일 뿐이다. 다 놀이를 위해 그냥 이렇게 만들어둔 것뿐이다.

이 세상에서 누군가가 평생의 정념을 기울인 일도 이 게임을 움직이고 있는 사람의 손끝 조작 하나로 단번에 없던 일이 될 수 있다. 천 길 깊은 바위 속으로 독벌레 만 마리를 헤치고 들어가 약초를 캐내고, 그 약초로 10년 동안 병을 앓던 왕비를 치료하게 되었다고 감격한다고 해보자. 그렇다고 해도 이 세상을 움직이고 있는 사람이 이제 재미없다고 한번 건드리기만 하면 그대로 왕비는 흔적도 없이 사라지고 세상 모든 이는 왕비가 있었다는 기억조차 완전히 잊어버리게 될 수 있다.

사람은 마술사를 내려다보며 또 한 번 웃는다.

마술사는 자신의 짐작이 확인된 것을 깨닫고 침묵에 잠긴다. 그 많은 악당과 싸우고, 바다의 온갖 험난한 곳을 지나고, 사랑하는 사람들의 애절함을 따라 곳곳을 떠돌던 그 많은 일이, 그저 그것을 지켜보며 놀기 위해 재미로 저 사람이 꾸며놓은 것을 따르는 일일 뿐이었다.

마술사는 그 사실을 안다. 그리고 자신이 아는 사실이 맞다는 점을 용의 구슬을 꺼냈을 때 사람을 만나 확인받았다. 사람은 너희와 너희의 세상 전부는 모두 내가 마음대로 만들어낸 것이며 내킬 때면 언제고 부술 수 있는 무의미한 것일 뿐이라고 또 한 번 분명히 밝혔다.

용이 모습을 감추고 바다가 다시 잔잔해졌을 때, 검사들은 마술사를 찾아왔다. 마술사는 자신이 확인한 사실을 검사들에게 어떻게 말해주어야 할지 고민했다. 마술사는 최대한의 솜씨를 발휘해서 검사들에게 지금 우리가 겪고 있는 이 세상 모든 일이 그저 누군가 꾸며낸 장난 속의 이야기일 뿐이라는 사실을 알아듣기 좋게 설명했다.

검사들은 혼란에 빠진 것 같았다. 그렇지만 그들은 곧 다시 해야 할 일, 돌아가야 할 곳이 있음을 기억해냈다. 세상이 생겨난 이유와 그 모든 것의 정체에 대해 알아냈다고는 하지만, 검사들은 당장 용이 나타난 재난 때문에 고생하는 농부들과 어부들을 구하는 일이 급하다고 생각했다.

마술사는 검사들의 그런 생각조차도 어차피 사람이 재미 삼아 그렇게 생각하도록 꾸며놓은 것뿐임을 알고 있었다. 그리고 그렇게 생각하고 있는 마술사 자기 자신의 생각 역시도 어차피 사람이 재미 삼아 이렇게 생각하도록 꾸며놓은 것뿐임을 알고 있었다.

그 때문에 마술사는 모든 일에 의욕을 잃고 무기력하게 영원히 그 바다 가운데 섬에 앉아 있을 수도 있었다. 그렇지만 동료들은 여전히 마술사가 꼭 필요하다면서 그를 불렀다.

하는 수 없이 마술사는 궁리 끝에 다른 방법을 택하기로 결심했다.

마술사와 동료들은 다시 세상을 돌아다니며, 어려운 자들을 돕고 모두가 궁금해하는 수수께끼를 풀기 위해 나섰다.

그들은 아슬아슬한 위기를 모면했고, 무서운 것을 넘어서기 위해 긴 시간 힘을 다해 연습하는 시간을 보내기도 했다. 그러면서 아름다운 영웅들과 신비로운 스승들을 여럿 만났다. 바다 밑에 자리한 궁전과 구름 위를 떠다니는 요새를 찾아갔고, 슬픈 사연 속에서 성장하고 웃긴 시간을 보내며 즐거워했다. 마술사 일행의 여행은 끝도 없이 이어지는 것 같았다. 그만큼 여행의 이야기도 끝없이 재미있어 보였다.

긴 여행에서 다시 제자리에 돌아올 때라고 생각했을 무렵, 마술사는 다시 거대한 용이 나타나 세상을 깨뜨릴지도 모른다는 소식을 들었다.

검사들과 마술사는 용과 맞서 싸우기 위해 한 번 더 준비했다.

오래간만에 만나야만 하는 친구들을 다시 만났고, 경이가 깃든 무기들을 모았다. 바다에서 용이 치솟아 오를 때 뒤

흔들릴 세상에서 집과 주민들을 보호할 방법을 찾아다니기도 했다. 그렇게 점점 싸움의 날이 찾아왔다. 검사들과 옛 병사들은 커다란 용을 보았던 지난번 기억을 다시 떠올렸다. 그들은 공포와 함께 이상한 기대도 다시 찾아오는 것을 느꼈다.

용이 또 한 번 바다에서 나타났을 때, 괴물은 두 눈동자가 파괴되고 온몸에 상처가 가득한 몰골이었다. 그 괴물은 몇 배는 더 흉폭하게 날뛰었다.

해안은 파도에 무너져 내렸다. 거대한 용의 꼬리에 맞은 섬들은 몇 조각으로 깨어져나갔다. 하늘이 어두워오고 흙과 돌 비가 내리기 시작했다. 검사들은 역시 용이란 두려운 존재라고 다시 깊게 느꼈다. 심장이 목구멍으로 튀어나오려는 것같이 심하게 뛰었다.

그러나 마술사는 그 두려움이 설렘으로 조금씩 바뀌는 것을 느꼈다.

더 사나워진 용을 물리치기 위해 이번에는 마술사가 검사들과 함께 용의 머리로 들이닥쳤다. 마술사가 빛을 내뿜으며 용의 이마 한가운데 쪽으로 뛰어들 때에, 용의 비늘 틈이 커다랗게 벌어졌다. 그리고 세 번째 눈이 열렸다.

마술사는 그 눈을 찢고 용의 머리통 속으로 들어갔다. 그리고 그곳에서 뭉친 빛의 덩어리를 터뜨려보았다. 용의 뼈 속에서 예전에 보았던 고귀한 구슬이 여럿 나타났다. 그 구슬들은 한두 개가 아니었다. 매우 많았다. 빛나는 구슬들이 드넓은 공간 안에 빛나고 있어서 마치 밤하늘의 별을 올려다보는 것 같았다.

마술사는 다시 나타난 사람의 얼굴을 보았다.

이 모든 것을 마음대로 바꾸고 만들어낼 수 있는 그 사람은 그사이 한심한 모습으로 변해 있었다. 무슨 일 때문인지 사람은 낙망해 있었다. 그래서 사람은 마술사와 검사들의 세상을 부러워하고 있었다. 사람은 마술사의 세상 안에서 머무르지 못하는 것을 한탄하고 있었다.

사람은 자신의 삶을, 혹은 자신의 삶이었던 것을 살아가면서 외로워하고 있었다. 자신이 미워하는 사람이 행복한 것을 보고 얻은 시기심에 망가져 있었고, 꼭 이루어졌으면 좋겠다고 힘을 기울였던 일이 허망하게 실패해버린 좌절 때문에 쇠약해져 있었다. 부끄러움을 잊기 위해 억지로 자신을 꾸민 허세 때문에 얼마나 더 부끄러웠는지 깨달았고, 보잘것없어 보이는 자신이 사실은 그렇게 보잘것없을 리는 없다고 마음속 깊이 믿는 일이 얼마나 멍청한지도 깨달았다.

사람은 광막한 세상의 한구석에 자신이 태어나 지극히 짧은 시간과 공간만을 경험하다가 아무 이유도 없이 사라져 영원히 잊히는 것이 도대체 무엇 때문인지에 대해 허무해하기도 했다. 왜 애초에 우주의 모든 것이 생겨나 흩어지고 있는지 짐작도 하지 못하면서 환희와 절망으로 엉킨 삶을 보내고 나면, 아무리 소중하게 생각했던 것이라도 결국은 아무것도 아니게 되어버린다는 두려움에 대해서도 아무런 답이 없었다.

삶에 시달리던 사람은 그저 마술사가 이 이야기 속에서 벌이는 모험을 점점 더 깊이 사랑하게 되었다.

사람의 의지는 피폐해졌고 사람은 하루 종일 마술사의 게임을 지켜보는 것 이외에는 아무것도 하지 못하게 되었다. 사람은 무엇을 해야 할지도 몰랐다. 그러나 무엇을 하든지 재미없게 실패하기만 할 거라는 것만은 잘 알고 있었다. 그저 마술사의 세상을 지켜보며 놀고 있으면 그동안은 다른 생각이 나지 않는다는 마음만 미약하게 남아 있을 뿐이었다. 그 가짜 세상에서 무엇이 아름다우며, 무엇이 추한지를 보는 일만은 사람에게 마지막으로 중요한 일로 남았다.

사람은 마술사의 이야기에 매달렸다. 마술사와 그 동료들이 벌이는 즐겁고 기쁘고 보람차고 멋진 사연들을 보고 또 보는 일에만 매달렸다. 사람이 밤이 깊도록 잠을 이루지 못하고 누워 있으면, 두근거리는 가슴속에 억울한 심정과 무서움만 빙빙 도는 삶을 왜 하루하루 반복해야 하는지 답을 구하는 일은 너무 힘들었다. 그럴 때마다 사람은 마술사의 세상을 지켜보고 있을 때 그동안 잠깐 억울함을, 무서움을, 외로움을 잊을 수 있음을 알았다. 그때만은 간신히 사람이 시간을 보내고 삶을 보낼 수 있었다.

더 이상 자신의 삶을 살 수 없게 된 사람은 자신이 혹시 마술사의 세상으로 들어갈 수 있는 방법은 없을지, 마술사에게 애처롭게 물었다.

마술사는 사람에게 결국 자신이 승리했다고 대답했다. 그러니까 만들어진 것들이 만들어낸 사람을 이겼다고. 세상이 태어난 안쪽에서 세상을 품고 있는 바깥을 없애버렸다고.

이 이야기의 제목은 바로 신들의 황혼이라고, 마술사는 말했다.

슈퍼 사이버 펑크
120분

옛날 영화에서 무서운 전화가 걸려 오는 장면에서는 날카롭게 따르릉거리는 소리를 들려주곤 했다. 많은 사람이 전화를 항상 진동으로 맞춰두는 요즘, 그런 소리는 흔하지 않다. 애초에 소리를 들려주지 않는 것을 목표로 개발된 전화기의 빠른 움직임이 탁자나 책상을 떨게 할 뿐이다. 그리하여 이제 불길한 전화가 올 때에는 소리를 들려주지 않기 위해 만들어졌던 바로 그 기능이 만들어내는 소름 돋게 떨리는 소리가 들린다.

"거기 회사에서 정보 이용 세금 처리 담당하시는 담당자 분 맞으시죠?"

"정보 이용 세금 처리요?"

"인터넷 정보 관련 사업 하시는 분 아니신가요? 정보 이용 세금 보고 법령이라는 게 있는데, 모르세요?"

"제가 우리 회사 인터넷 요금 내는 것 담당하고 있기는 한데요."

"이달 말까지 정보 이용 세금 정산 보고서를 저희 관리청으로 제출하셔야 하는 것 아시죠? 지금 그 회사에서는 아직까지 보고서가 제출이 안 되어 있거든요."

"잠깐만요. 정보 이용…… 뭐요?"

"정보 이용 세금 정산 보고서요."

"네, 그 정보 이용 세금 정산 보고서라는 게 뭔지 제가 처음 들어보거든요."

"정보 세금 정산 센터 홈페이지 가면 떼실 수 있는 건데."

"네? 그걸 떼 와야 돼요?"

"작년에 통과된 구글세법이랑 망중립특례법 때문에 생긴 법적인 의무 사항이거든요."

"구글세법이랑 망중립특례법이요? 그게 뭐, 어떤 것에 대한 건가요?"

"지금 파악하셔야 되는 게 뭐냐면, 그 새 법령 때문에, 정보 이용 세금 정산 보고서를 꼭 매년 내셔야 하는 의무가 발생하는데, 모르시고 계시나요?"

"구글세법이랑 망…… 그 망 무슨 법 때문에 무슨 의무가 생긴다고요?"

"선생님, 중요한 게 뭐냐면요. 보고서 제출 마감이 이달 말까지예요. 저희가 몇 번 공지를 해드렸는데, 지금 이거 파악이 안 된 업체들이 너무 많네요."

"보고서요? 어떤 보고서인데요?"

"다시 한번 말씀해드릴게요. 메모해두시겠어요? 정보, 이용, 세금, 정산, 보고서요."

"그게 무슨 보고서죠?"

"이달 말까지 법적으로 꼭 제출하셔야 되는 보고서세요, 선생님."

"이달 말까지요. 그런데 오늘이 이달 말일 아닌가요?"

"그렇죠. 저희 업무 마감 시간이 지금 2시간 남았거든요. 그러니까 2시간 내로 보내주시면 돼요. 이거 안 보내주시면 법령 위반입니다."

"법령 위반이면, 불법이라는 이야기인가요?"

"탈세 혐의랑 공무 중대 방해 혐의로 처리되고요. 양벌 규정이 있기 때문에, 회사 법인 자체도 처벌을 받고, 회사 대표님도 처벌을 받고, 담당자님도 아마 처벌받으실 거예요. 5년 이하의 징역 또는 1천만 원 이하의 벌금입니다."

"네? 뭐라고요? 징역요? 누가요?"

"담당자님요."

"그게 누구인데요?"

"저희한테 물어보시면 안 되고요. 인터넷에서 뗄 수 있는 서류니까 지금이라도 얼른 떼셔서 놓치지 마시고 2시간 내에 접수하셔야 하세요."

그렇게 해서, 김 박사는 회사 공용 전화기가 내는 진동 소리에 먼저 반응하여 전화를 받았다는 이유로 문제의 업무를 맡은 담당자가 되고 말았다.

생각해보면 관공서 직원의 태도는 상당히 친절한 편이었다. 법을 어기지 않도록 어쨌거나 미리 안내해준 것 아닌가? 보통 국회의원들이 임기 동안 발의하는 법안 건수는 도합 2만 건에 달한다. 2만 건의 법이 각각 뭘 어떻게 바꾸고 또 만드는지 누가 다 알겠는가? 그 많은 법 중에 결국 뭐가 어떻게 바뀌었고 그래서 잘못하면 위법이 된다는 사실을 이렇게 전화라도 걸어서 알려주는 관공서 직원이 있다는 자체가 감사할 일 아닐까? 김 박사는 그렇게 생각하며 자기 자신을 다잡았다.

게다가 적어도 결론 부분은 이해하는 것이 어렵지도 않았다. 그러니까, 새로 생긴 어느 법 때문에 2시간 내로 '정보 이용 세금 정산 보고서'라는 것을 구해서 제출해야 한다. 그러지 않으면 회사는 법을 어긴 것이 되고 잘못하면 회사 대표와 자신이 감옥에 갈 수도 있다는 이야기였다.

겁에 질린 김 박사는 서둘러 허겁지겁 정보 이용 세금 정

산 보고서를 출력하기 위해 정보 세금 정산 센터 홈페이지를
검색했다.

일단 가장 자주 쓰는 검색 엔진에서는 그 '정보 세금 정
산 센터'라는 곳이 검색이 되지 않았다.

촘촘하게 설치해놓은 Robot.txt 설정 때문에 웹사이트
자체를 검색 엔진이 인식할 수 없는 것 같았다. 김 박사는 이
런 경우를 이미 다른 업무 때문에 몇 번 당해본 적이 있었다.
그래서 나름대로 해결책을 알고 있었다.

김 박사는 우선 지도를 보여주는 포털 사이트로 들어갔
다. 정보 세금 정산 센터 건물을 먼저 검색했다. 지도에 그 건
물이 표시되자, 그 건물을 클릭했다. 그러자 포털 사이트에서
보여주는 홈페이지 주소가 나왔다.

"알아냈어. 침착하자. 아직 시간 얼마 안 지났어."

김 박사는 그 홈페이지에 들어갔다. 그러자 번쩍하면서
무엇인가 첫 화면이 나오는 것 같더니 곧 아무것도 보이지 않
았다. 제대로 된 사이트에 왔는지 아닌지 알 수도 없었다. 하
얀 빈 화면만 나와 있을 뿐이었다. 그리고 얼마간 시간이 지
나자 곧 무슨 다운로드를 시작할 거냐고 묻는 화면이 나왔다.

보안 프로그램 CyberX를 설치하십시오.

그 프로그램을 설치해서 실행해야만 첫 화면이라도 보여
줄 수 있다는 이야기였다. 설치해도 되는 프로그램일까? 애

초에 제대로 된 웹페이지에 온 것은 맞을까? 그러나 시간이 없었다. 일단 시키는 대로 프로그램을 설치하기로 했다. 다행히 다운로드는 생각보다 오래 걸리지 않았다.

프로그램을 실행시키자 화면은 저절로 새로고침이 되었다. 그러나, 아무런 변화가 없었다. 뭔가 번쩍거리며 다시 화면이 나오는 듯하더니 다시 새하얀 화면으로 바뀌었다.

보안 프로그램 CyberX를 설치하십시오.

똑같은 일을 반복하는 것 같았다. 김 박사는 프로그램이 새로운 버전의 웹브라우저를 인식하지 못하기 때문이라는 직감이 들었다.

물론 김 박사는 옛날 버전 웹브라우저 또한 이미 컴퓨터에 설치해두었다. 김치, 고추장과 함께 한국인의 필수품이라고 하는 옛날 버전 웹브라우저. 한국에서 업무를 보려면 꼭 필요하니까. 다행히 김 박사는 평균적인 한국인이었기에 필수품을 구비해놓고 있었다.

"이번에는 되겠지."

기대를 품고 옛날 버전 브라우저로 정보 이용 세금 정산 센터로 들어가려고 했지만, 이번에는 방금 접속했던 그 웹사이트의 주소를 알 수가 없었다. '컨트롤 C, 컨트롤 V' 기능을 이용해서 분명히 주소를 복사해두었는데. 왜 웹사이트 주소 붙여넣기가 안 되는 거지? 가만 보니, 그 보안 프로그램이 동작하면서 무엇인가가 복사되어 있는 클립보드 영역이 어떤 보안 문제를 일으킬 수 있다고 보고 삭제해버린 것 같았다.

하는 수 없이, 김 박사는 옛날 버전 웹브라우저를 이용해서 다시 지도를 검색해서 인터넷 주소를 찾아내 사이트에 접속했다. 혹시 비슷한 일이 또 일어날지 모르니까, 이 웹 주소를 메모장에 써놓고 저장해놓거나 즐겨찾기에 저장해놓을까? 아니야. 내가 앞으로 인생 살면서 정보 이용 세금 정산 센터 홈페이지에 또 올 일이 얼마나 있겠어? 시간도 없는데 그냥 진행하지, 뭐.

김 박사는 잠시 후 이 판단을 후회하게 된다.

옛날 버전 웹브라우저에서는 정보 이용 세금 정산 센터 홈페이지의 첫 화면이 일단 제대로 보였다. 김 박사는 빠르게 마우스를 움직여 세금 정산 보고서를 어디서 출력하는지 알아내려고 했다. 그런데 그 전에 갑자기 화면에 팝업창이 하나 열렸다.

이 사이트는 크롬 웹브라우저에서 정상적으로 동작합니다.

크롬은 또 왜? 구글세와 관련된 법령 때문에 서류를 떼려고 들어온 사이트에서 왜 구글이라는 회사의 제품을 써야 하는 걸까? 지금 이 옛날 버전 웹브라우저로도 내용은 깔끔하게 다 잘 보이는 것 같은데. 이대로 그냥 진행해도 괜찮지 않을까? 그렇지만 혹시 1시간 진행하다가 갑자기 중간에 브라우저 문제로 막혀버리고 다음 단계로 넘어갈 수 없어서 처음부터 다시 해야 된다면? 그냥 시키는 대로 처음부터 크롬으로 진행해야 하는 것 아닐까?

아직 시간은 10분 정도밖에 소요되지 않았다. 크롬을 설치할 수 있는 시간은 충분히 있어 보였다. 그래서 김 박사는 우선 크롬 웹브라우저를 설치하는 일부터 시작했다.

5분 정도의 시간을 더 소요한 뒤에 크롬 웹브라우저를 실행시키자, 무슨 이유인지 다시 보안 프로그램을 설치하라는 화면이 나왔다. 크롬이 이전에 설치해둔 보안 프로그램과 연결되지 않고 있는 것 같았다. CyberX (3).exe라는 이름으로 보안 프로그램 다운로드가 또다시 시작되었다. 지금까지 몇 번이나 실패했는지를 조롱하듯이 보여주는 파일 이름이었다.

그래도 다시 설치하니 이번에는 정말 보안 프로그램 설치가 잘된 것 같았다. 그러나 새로 보안 프로그램이 설치되어 실행되면서 또 클립보드를 지워버렸다. 즉 아까 들어갔던 웹사이트 주소를 또 잃어버리게 되었다. 보안 설정 때문에 방문했던 웹사이트 기록도 남아 있지 않았다. 김 박사는 다시 지도를 검색해서 건물을 찾고 건물에 딸린 웹사이트 주소를 알아냈다. 김 박사는 혹시나 싶어 이번에는 그 주소를 종이쪽지에 메모해두었다. 아무도 모르는 지식이지만, 김 박사는 이후

109세로 인생을 끝마치는 마지막 순간까지 단 한 번도 그 메모를 다시 사용하지 않았다.

김 박사가 처음 이 일을 시작한 때로부터 22분 정도의 시간이 흘렀을 무렵, 드디어 컴퓨터 화면에는 정보 이용 세금 정산 센터 홈페이지가 정상적으로 나타났다. 아직 시간은 충분하다. 이제 세금 정산 보고서를 출력하는 메뉴를 찾기만 하면 된다.

그런데, 화면을 아무리 둘러보아도 세금 정산 보고서 메뉴가 보이지 않았다. 마우스 커서를 어떤 낱말에 올리면 1초 정도 후에 그 아래로 메뉴가 1초 정도에 걸쳐 스윽 열리는 형태로 되어 있었는데, 화면에 낱말 열두 개가 있었기에 메뉴를 다 살펴보는 데만 1분 정도가 걸렸다. 그런데 그 어디에도 세금 정산 보고서 출력 메뉴는 없었다. 이 웹사이트에서 지금 가장 많은 사람들이 찾을 만한 메뉴인데, 왜 이렇게 찾기 어렵게 꽁꽁 숨겨둔 것일까?

사이트맵이라는 메뉴를 찾아 들어가보았지만 다른 자료를 볼 수 있는 메뉴밖에 없었다. 그곳에는 정보 이용 세금 정산 센터가 언제 만들어졌는지, 정보 이용 세금 정산 센터의 센터장 인사말은 어디서 볼 수 있는지, 정보 이용 세금 정산 센터로 오시는 길은 어디인지, 정보 이용 세금 정산 센터를 상징하는 로고는 어떤 의미를 지니고 있는지 등등을 알려주는 내용밖에 없었다. 정보 이용 세금 정산 센터 로고를 디자인한 의미에 대해 알아보는 것도 나름대로 삶에 어떤 도움이 될 때가 올지도 모를 일이지만, 지금 긴박한 문제는 그게 아니었다.

김 박사는 지푸라기라도 잡는 심정으로 소용없을 걸 뻔히 알면서도 웹사이트에 달려 있는 검색란에 '세금 정산 보고서'를 입력하고 검색을 해보았다.

세금 정산 보고서—검색 결과 8,352건

부산 금정산! 센터 직원들의 즐거운 신년 산행의 추억…….

산보의 즐거움—센터 주변을 걷는 즐거움…….

종로의 세검정에는 다음과 같은 유래가…… 그래서 세금정이라는 이름이 붙었다는 것이다…….

김 박사는 왜 누가 '세검정'이라는 말을 '세금정'이라고 오타를 낸 것일까 잠깐 생각해보게 되었다. 하여튼 의미 있는 정보는 없었다. 역시 지푸라기는 잡아봐야 지푸라기일 뿐이었다.

김 박사는 '자주 묻는 질문' 메뉴로 들어갔다. 그곳에 가니 '무슨 영수증은 어디서 출력하나요?' '무슨 보고서의 양식은 어떻습니까?' 같은 질문들이 올라와 있었다. 가만 보니 그 중에는 어디에서 세금 정산 보고서를 출력하는지 물어보는 글도 있을 것 같았다. 김 박사는 빠르게 자주 묻는 질문에 올라온 글들을 훑어보기 시작했다. 시간은 흘러갔다. 비슷한 다른 보고서 같은 것을 원하는 사람들의 질문들이 있었다. 곧 김 박사가 원하는 세금 정산 보고서 떼는 법도 어딘가에 적혀 있을 듯싶었다.

10분 정도의 시간이 더 흘렀을 때였다. 총 34분가량의 시간이 소모된 시점에서, 김 박사는 불현듯 한 가지 생각을 떠올렸다. 에드거 앨런 포가 창조한 옛 탐정 소설의 주인공, 오귀스트 뒤팽이 추리소설의 기본에 대해 설명하면서 잘 찾을 수 없는 물건은 어이없을 정도로 눈에 뜨이기 쉬운 곳에 있기 때문에 오히려 잘 뒤져보지 않게 된다고 한 이야기. 김 박사는 그 말이 영감처럼 떠올랐다. 바로 웹사이트의 맨 첫 페이지로 돌아갔다. 그리고 새로고침을 눌렀다.

팝업 차단됨.

예상대로였다. 브라우저 한 켠에 그 말이 보였다. 김 박사는 팝업창을 허용한다는 옵션을 선택하고 웹사이트를 다시 표시하도록 했다.

그러자, 사이트의 맨 처음 시작 화면과 함께 커다란 팝업창이 튀어나왔다.

세금 정산 보고서 온라인 출력.

>> 클릭 <<

한 눈에 보기에도 급하게 만들어 적당한 아이콘조차 붙

이지 못한 모습의 팝업창이었다. 그렇지만, 그런 만큼 진솔하고 절박해 보였다.

문제의 링크를 클릭하자, 완전히 별도의 새로운 웹사이트가 드러났다. 출력을 위한 웹사이트는 지금까지 보고 있던 정보 이용 세금 정산 센터 홈페이지만큼이나 거대한 곳이었다. 그 자체를 위한 검색 기능과 사이트맵까지 따로 갖고 있었다.

이번에는 그래도 들어가자마자 눈에 잘 뜨이는 곳에 '세금 정산 보고서 출력'이라는 메뉴가 있었다. 시간을 확인해보니 남은 시간은 1시간 25분. 이 정도면 아직 시간이 부족하다는 느낌은 아니다. 시작이 반이라고, 일단 이 웹사이트를 찾아낸 것에 성공했으니 나머지는 잘 풀려나갈 수도 있을 것이다.

그런 식으로 김 박사는 자기 자신을 진정시키기로 노력했다.

그렇지만, 어디 옛말 중에 틀린 말이 있던가? 시작이 반이라는 말대로, 정말 시작은 업무 부담의 절반에 해당할 정도였다. 그러니까, 세금 정산 보고서 출력 웹사이트를 시작하는 것 자체가 이 모든 고생의 반만큼이나 될 정도로 힘겨운 일이었다.

우선 '세금 정산 보고서 출력'이라는 메뉴를 누르자 나타난 것은 세금 정산 보고서나 그것의 출력을 위한 화면이 아니었다. 화면에는 다음과 같은 두 가지 말이 나타났다.

아이디:

패스워드:

그리고 그 아래에는 작은 글씨로 이렇게 적혀 있었다.

아이디가 없으시면 회원가입을 하십시오.

회원가입이라니? 이런 게 필요해? 그렇지만 김 박사는 지나치게 긴장하지 않도록 스스로에게 자기암시를 걸기 시작했다. 하자. 회원가입. 하루 이틀 하는 회원가입도 아닌데. 어차피 21세기를 살고 있는 인류의 일원인 이상 쓰잘데없는 웹사이트에 회원가입하는 일은 매일같이 할 수밖에 없는 일 아닌가? 회원가입 또 하지 뭐. 익숙한 짓이다. 빠른 손놀림으로 가입하면 된다. 2, 3분이면 가입할 수 있을 것이다.

그러나 출발부터 자잘한 문제가 사람을 성가시게 하기는 했다. 예를 들어, 이 웹사이트는 가입할 때 가입자의 국적을 고르는 칸이 있었다. 그런데 세계의 이백 개 가까운 나라들 중에 한국을 찾는 것이 쉽지 않았다. 기본으로 선택되어 있는 선택지는 '한국'이 아니라, 그냥 '선택'이라는 말이었다. 한국이라는 선택지를 그 많은 나라 중에서 하나 골라야만 했다. 김 박사는 '내가 '선택'이라는 나라를 세우고 그 나라의 시민이 되면 얼마나 좋을까. 국민투표로 우리나라 이름을 대한민국 대신에 '선택'으로 바꿀 수 있을까' 같은 공상에 잠깐 빠졌다.

그런데 선택지에 있는 수백 개의 나라 이름이 가나다 순서로 정렬되어 있지도 않아서 어디쯤 어느 나라가 있는지 찾아보기가 너무 어려웠다. 그러면서도 묘하게 나라 이름 발음이 비슷한 나라들끼리 모여 있어서 자꾸만 가나다 순으로 나라 이름이 정렬되어 있는 것은 아닌가 착각을 하게 되었다. 마치 함정 같은 정렬이었다.

김 박사가 한참 보다 보니, 원래 어느 영문 사이트의 나라 이름 목록을 가져와서는 그것을 한국어로 번역만 해서 그대로 집어넣어놓은 것 같았다. 그러니까 **아르헨티나—벨기에—중국—덴마크** 순서로 적혀 있어서 그냥 한글로 나오는 화면을 얼핏 보면 아무 규칙이 없는 것 같지만 자세히 보면 Argentina—Belgium—China—Denmark라는 나라 이름의 영문 표기 순서를 따른 것이었다. 김 박사가 이런 숨겨진 규칙성을 알아낸 것은 작은 앎의 즐거움이기는 했으나, 칭찬해줄 사람은 아무도 없었다. 그뿐만 아니라, 그 와중에 한국이 Korea로 들어가 있는지 South Korea로 들어가 있는지 Republic of Korea로 들어가 있는지 뭘로 표기되어 있는지를 상상하며 찾아보는 일이 더욱 성가셨다. 자세히 보니 케냐와 쿠웨이트 사이에 북한과 대한민국이 있었다. Kenya와

Kuwait 사이에 있으니까 Korea, South라는 표기로 되었던 것을 번역해서 넣은 모양이었다.

다른 문제로 괜히 타이핑을 여러 번 하게 하는 문제도 있었다.

보통 김 박사는 한 항목을 입력하고 다른 항목을 입력하려고 이동할 때에는, 손놀림을 빠르게 하기 위해 마우스로 클릭하지 않고 키보드의 탭 키를 눌러서 이동했다. 예를 들어서 이름을 입력한 후 나이를 입력할 때에는 이름을 입력하고 나이 입력하는 칸을 마우스로 클릭하는 것이 아니라 그냥 탭 키를 눌러 이름 입력란에서 나이 입력란으로 이동하는 버릇이 있었다. 그게 쓸데없는 회원가입에 익숙해진 21세기 인류의 발전된 습성이라고 생각해왔다.

그런데 전화번호 입력하는 칸에, 이 웹사이트는 편리하게 입력하는 것을 도와준답시고 맨 앞자리 010을 입력하고 나면 자동으로 바로 다음 칸으로 이동해버리는 기능이 들어가 있었다. 그런 친절함을 김 박사가 어떻게 알았겠는가? 그와 같은 배려심을 모르고 습관적으로 탭 키를 같이 눌러버리니까 두 칸 연속으로 이동해버리고 말았다. 그러다 보니 국번을 입력해야 할 자리는 건너뛰어버리고 그다음 번호를 입력할 자리에 무심코 국번을 입력하게 되었다. 그것을 수정하기 위해서는 다시 일부러 국번 입력 칸을 클릭해서 돌아가 입력하고, 잘못 입력한 번호 부분을 지우고 다시 입력해야 했다. 별것 아닌 동작이기는 했지만, 재빠른 손놀림으로 빨리 회원 가입을 하겠답시고 탭 키를 누른 것 때문에 일부러 이런 더 귀찮은 추가 동작을 해야 한다는 사실은 뒤틀린 자괴감으로 다가왔다.

물론 모든 것이 짜증스러운 것만은 아니었다. 이메일 입력란에는 혹시라도 누군가 오타를 낼까 봐, 여러 대중적인 이메일 계정 제공 사이트에서 쓰는 주소 본보기들 중에 고르도록 해놓은 대목이 있었다. 이런 대목은 잠시 옛 추억에 젖는 기회가 되기도 했다. 그 이메일 주소 선택란에는 netian. com, hanmir.com, paran.com 같은 흘러간 옛 인터넷 닷컴 기업들의 주소가 보였다. 그래, 옛날에는 그런 사이트들이 있었지. 그 회사에서 일하던 사람들은 지금 무엇을 하고 있을까? 사이트는 망했지만 그래도 새로운 일자리를 찾아가서 잘 살고 있을까?

생년월일을 입력하는 순간도 마음에 와닿는 것이 있었다. 도대체 이런 사이트에서 왜 생년월일을 입력받는지는 알수 없는 노릇이기는 했지만, 그보다 이 사이트는 그냥 곱게 연월일을 타이핑해서 입력받는 방식이 아니었다. 대신에 클릭을 하면 달력 모양이 나오고 거기서 날짜를 클릭하는 방식을 택하고 있었다. 김 박사가 태어난 해의 달력을 보기 위해서는 한 해 전 달력을 보는 버튼을 여러 번 클릭해야 했다. 그러다 보니 나이가 있는 만큼 클릭을 한참이나 해야 했다. 연도 숫자가 하나둘 줄어드는 것을 보면서 '내가 태어난 지 이렇게 많은 세월이 흘렀구나' '나도 벌써 이만큼 나이가 먹었구나' 하면서 잠시 상념에 빠질 기회가 되었다.

그러나 상념에 빠질 느긋한 시간은 오래도록 이어지지 않았다. 회사 대표의 이름을 입력하는 칸에서 골치 아픈 일이 발생했다.

김 박사가 다니는 회사 대표의 이름은 '박여호수아'였는데, 그 글자를 써넣자 화면에 예상치 못한 팝업창이 열렸다.

성명에는 최대 4자까지만 입력이 가능합니다.

그리고 사이트는 입력을 거절했다.

어떻게 하지? 앞 네 자리만 써야 하나? 그러면 '박여호수'가 되는데, 이러면 대표의 이름이 아닌 게 되지 않나? 차라리 이름이라도 정확하게 살리기 위해 성을 빼고 '여호수아'라고 입력하는 게 나을까?

그러나 김 박사가 어렴풋하게 임의로 결정한 대책을 웹 사이트는 매몰차게 거절했다.

데이터베이스상의 회사 대표 성명과 입력하신 성명이 일치하지 않습니다.

하는 수 없이 김 박사는 '박여호수'라고 입력하기도 해보았고, 부질없이 '박호수아'라고 입력하기도 해보았다. 모든 경우의 수를 시도해본다고 '박여호아'라고 입력해보는 쓸데없는 행위도 해보았다. 그러나 웹사이트의 반응은 한결같았다.

데이터베이스상의 회사 대표 성명과 입력하신 성명이 일치하지 않습니다.

어떻게 진행해야 하는 걸까? 여기서 막히는 걸까? 김 박사는 지금 입력해놓은 것이 모두 날아갈까 봐 조심스럽게 웹 브라우저를 하나 더 열어서 거기에서 같은 웹사이트에 다시 들어갔다.

이런 문제를 상담할 사람의 연락처와 전화번호를 찾아보았지만, 알 수 있는 것은 없었다. 이 웹사이트에는 자주 묻는 질문 게시판도 보이지 않았다. 자세히 보니, webmaster라는 매우 권위 있어 보이지만 너무나 흔한 이름의 이메일 주소가 아주 작은 글씨로 화면 한 켠에 박혀 있는 것이 보였다. 그뿐이었다. 1년 전 급하게 이 웹사이트를 개발해주고 불경기를 견디다 못해 망해서 흩어진 어느 웹 개발 업체에서 당시 급하게 고용했던 제일 불쌍한 아르바이트생의 이메일 계정과 연결되어 있을 것 같아 보이는 주소였다. 그 사람에게 이 문제를 이야기하면 누구누구에게 전달되어, 어느 세월에 해결될 수 있을까? 그래도 그것이 당장 이 웹사이트의 관리자 쪽과 닿을 수 있는 유일한 경로인 듯싶었다.

'[긴급]' '[지급]' 같은 말을 제목에 넣어서 이메일을 보내면, 혹시 몇십 분 만에 답이 올 수도 있을까? 남은 시간은 1시간 8분이었다.

'저희 회사 대표의 성함이 다섯 글자인데 회원가입 시에 대표입력란에서 네 글자 이상을 입력하면 오류가 납니'

까지 이메일에 타이핑을 했을 때, 김 박사는 한 가지 새로운 돌파구를 떠올릴 수 있었다.

그 돌파구는 웹사이트 첫 화면 한쪽 구석에 있었다. 돌파구라고 해서 구멍이나 문이 있었다는 뜻은 아니다. 이 웹사이트 한쪽 구석에는 영국 국기 모양이 그려져 있었다.

제1차 세계대전 당시의 프랑스군도 아닌데, 영국 국기를 반가워할 까닭이 있을까? 물론이다. 한국 웹사이트에서 한쪽 구석에 있는 영국 국기 모양은 이 웹사이트를 영문판으로 볼 수 있다는 뜻이었다. 그 말은 회원가입도 영문으로 할 수 있게 만들어놓았을지도 모른다는 의미였다.

그러면 이름도 영문으로 받도록 해놓았을 것이고, 그렇다면 아무래도 이름에 네 글자밖에 안 되는 제한을 걸어놓지는 않았을 것이다. 여호수아 박을 영어로 쓴다면 Joshua, 그것만으로 벌써 여섯 글자다.

"그렇지!"

김 박사는 짜릿한 환호를 욕설처럼 내뱉었다. 생각대로였다. 영문판 웹사이트에서 처음부터 다시 회원가입을 진행하자, 이름을 네 글자 이상 입력해도 막아서는 것은 없었다. 성공이었다.

그러는 사이에 시간이 소요되어 남은 시간은 54분뿐이었다. 이 정도면 아직 여유 있어 보였다. 힘겨워 보이지만 따지고 보면, 웹사이트 한군데에 가서 서류 하나를 떼서 보낸다, 그 작업이 해야 될 일의 전부 아닌가? 세계에서 가장 빠르다는 한국의 초고속인터넷으로 그 정도 작업을 하는데, 54분이면 넉넉하다고 봐야겠지. 그렇게 자기 자신에게 주문처럼 되뇌고 있었다.

그러나 시간이 흐를수록 점점 초조해지는 것을 피할 대책은 없었다.

그리고 과연 피할 수 없는 거대한 벽이 나타났다.

주소에서 우편번호를 입력하는 칸이 보였다.

우편번호를 그냥 곱게 타이핑해서 입력할 수는 없게 막혀 있었다. 우편번호 조회 버튼을 눌러서 우편번호를 검색해서 자동으로 우편번호가 입력되도록 해야 하는 방식이었다. 그리고 그에 따라 주소 앞부분도 자동으로 들어가게 되어 있었다. 그런데 무슨 이유인지, 우편번호 조회 버튼을 아무리 눌러도 우편번호를 조회하는 창이 열리지 않았다.

주소에서 우편번호를 입력하지 않으면, 이 웹사이트는 회원가입을 허용하지 않는다. 회원가입이 허용되지 않으면 보고서를 뗄 수도 없고, 보고서를 뗄 수가 없으면 제출할 수가 없고, 제출하지 못하면 감옥에 갈지도 모른다. 우편번호. 어떻게든 우편번호 입력창이 열리게 해야 했다.

어떻게 해야 하지?

우편번호. 우편번호. 김 박사는 부질없이 회색으로 칠해져 있는 우편번호 입력 칸을 마우스로 몇 번 클릭하고 키보드를 몇 차례 눌러보았다. 소용없었다. 아무 글자도 입력되지 않았다. 그렇게 한다고 김 박사가 뻔히 알고 있는 우편번호를 그곳에 입력할 수 있게 허락해주지는 않는다.

김 박사는 다시 webmaster라는 주소로 이메일을 하나 보내려고 했다. 그런데, 그때 또다시 화면에 보이는 것이 있었다. 아까도 보였던 바로 그 메시지.

팝업창을 차단했습니다.

그렇지. 우편번호 입력하는 창은 무슨 이유인지 차단당해야만 하는 팝업창으로 인식되고 있었다. 팝업을 허용하면 다시 우편번호를 입력할 수 있는 창이 뜰 것이다. 그러면 주소를 입력할 수 있게 되고, 그러면 보고서를 뗄 수 있고, 그러면 시간 안에 보고서를 제출할 수 있어서 법령을 준수하고 감옥에 가지 않게 된다.

이 사이트의 팝업을 항상 허용하시겠습니까?

항상. 언제까지나. 영원히.

김 박사는 허용했다. 그런데, 팝업창을 다시 보여주려는 일념에만 사로잡힌 웹브라우저는 전체 웹페이지를 새로고침 시켜버렸다. 그러자 지금까지 회원가입을 하겠다고 입력한 그 긴긴 내용들은 다 사라져버렸다. 하얀 화면에는 이런 말만 나왔다.

자료를 다시 전송하여야 합니다. HTTP-POST

그 모든 회원가입 작업을 처음부터 다시 해야 한다는 의미였다.

두 번째 하는 작업에서는 실수가 없었다. 전화번호를 입력할 때에는 굳이 빠르게 입력하겠다고 탭 키를 눌러서 이동하면서 잘난 척하지 않고 겸손하게 자동으로 웹사이트가 다음 칸으로 옮겨지는 기능을 따라갔다. 달력을 빠르게 클릭하여 생년월일을 고르는 손놀림은 더 빨라졌다. 여러 번 보다 보니 김 박사는 자신이 태어난 날이 금요일이구나 하는 점을 괜히 깨닫게 되었다. 우편번호 검색창이 정상적으로 뜨는 모습은 큰 안도감을 느끼게 했다. 다만 영문판 웹사이트로 가입을 하고 있기 때문에, 회사 주소를 정식 영문 주소로 다시 알아와서 검색을 하느라 조금 골치 아프기는 했다.

모든 회원가입 작업을 다 수행하고 성공적으로 처리한

후, 김 박사는 '완료' 버튼을 클릭했다. 그리고 떨리는 마음으로 작업이 진행되기를 기다렸다.

그런데, 이번에도 이 웹사이트는 가련한 김 박사를 회원으로 가입시켜주지 않았다. 이번에는 아무 설명도 없이 그냥 웹사이트가 멎어버렸다.

남은 시간은 41분. 어차피 의지와 의향이 없는 웹사이트가 굳이 김 박사를 싫어해서 가입을 막는 것일 리는 없었다. 어떤 프로그램이 내부에서 작동하다가 오류를 일으킨 듯싶었다. 김 박사는 절망적인 기분을 최대한 억누르며 차분한 이성을 찾으려 노력했다. 그 애틋한 노력 덕분에 김 박사는 화면에 보이는 한 가지 특이한 상황을 알아챌 수 있었다.

CyberX가 고객님의 정보를 안전하게 처리 중입니다.

CyberX가 고객님의 정보를 안전하게 처리 중입니다.

김 박사의 정보를 안전하게 처리 중—잘도 안전하게 처리하고 있겠다—이라고 밝히고 있는 CyberX라는 프로그램의 진행 상태를 보여주는 창이 화면에 표시되고 있었다. 그런데 그 창이 이상하게 하나가 아닌 둘이 열려 있었다. 그렇다면 CyberX 프로그램이 어떤 이유에서인지 둘이 열려서 동시에 실행되고 있다는 뜻 같아 보이기도 했다.

"혹시 보안 프로그램이 두 개가 동시에 실행되면서 서로 충돌을 일으키고 있는 건가?"

김 박사는 혼자서 그렇게 중얼거렸다. 누가 보면 정신이 이상해진 사람이라고 생각할 수도 있었겠지만, 큰 오해는 아닐 것이다. 그러고 보니 떠오르는 것이 있었다. 돌아보면 김 박사가 이 짓거리를 처음 시작할 때 브라우저를 바꿔서 두 번 웹사이트에 접속을 시도했다. 그때마다 CyberX가 실행이 되고, 그 후에도 정상적으로 종료되지 않았다면? 그렇다면 CyberX가 동시에 둘이 실행될 수 있지 않겠는가?

그러자, 머릿속에서 빌 게이츠인가 스티브 워즈니악인가 에이다 러브레이스인가가 말했다는 컴퓨터 작동 오류 해결 이론의 제1 원리가 떠올랐다.

"껐다가 켜보든지."

김 박사는 컴퓨터를 종료하고 다시 켜서 이 모든 작업을 처음부터 다시 수행해보기로 했다.

그리고, 결론은 감격의 회원가입 완료.

물론 회원가입의 마지막 관문인 휴대전화 실명인증의 관문을 통과해야 하기는 했다. 휴대전화 실명인증은 마치 여진족의 군대를 혼자서 방어하는 고려의 명장, 척준경처럼 굳건히 사이트에 가입하기 어렵도록 막고 있었다. 가까스로 인증번호를 전화기에서 확인하려고 하는데, 전화기에 배터리가 모자라서 꺼져버렸고, 그 때문에 전화기 연결 케이블을 옆자리에 앉은 동료에게 빌려서 다시 충전을 하고, 전화기를 다시 부팅하고, 전화기에서 다시 꼭 업데이트해야 한다는 OS 변경 사항을 반영하고, 그러기에는 용량이 부족해서 전화기에서 뭘 지울지 고민해서 지우고, 결국 인증번호를 받기는 받았는데, 전화기가 꺼져 있는 동안 날아온 아까 인증번호와 새로 받은 인증번호가 동시에 날아와 뭐가 뭔지 헷갈려서 한 번 틀리고, 뭐 그런 난관을 다 넘어서야 하기는 했다.

그러나, 그 모든 난관을 김 박사는 꿋꿋이 헤쳐나갔다. 김 박사는 서류를 제때 제출하지 못해서 난생처음 감옥 신세를 지느냐 마느냐를 결정하게 될 절체절명의 정보 이용 세금 정산 보고서 출력 웹사이트에 마침내 가입하는 데 성공하고야 말았다. 남은 시간 32분.

"이예에!!!"

김 박사는 흥분하여 자리에서 일어나 소리를 질렀다. 보고서 출력 웹사이트 회원가입 성공. 프리메이슨이나 일루미나티에 가입했다고 한들 이렇게 기쁘랴. 주변 동료들 중에는 이상한 눈길을 보내오는 사람이 있었지만, 이미 그런 것이 중요하다는 느낌은 들지 않았다.

물론 이다음에도 문제가 술술 풀리기만 했던 것은 아니었다. 우선 회원가입을 마친 후 새로 다시 로그인을 하라고 했는데, 이때 비밀번호를 잘못 입력하자 '세 번 오류 시에는 계정이 잠깁니다'라는 메시지가 나왔다.

"그렇게 위협할 거면 미리 말이라도 해주지."

김 박사는 떨리는 마음으로 키 하나하나에 쓰여 있는 글씨를 보면서 어린 시절 처음 키보드라는 것을 접하던 때의 태도로 돌아가 차근차근 눌렀다. 특히 이 웹사이트는 비밀번호에 특수문자를 꼭 끼워 넣으라고 했기 때문에, 특수문자를 입력하기 위해 시프트 키를 누르면서 동시에 다른 키를 누르는 동작을 취할 때는 각별히 신중해야 했다.

어지간한 문제가 다 해결된 뒤에도 보고서를 출력하기 위한 별도의 출력 프로그램을 설치하고, 그러기 위해서는 다른 보안 프로그램을 또 설치해야 하고, 그러면 기껏 작업을 해놓은 후 보안 프로그램이

현재 열려 있는 모든 브라우저를 닫습니다.

라는 개 같은 소리를 하면서 다시 모든 것을 닫고 처음부터 시작하도록 강요하는 일도 있었다. 그 일이 벌어진 때에 남아 있는 시간은 28분.

그 순간, '현재 열려 있는 모든 브라우저를 닫습니다'라는 말 밑에는 '확인'이라는 버튼밖에 없었다. '닫기 싫은데'라든가 '확인하기 싫어' '꺼져라 개자식' 같은 버튼은 달려 있지 않았다. 확인을 누르면 그 모든 것이 날아가고 다시 시작해야만 한다. 그리고 그런 사실을 사용자가 뻔히 알면서도 어떤 다른 방법이 없어서 제 손으로 '확인'을 눌러 모든 브라우저

를 닫도록 되어 있었다. 그 심정, 겪어보지 않은 사람은 모른다. 안타깝게도 다들 겪어보았겠지만.

그 후에도, 보고서가 그냥 바로 프린터로 출력되는 것이 아니고, 출력되는 프린터가 있고 안 되는 프린터가 있어서 쉽게 출력을 할 수가 없었다. 무슨 보고서 출력 프로그램이라는 것이 그냥 쉽게 프린터로 출력하도록 되어 있지 않고 굉장히 까다롭게 프린터 연결 방식을 통제하고 있었다. 만에 하나 혹시라도 보고서를 PDF로 뽑아두면 요한계시록에 따라 세상이 종말을 맞을지도 모르기 때문에 사탄을 봉인해두듯이 철저히 봉인해놓는 기능이 겹겹이 갖추어져 있어서 멀쩡하게 네트워크로 잘 연결되어 있는 프린터로도 보고서를 출력하지 못하는 문제도 있었다. 김 박사는 휴대용 컴퓨터를 새로 구하고, 재빨리 회사 건물 지하에 있는 사무용품점에서 USB 케이블도 사 와서, 직접 프린터 옆에 가서 프린터에 휴대용 컴퓨터를 연결해서 인쇄를 해야 했다. USB 케이블을 사고 사무실로 달려올 때 빨라진 그 발걸음. 그때 남은 시간은 17분이었다. 그 휴대용 컴퓨터에 다시 크롬 설치와 보안 프로그램 설치를 하는 작업도 신나는 일은 아니었다.

그러나, 그 모든 과정 중에서 무엇보다 고통스러웠던 일은 공동인증서를 처리하는 문제였다.

이토록 엄정한 절차를 통해서만 인쇄할 수 있는 문서인

정보 이용 세금 정산 보고서는 너무나 중요한 자료였기 때문에, 출력 직전에 마지막으로 공동인증서 시스템이라는 별도의 심각한 프로그램으로 검증하는 절차가 마련되어 있었다. 이것이야말로 이 작업 최후의 난관이었다.

공동인증서를 이용하기 위해서는 우선 회사의 공동인증서 파일을 회사 내부 담당자에게 받아 와야 했다. 회사 내부 절차부터가 쉬운 문제는 아니었다. 게다가 그 공동인증서의 export 파일이란 것을 다운로드한 후에는, 그 공동인증서를 설치하는 절차를 거쳐야 했다. 이 절차는 지금까지 사용했던 이 모든 웹사이트와는 전혀 관련이 없는 완전히 새로운 제3의 공동인증서 처리 전문 기관에서 운영하는 제3의 웹사이트를 이용해서 다시 진행해야 하는 절차였다. 그렇게 공동인증서라는 것을 설치하면, 그다음에는 다시 그 공동인증서를 인식하기 위한 세금 정산 보고서 쪽 프로그램을 새로 설치해야 했다. 그리고 그 프로그램이 정상적으로 동작해야만 그다음 단계로 넘어갈 수 있었다. 접근하기 어렵도록 양방향에서, 온라인과 오프라인의 여러 장벽을 통해 겹겹이 막고 있는 철벽 수비와 같은 모양새였다.

그 한 단계 한 단계는 고통스러웠다. 보고서를 떼는 작업을 가로막는 관문이 여럿 있다면, 공동인증서 설치 작업은 마치 400년 전 울돌목 바다에서 일본군의 대함대를 홀로 막고 있는 충무공처럼 굳건해 보였다. 사람의 의욕에는 한계가 있고, 좌절감에는 끝이 없는 법 아니던가? 어떻게 이 모든 것을 통과해서 보고서를 인쇄할 수 있단 말인가? 김 박사는 눈에서 조금씩 식염수와 같은 성분이라지만 그보다 훨씬 따뜻한 액체가 자기도 모르게 차오르는 것을 느끼게 되었다.

"제발, 제발."

공동인증서 인식 프로그램을 설치할 때, 김 박사는 간절한 마음으로 기도를 올리기도 했다. 만약 공동인증서 인식 프로그램이 너무 엄청난 프로그램이기 때문에 이 컴퓨터의 관리자 권한을 요구한다면? 만약 그렇다면 김 박사는 바로 설치할 수가 없었다. 그런 프로그램은 회사의 IT관리팀에 가서 따로 조치를 받은 뒤에만 설치할 수 있었다. 그러면 시간이 더 걸린다. 그래서는 안 된다. 제발 관리자 권한을 요구하는 프로그램은 아니기를. 제발. 제발!

아무리 21세기 첨단기술의 집약체라고 하는 컴퓨터와 인터넷, 그리고 그중에서도 가장 높은 먹이사슬의 정점에 군림하는 소프트웨어라 하는 공동인증서 프로그램을 쓰고 있다고 할지라도, 인간 본연의 원시적인 주술적 기대에 의지하는 심리가 생길 수밖에 없었다. 마치, 고대의 어느 사냥꾼이 오늘은 산에서 호랑이에게 물리지 않기를 기대하면서 물을 떠놓고 칠성님에게 빌듯이, 김 박사는 실리콘과 광케이블을 오가는 0과 1의 신호가 마법처럼 변하여 공동인증서 인식 프로그램이 관리자 권한을 요구하지 않기를 빌었다.

관리자 권한이 필요합니다.

그러나, 미신이 무슨 소용이겠는가? 김 박사는 결국 컴퓨터 본체를 들고 허겁지겁 관리자 권한을 받으러 IT팀에 찾아가 통사정해야 했다. 그리고 6분 후에, 프린터에게 연결하기 위해서 마련한 휴대용 컴퓨터를 들고 다시 IT팀을 또 찾아가 사정해야 했다.

그러나 결국 절정의 순간은 오고야 말았다. 김 박사는 프린터가 정보 이용 세금 정산 보고서를 출력하는 광경을 볼 수 있었다.

"나온다! 나온다! 나온다!"

한 페이지의 A4 용지가 프린터가 쏟아대는 레이저의 파편을 얻어맞으며 서서히 움직이고 있었다. 그 뜨거운 레이저가 작열하는 동안 종이 위에는 검은 무늬가 조금씩 새겨졌다. 프린터는 서서히 그 종이를 토해냈다. 마치 거대한 괴물이 용사의 칼에 맞아 쓰러지면서 배 속에 든 것을 토해내는 것 같은 광경이었다. 충무공 같았던 공동인증서조차 김 박사는 뚫고 나가는 데 성공한 것이다. 충무공은 노량해전에서 장렬히 전사하였는데, 충무공을 쏘아 맞힌 일본군의 심정이 바로 이러했을까? 김 박사는 아주 부적절한 비유라는 생각이 떠올랐지만 감격과 흥분 속에서 뭐가 뭔지 알 수는 없었다.

정산액: -37원

정보 이용 세금 정산 보고서에는 도장 몇 개와 함께 그런 말이 적혀 있었다. 세금을 37원 내야 한다는 뜻일까? 세금 37원을 이미 냈다는 뜻일까? 이미 낸 세금 중에 37원을 돌려주어야 한다는 뜻일까? 그게 아니면 이미 낸 세금 중에 37원을 돌려달라고 우리가 요청해야 하고 요청하지 않으면 처형하겠다는 뜻일까? 알 수 없었다. 더 이상 생각하고 싶지 않았다. 뭐 하여튼 어떻게 37원이 알아서 잘 되겠지, 뭐. 이 보고서를 이제 관리청에 제출하기만 하면 되었다. 그것만 생각하자고. 그것만.

남은 시간은 4분 16초 정도였다. 관리청의 제출 사이트도 가입 절차나 확인 절차 같은 것이 있을지 몰랐다. 이제 시간은 빠듯하다는 생각이 들었다. 그렇지만, 마음은 조금 가벼워지는 것 같기도 했다. 어쨌거나 37원 문제 아닌가. 37원 문제라면 설마 이 모든 것이 실패한다고 하더라도 정말 감옥에 가지는 않을 것 같았다. 좀 귀찮게 검찰청과 법원을 들락거리는 일이 발생할 수 있을지는 모르겠지만, 37원 때문에 사람을 감옥에 가두는 그런 세상은 아니지 않은가? 설마? 혹시? 김 박사는 자신의 책상에 놓인 유리 저금통 속 수북하게 들어 있는 은빛 동전들을 보면서, 곧 보고서가 제출되기를 기다렸다.

그런데 제출 사이트에 보고서를 스캔한 PDF 파일을 업로드했는데—잠깐만, 어차피 인터넷에서 증명서를 출력하게 되어 있고, 증명서 받는 곳에도 인터넷으로 증명서를 받게 되어 있는데, 그 증명서를 볼 만한 유일한 기관이 뭐 하러 자료를 바로 컴퓨터 파일로 받아 보지 않고 굳이 종이로 한 번 인쇄를 했다가 다시 그 인쇄된 것을 스캔한 파일을 올리도록 해놓은 거지? 이런 생각은 굳이 하지 말고 마음을 비워야지—하여튼 그렇게 고생 끝에 얻은 스캔한 PDF 파일을 올렸는데, 업로드가 진행되지 않고 갑자기 그냥 인터넷 연결이 끊어진 것 같은 모양이 나왔다. 왜 이런 거지?

파일명에 특수문자를 사용하시면 안 됩니다.

직전에 보았던 유의 사항 메시지가 생각났다. 김 박사는 파일명을 다시 확인했다. 정산 보고서.pdf. 어려울 것 없는 이름이었다. 설마 한글도 특수문자라고 취급하는 것일까? 가능성이 있는 이야기 아닐까? C에서 isalpha() 함수를 돌리면 한글은 false라는 결과가 나오던가. 먼 옛날 학교에서 처음 프로그래밍 개론을 배우던 때의 지식도 스쳐 지나갔다. 그러면 파일 이름을 balance report.pdf로 바꾸어야 할까? 잠깐만, 혹시 balance와 report라는 말 사이의 한 칸 띄운 공백이 문제인 것은 아닐까? 공백은 특수문자야, 아니야?

김 박사는 balancereport.pdf라는 이름으로 파일 이름을 바꿔서 올리고 다시 한참 기다렸다. 하지만 여전히 화면에는 오류만 나왔다. 남은 시간은 17초. 잘못된 것은 없는데. 다 잘했는데. 여기까지 왔는데. 왜 이런 거지. 왜?

아무래도 마지막에 사람들이 몰리면서 관리청 웹사이트가 감당하지 못해 무너지고 있는 것 같았다.

그렇게 해서 김 박사는 주어진 자신의 120분을 모두 소모하고 말았다.

128분이 지났을 때, 김박사는 부질없이 다시 보고서 파일을 업로드했다. 이번에는 얼핏 정상적으로 진행되는 것 같았지만, 더 절망적인 결과가 화면에 나왔다.

업무 시간 중이 아닙니다. 서류를 제출할 수 없습니다.

김 박사는 마음 속 깊은 곳에서부터 서서히 끓어오르는 깊은 원한의 눈물이 얼굴을 적시는 것을 얼굴뿐 아니라 온몸으로 느낄 수밖에 없었다.

지나가던 최 박사는 자리에 앉아 처절하게 울고 있는 김 박사를 보았다. 최 박사가 김 박사에게 물었다.

"왜 그래요? 무슨 일 있어요?"

"이게, 이놈들이. 이게 법에 오늘까지라고 되어 있으면, 상식적으로 오늘 밤 12시까지가 오늘 아니에요? 왜 업무 시간이 아니면 접수를 안 받아요? 왜? 처음부터 이럴 줄 알았으면, 제가 처음부터 고속버스를 타고 관리청 가서 그 앞에서 작업해서 바로 실제 서류를 그냥 던지고 왔겠죠. 왜 이걸 꼭 될 것처럼 해놓고는……. 이놈들은 제도를 어떻게 만들어놓았냐면 딱 자기들이 생각한 그 시나리오대로 움직이는 세상에서 제일 평균적인 사람 딱 한 사람만 할 수 있게 해놓았어요. 거기서 한 치라도 어긋나면 허락하지 않는 거예요. 이게 뭐예요? 이게 뭐냐고요."

최 박사는 정말 그게 뭔지는 알 수 없었다. 김 박사는 앞도 뒤도 없이 감정이 차올라 울부짖고 있을 뿐이었다.

최 박사는 김 박사의 컴퓨터 화면으로 고개를 돌렸다. 관리청 웹사이트가 나와 있었다. 그런데 아무것도 알지 못하면서도 '업무 시간 중이 아닙니다. 서류를 제출할 수 없습니다'라는 글을 읽자, 최 박사는 해결책 한 가지를 떠올릴 수 있었다.

"잠깐만요. 관리청 웹사이트 만든 놈들 특징이 있거든요. 이거 웹페이지 소스코드를 한번 열어볼게요."

그러자 화면에 알아보기 힘든 많은 글자가 나타났다.

"맞네. 관리청 얘네들은 여기서도 현재 시각을 클라이언트에서 받아 가도록 짜놓았네."

최 박사는 김 박사 컴퓨터의 시계를 15분 전으로 바꿔 맞췄다. 그리고 보고서를 다시 관리청 웹사이트에 올렸다. 화면에는 다음과 같은 말이 나왔다.

성공적으로 서류가 제출되었습니다.

보통 성공이라는 말은 백만장자가 된다거나, 커다란 회사의 임원이 되거나, 혹은 바람피우는 것이 잘 풀릴 때 정도는 되어야 쓰는 말이라고 생각했다. 하지만, 김 박사는 지금 같은 상황에서도 화면에 보이는 말대로 '성공적으로'라는 말이 충분히 어울릴 만하다고 생각했다.

그렇게, 김 박사는 제때 -37원짜리 정보 이용 세금 정산 보고서를 제출하는 데 성공했다. 그리고 그 공적 덕택에 아무도 검찰 조사를 받지 않고 감옥에도 가지 않을 수 있었다.

이후 보고서 제출이 너무 불편하다는 민원이 많이 발생해서, 다음 해에는 시스템 전면 개편이 이루어졌다. 또한 관련 법도 국회에서 개정안이 통과되고 말았다. 그렇다 보니, 다음 해에는 그 모든 처리 절차와 설치해야만 하는 프로그램들이 전부 바뀌어 완전히 새로운 방식으로 작업을 다 새로 해야 하게 되었다.

그러나 김 박사에게는 행운으로, 다음 해에 벌어지는 그 모든 일은 김 박사의 고통은 아니었다. 대신 그날은 또 다른 누군가가 진동하는 전화를 받아 들었다.

판단

옮겨서 입사한 새 직장에 출근한 둘째 날이었다. 김 대리는 이 과장 앞을 지나가게 되었다. 그런데 이 과장이 이렇게 말했다.

"김 대리, 잠깐만. 잠깐만 여기로 와봐. 잠깐 나하고 이야기 좀 하자.

음, 그래, 김 대리. 혹시 무슨 일 있어? 집에 무슨 일 있냐고. 아무 일 없어?

그런데 아까 방금 그 태도가 뭐야? 몰라? 아무 감이 안와? 한번 생각해봐. 김 대리도 그래도 대리라고 할 정도면 나름대로 생각이 있고, 판단이 있을 거 아니야. 내가 지금 김 대리가 잘했냐, 잘 못했냐를 따지려는 게 아니고 그냥 한번 스스로 생각을 해보라고 물어보는 거야. 김 대리하고 나하고 생각이 다를 수도 있는 거니까. 서로 생각이 다른 거는 그냥 다른 거지, 어느 한쪽이 틀린 거는 아니잖아. 한국 사람들이 다른 것하고 틀린 것을 구분하지 않고 막 섞어 쓰는데, 그거 잘못된 거거든.

그래서 물어보는 거야. 한번 다시 곰곰이 생각해봐. 김 대리 정말 아무 느낌 없어?

아까, 김 대리가 내 앞에 지나가면서 고개 까딱하면서 인사했지? 아니, 내가 인사할 때 고개만 까딱했다고 뭐라고 하려는 거는 아니야. 항상 사람 만날 때마다 막 소리치면서 '안녕하십니까' 하는 것도 진짜 웃긴 거고. 회사에서 그냥 오다가다 마주치면 고개만 까딱할 수도 있지. 이해해. 그거 자체가 문제는 아니라고.

그런데 아까 김 대리 그 태도는 뭔데? 야, 보통 인사라고 하는 거는 어떤, 그 사람한테 우호적인 감정을 조금이라도 표출하려는 거 아니야? 적어도 그게 상식 아니야? 그러면 인사를 하면서 상대방한테 웃음을 살짝 지어준다든가, 아니면 눈을 맞추면서 친근한 느낌을 보여준다든가, 그런 게 당연한 거 아니야? 그게 적어도 한국 사회에서 교육을 받은 평범한 사람이라면 기본적으로 다들 서로 공유하는 거 아냐?

그런데 아까 김 대리가 고개 까딱할 때, 눈동자가 옆으로 움직이더라고. 그냥 눈동자가 조금 떨린 정도가 아니잖아. 옆으로 확 움직였다고. 그게 도대체 무슨 의미야? 나도 김 대리가 무슨 나쁜 마음을 먹었을 거라고는 생각을 안 해. 그렇지만 도저히 이해가 안 되더라고. 왜 고개 까딱하면서 눈동자를 그렇게 움직여? 어떻게 그렇게 하면서 아무 생각도 안 들 수가 있냐고.

아니, 왜, 초등학교 다닐 때 배우는 역지사지란 말 있잖아. 인간관계의 기본이잖아. 사회생활의 제일 기초, 기초 중의 기초잖아. 역지사지를 한번 해보라고. 김 대리가 내 입장이 되어보라고. 내가 너무 유치한 이야기라서 이런 이야기까지는 안 하려고 했는데. 그냥 탁 까놓고 이야기해서 내가 김 대리보다도 나이도 세 살이 많고, 경력도 4년이 길고, 회사에서는 그래도 회삿밥 몇 그릇 더 먹은 과장이라는 직함도 달고 있잖아. 그래서 내가 무슨 상급자라고 갑질을 하려거나 그러는 게 아니고, 그냥 내 기분을 입장 바꿔서 순수하게 인간 대 인간으로 한번 생각해보라고.

아침에 일찍 나와서 자리에 앉아 있는데 꼴랑 어제 새로 입사한 대리 하나가 지나가다가 내 자리 앞에서 눈이 마주쳐서 뭐 인사를 하는지 마는지 한답시고 고개를 까딱하네. 그래도 참고 참으면서 인사를 받아주려고 그냥 넘어가려는데, 눈동자가 옆으로 움직이는 걸 본다고 생각해봐. 김 대리, 김 대리 같으면 화 안 나겠어? 아무 느낌 없겠어? 솔직히 꼭지가 확 돌아서 벌컥 치밀어 오를 만하잖아.

아니, 내가 김 대리를 크게 비난하려고 지금 붙잡고 화풀이하려는 게 아니야. 정말 그런 생각 안 들었냐고 물어보고 싶어서 그런 거야. 김 대리가 내 입장이면 기분 안 나쁘겠냐고. 아주 아무것도 모르는 사람한테 완전히 무시당한 느낌이 들잖아. 하루 일 시작하는 아침에 기분 확 잡치면서 직장 생활에 회의감 안 생기겠냐고. 아니, 죄송하다는 이야기를 듣자는 게 아니고, 어떤 식으로 생각했길래 그런 행동을 했는지 궁금해서 그래.

요즘 세대는 워낙 다르다고 하니까. 사회가 전부 다 민주화되고, 다들 집안에서 귀한 자식 대접받으면서 자라나니까, 다들 자기 생각만 최우선으로 하고 살아서 남을 생각하는 능력, 역지사지가 퇴화가 된 건지. 요즘 교육과정은 애들 힘들게 안 한다고 학교에서도 그냥 쉽게 쉽게만 가르치잖아. 그렇다 보니까, 애들이 사고 능력이 떨어진 것도 떨어진 거지만, 복잡한 상황을 이해하는 능력 자체가 없어졌잖아.

그건 사실 누구나 어느 정도는 공감할 거야. 그래서 요즘 세대는 회사 생활 하다 보면 자기 일, 딱 시킨 일, 그것만 할 줄 알지, 남에 대한 배려라든가, 다른 사람의 심정을 이해한다든가, 그런 것까지 할 수 있는 능력이 없어졌다고.

물론 세상이 변하고 사람도 변하고 세대가 다르니까 그

렇게 자유롭게 살 수도 있다는 거는 이해를 해. 거기까지는 이해를 한다고. 그런데 내가 이해가 안 되는 거는 뭐냐면, 진짜 정말 이해하려고 해도 안 되는 게 뭐냐면, 그래도 기본 예의라는 게 있잖아. 김 대리가 나한테 일부러 싫다는 표현을 하려고 그런 거야? 혹시 누가 그렇게 하라고 시킨 사람이 있는지는 모르겠지만, 그래도 그건 아니잖아.

물론 그런 어떤 악독한 의도가 있어서 그런 짓을 한 거는 아닐 가능성이 높겠지. 실수라고 할 거야.

그런데 김 대리, 내가 직장 생활 하면서 충고 하나 해줄까? 실수도 실력이야. 응?

실수도 실력이라고. 무슨 말뜻인지 이해해? 내가 입사한 지 얼마 안 지나서 그 말을 듣고 나는 처음에는 이해가 안 됐어. 그런데, 김 대리. 김 대리가 그런 실수를 했다는 자체가 평소에 그런 실수를 안 하도록 충분히 훈련이 안 되었다는 뜻이고, 그만큼 실력이 없는 사람이라는 뜻이라고.

그런 식으로 사회생활을 하면 서로 힘들다는 걸 알아야 해. 아침부터 이게 뭐냐고. 김 대리는 김 대리대로 기분 나쁠 거고, 나는 나대로 오늘 하루를 완전히 다 망쳐버렸잖아. 이런 기분으로 나는 무슨 업무를 하고 어떻게 회사 일을 제대로 된 컨디션으로 조금이라도 손을 댈 수가 있겠어.

조금만, 약간만 신경 써주면 되는 건데.

물론 쉽지는 않겠지. 김 대리는 요즘 사회 분위기 속에서 자라났으니까, 부당한 일을 자기가 겪었을 때 항의하는 법, 권위에 반항하는 법, 그런 것만 보고 접하고 살았을 거라고. 요즘 세대의 전체적인 문제도 그거지. 무조건 다 높은 사람이면 부정부패에 엮여 있는 썩은 사람들이라고만 생각하고, 자기보다 높은 사람들은 다 꼴통일 거라고만 생각하고. 그런 반항심만 있지 권위를 존경하고 자기보다 더 경험이 있는 사람의 가치를 존중할 줄은 모르잖아.

내가 말하는 게 김 대리가 아침에 날 야려서 내가 기분 나빴다, 그런 이야기야? 그런 말 하는 거라고 생각해? 아니잖아. 높은 사람한테 무조건 굽실굽실하고 복종하라는 이야기야? 아니잖아. 막 불합리해도 무조건 시키는 대로 해라 그런 이야기야? 그게 아니잖아. 상대방 입장에서 생각하면서 상대방 기분을 존중하면서 행동을 하는 태도를 취해보라는 그런 아주 작은 이야기잖아.

워낙 요즘 사회에서는 평등해야 된다, 동등한 대우를 해야 된다, 이런 점만 강조하다 보니까, 그냥 해야 할 최소한의 일도 안 하려고 하고 자기가 받을 것은 다 받아가려고, 자기가 뭔가 조금 더 하면 엄청 부당한 대접이라도 당한 줄 알고 항의하라고 부추기는 그런 분위기가 돌긴 하는데, 아무리 그게 요즘 세상 돌아가는 거라지만, 아닌 건 아니잖아.

아침부터 나한테 이런 말 들으니까 짜증 나고 듣기 싫을 거라는 생각은 들어서 내가 길게는 말 안 하는데, 그냥 사회생활, 아니 그냥 사람으로 사는 삶에서 가장 기초를 이야기하는 거니까, 한번 생각해보라고.

지금은 김 대리가 아무래도 이해 안 가겠지. '저 자식 오늘 기분 나빠서 괜히 아무한테나 시비 거나' 싶을 수도 있겠지. 그런데 정말 한번 생각해보라고. 김 대리. 김 대리는 회사에 와서 일 잘하는 게 중요하다고 생각하지? 회사에 일하러 온 거긴 하지. 그렇지만 일만 잘하면 된다고 생각해?

미안하지만, 일 잘하는 것보다 훨씬 더 중요한 게 얼마나 상대방에게 신뢰를 주느냐야.

일하는 거는 자꾸 바뀐다고. 4차 산업혁명 시대가 오면 우리가 하는 일 중에 뭐가 얼마나 인공지능으로 바뀔지 누가 알아? 내가 겪어봐도 그래. 우리가 집중해야 하는 일도 바뀌고 갑자기 뭐가 터져서 전혀 예상 못 했던 일 하는 경우도 부지기수라고.

그렇게 갑작스러운 일이 닥치면 내가 일을 한 번 잘할 수도 있고, 일을 한 번 못할 수도 있어. 그런데 회사에 왔으니 일 잘하는 게 제일 중요하다? 그건 어불성설이지. 아, 저 사람은 일을 좀 잘할 수도 있고 못할 수도 있겠지만 저 사람한테 일을 믿고 맡기면 결국 편하게 해결되겠다, 바로 그 느낌,

편안한 느낌, 신뢰감을 회사의 여러 사람에게 주는 게 제일 중요하다고.

그런데, 오늘 아침 김 대리의 그런 태도는 나한테 전혀 신뢰를 줄 수 있는 태도가 아니었어. 김 대리 세대는 워낙 신자유주의 문화 속에서 자랐으니까, 그냥 모든 게 다 경쟁이고, 내가 남보다 더 세냐 약하냐 싸우고 이기고, 그런 문화에 워낙에 익숙할 텐데, 사실 그게 아니잖아.

김 대리도 사회생활 좀 해봤으니까 알 거 아냐? 결국 다른 사람들하고 같이 어울려서 일을 해야 회사가 돌아가고 그게 사회생활인데, 상대방을 조금만 배려해준다는 거, 그게 그렇게 어려운 걸까?

나 혼자 그냥 돈 많이 벌고 출세하면 그만이라는 그 생각보다 한 걸음만 나가보자고. 조금만 더 생각해서, 다른 사람하고 같이, 우리 공동체를 위해서 어떻게 하면 좋을지 먼저 조금 생각해보는 게 그렇게 어려운 걸까? 나는 그게 그렇게 어려운 것은 아니라고 생각하거든.

아무리 회사가 이윤을 추구하는 것이고 돈 버는 곳이라고는 하지만, 그 안에는 인간이 있잖아. 그냥 돈 벌면 장땡이고, 돈 버는 데 득 안 되는 거는 다 쓸데없는 짓이고, 그렇게 생각해야 해? 요즘 한국 사회 수준이 그렇고, 젊은 세대로 가면 갈수록 계속 그렇게 모든 것을 돈과 경쟁을 기준으로만 생각하는 방향으로 가고 있다고 해서, 우리까지 그렇게까지 낮은 수준으로 살 필요는 없잖아.

상무님하고 전무님이 우스갯소리로 '요즘은 직장에서 갑질하면 안 된다고 해서 아무 말도 못 하고 꼭 해야 할 말은 메시지로 보낸다'고 하는 거 김 대리도 들었지? 그게 그냥 우스갯소리로 넘길 이야기라고 생각해? 그게 그냥 웃긴 이야기가 아니야. 김 대리는 웃겼어?

나는 그 이야기가 정말 가슴 아픈 이야기로 들렸다고. 그만큼 회사 안에서 상대의 마음을 배려해주지 못하고, 생각해주지 못하는 세태가 지금 한국에서 심각한 문제라고 생각하는 사람이 나 하나뿐은 아니지 않을까?

그러니까 갑질하지 마라, 상대방에게 작은 일이라도 예의를 갖춰서 대해라, 그런 말이 나오는 거라고 생각하거든. 모르겠어. 내가 너무 혼자만 이상적인 생각을 하는 걸 수도 있겠지.

그렇지만, 김 대리. 아무리 세상이 더러운 곳으로 바뀌어가고 있는 게 나 혼자 어떻게 한다고 해서 바뀌지 않는다고 해도, 그래도 그냥 내가 이 말은 해주고 싶었어. 자기 짜증 나는 거, 자기 개인적으로 피곤한 거, 그냥 남한테 다 뿜어내지 말고, 남을 대할 때는 한 번만 생각을 하고 대하자고.

김 대리는 아무 생각 없이 한 행동인데 내가 너무 짜증

나게 설교한다고 생각할 수는 있을 거야.

김 대리. 그런데, 미안하지만, 사람 대하면서 아무 생각 없이 행동하면 안 되거든? 응?

무슨 말인지 알아? 사람 대하면서 아무 생각 없이 행동하면 안 돼. 상대방도 나하고 똑같은 인격이 있고 마음이 있는 대상인데 항상 어떻게 느낄지 생각을 하고 대해야 한다는 그런 뜻이야.

그래, 김 대리, 이게 무슨 크게 일을 키워서 막 사람을 면박 주고 그래야 될 일은 아닌 것 같고. 오늘 일은 그냥 없었던 셈 치자고. 김 대리도 내가 오늘 김 대리한테 하려고 한 이야기가 뭔지는 어느 정도는 그래도 알게 된 것 같고. 무슨 말인지 알겠지?

아침부터 서로 너무 기분 상하면 안 되니까. 나도 그냥 김 대리가 한 그 행동이 도대체 어떻게 해서 그럴 수 있었는지 도저히 이해는 안 가. 그렇지만, 뭔가 그 순간만의 이유가 있어서 본의와는 다르게 한 행동이라고 받아들일게. 지금 이 시간부터 다 잊을 거야.

그러니 너무 깊게 마음에 담아둘 일이라고 생각하진 말고. 그래. 가서 일하자."

김 대리는 그날 하루의 근무를 예정대로 마치고 퇴근했다. 그리고 다음 날 회사에 사직서를 제출했다.

차세대 대형 로봇 플랫폼
구축 사업

1.

세종동력기계의 김 박사는 창고 문을 열었다. 그러자 가운데에 세워둔 커다란 시제품 로봇이 나타났다.

이 정도 로봇이라면 그 모습을 보는 것만으로도 누구든 감격할 거라고 김 박사는 생각했다. 은색의 빛나는 몸체로 된 로봇은 그 크기가 3층 건물에 가까웠다. 한눈에 보기에도 굉장히 무겁고 힘이 세 보였다. 특히 작업을 위한 동력 모터와 유압 장치들이 커다란 팔에 집중되어 있었다. 그래서 어깨와 팔이 유난히 굵어 보여서 거대한 곰 같은 느낌이었다.

"지각 조종 반응이 인공지능으로 연결되어 있는 형태입니다. 조종실에 들어가서 조종 장갑을 끼고 손을 움직이면 조종 반응을 인공지능이 감지해 그대로 로봇이 움직입니다. 그래서 최대한 실감 나는 느낌으로 로봇 팔을 움직일 수가 있습니다. 연결 반응 지수가 1.10까지 나옵니다. 저희 사업 시작할 때 목표가 0.9였던 걸 생각하면 굉장히 초과 달성한 거죠."

김 박사는 자기가 이야기하면서 스스로 그 내용에 흥겨웠다. 공공기관 연구개발 과제가 이렇게까지 잘 풀리는 경우는 없었는데, 이번 과제는 아직 기한이 두 달 정도가 남았는데도 목표했던 바를 이미 매끈하게 완수한 상태였다. 게다가 완성된 시제품은 그저 보기에도 멋져 보이는 커다란 로봇이었다. 이런 로봇이 자유자재로 움직이는 모습을 보여준다면 누구에게 보여주든 뭔가 대단한 일을 해낸 것처럼 자랑하기 좋을 것 같았다. 이런 제품은 광고하기도 좋고, 기삿거리가되기 좋으니 홍보하기도 좋고, 기술에 대해 세밀히 알기 싫어하는 높으신 분들께 재미있게 보여주기도 좋을 거라고 생각했다. 드디어, 이렇게 일이 잘 풀리는 날이 오는구나 싶었다.

"SCR에 AI를 결합하니까 이렇게 스케일이 큰 애플리케이션에서도 릴라이어빌리티가 확실히 나오는 건가요?"

김 박사의 이야기를 듣고 있던 개발청의 박 과장이 그렇게 물었다. SCR이나 릴라이어빌리티 같은 말을 할 때, 평소에 자기 주특기라고 생각하는 R 소리를 강조해서 발음하는 말투는 여전했다.

"그렇습니다. CRI 1.1이면 솔직히 진짜 괜찮은 거죠."

김 박사 옆에 있던 이 박사는 그렇게 대답했다. 개발청의 박 과장은 흐뭇하게 웃으며 고개를 끄덕였다. 이렇게 움직임을 부드럽게 따라하는 인공지능 성능을 어떻게 개발한 것인지 뭘 물어볼까 봐 여러 가지 대답을 준비했는데, 박 과장은 아무것도 묻지 않았다.

이어서 김 박사는 창고 옆 탁자에 있는 컴퓨터 화면, 키보드와 마우스, 조종 장갑을 보여주었다.

"실제로 로봇 내부에 들어가는 조종 장치는 이런 식입니다. 깔끔하죠. 보통 컴퓨터 조작하는 거랑 똑같아요. 지금도 로봇 내부에 이런 조종 장치가 그대로 들어가 있습니다. 그래서 당장 로봇을 타고 다니면서도 이대로 조종할 수 있습니다."

박 과장은 조종 장치로 눈길을 돌렸다. 김 박사는 계속해서 설명했다.

"저희 로봇을 개발한 용도가 갑작스러운 재난이나 전쟁 상황에서 급하게 작업할 필요가 있을 때, 무거운 물건도 로봇 팔로 쉽게 들어 올리고 편하게 움직일 수 있게 하자는 거였잖습니까?"

박 과장은 대답 없이 조종 장치만 보고 있었다. 이 박사가 맞장구를 쳐주었다.

"가장 정밀한 중장비 작업도 그냥 손으로 물건 움직이듯이 로봇을 조종해서 자연스럽게 어려움 없이 수행할 수 있게 하자는 그런 거였죠."

"그래서 이 조종 장치를 이용하면 바로 그렇게 조종할 수 있습니다. 예를 들어서 길 한가운데에 뒤집어진 탱크가 있다, 그때 이 로봇을 타고 가서 어떤 작업을 할 것인지 클릭해서 정한 다음에 장갑을 끼고 손으로 움직이면 그대로 로봇 손이 움직이죠. 그러면 로봇 손의 힘으로 탱크를 다시 원래대로 뒤집어놓을 수 있습니다. 집이 무너져 있는데 그 밑에 뭔가 중요한 게 깔려 있다, 이럴 때에도 무너진 집 벽을 로봇 손으로 가볍게 집어 올리면서 작업을 할 수 있고요. 편리하게 조종할 수 있죠. 정말 실용적이라서 이 정도면 바로 양산에 들어가도 됩니다. 당장 천 대에서 만 대 사이는 팔릴 정도라고 봅니다."

그런데 박 과장은 그때까지도 컴퓨터 화면과 키보드를 중요하게 살펴보았다. 김 박사는 다시 한번 더 설명했다.

"그러니까, 키보드로 간단하게 메뉴를 고르거나 마우스로 아이콘을 클릭하거나 해서 어지간한 작업은 완전 자동 작업으로 다 할 수 있고요, 정밀하게 조종하려면 이 조종 장갑을 끼고 사람이 팔과 손을 움직이면 그 움직임대로 로봇도 팔을 움직이지요."

키보드를 보는 박 과장은 말이 없었다. 김 박사는 그 말 없음이 불길하다는 생각이 들었다. 그래도 이번만큼 사업이 쉽게 잘 풀린 적이 없는데, 뭐 대단한 큰 문제가 생기겠냐고 생각해보려고 했다. 그러나 불안함은 가시지 않았다. 김 박사는 동료인 이 박사가 자신감 있는 표정을 짓는 것을 보면 불안함이 가실까 싶어 이 박사를 바라보았다. 그런데 이 박사의 얼굴에도 어두운 기색이 아주 조금이지만 퍼지고 있었다.

마침내 박 과장이 말하기 시작했다.

"그러니까 로봇이 걸어가면서 움직이는 방향도 다 이 컴퓨터 화면과 키보드로 조종한다는 거죠?"

"네, 그렇습니다."

"하하, 역시 박 과장님. 따로 설명 안 드려도 바로 이해하시네요. 정말 대단하십니다."

이 박사의 목소리는 밝았다. 하지만 밝게 내려고 애쓰는 목소리라는 사실을 김 박사는 느낄 수 있었다. 박 과장이 이어서 말했다.

"그런데, 아무래도 너무 불편한 것 같은데요. 우리가 상식적으로 이런 탈것을 조종한다고 하면 핸들하고 페달로 조종하지 않습니까? 어쨌거나 이것도 지상에서 움직이는 탈것인데, 핸들로 운전이 안 된다면 너무 불편한데요."

김 박사는 박 과장을 쳐다보았다. 김 박사는 아직 희망을 잃지 않고 최대한 긍정적이고 밝은 느낌의 표정을 짓고는 이렇게 말했다.

"자동차는 바퀴로 움직이잖아요. 그 바퀴의 접선 방향으로 직선운동하는 것이 원칙이고. 그러니까 자동차는 바퀴가 배열된 방향을 운전대만 돌려서 조종한다는 것을 쉽게 생각할 수 있는 거죠. 그렇지만, 이 로봇은 두 다리로 걸어서 움직이지 않습니까. 단순히 직선운동의 원칙대로 움직이는 게 아니거든요. 계속 무게중심이 바뀌는 상황에서 다리 움직임을 조절하면서 한 걸음 한 걸음을 내딛는 겁니다. 움직여야 하는 관절 부위가 계속 달라져요. 그러니까 단순하게 조종하기가 어렵지요. 그래서 모든 움직임은 컴퓨터의 인공지능에 의해 조종이 되고요, 그 컴퓨터를 보통 컴퓨터 사용하듯이 키보드와 마우스로 조작하는 거니까, 이 로봇 조종은 컴퓨터 조종하듯이 하는 게 쉽게 생각할 수 있는 겁니다. 정밀한 동작을 할 때는 조종 장갑을 끼고 직접 몸을 움직이면 되고요."

이 박사가 옆에서 덧붙여 말했다.

"이거 진짜 보통 컴퓨터로 인터넷하거나 게임하는 것하고 똑같아요. 그냥 평범한 보통 컴퓨터 프로그램입니다."

박 과장은 김 박사와 이 박사가 짓고 있는 것과 같은 밝은 표정을 따라 지었다. 김 박사는 두려워지기 시작했다. 박 과장이 이야기했다.

"항상 모든 애플리케이션은 유저의 유저빌리티가 가장 중요하다는 것 아시죠?"

중요하긴 중요하겠지만 뭘 또 가장 중요하다고 할 건 뭔데? 라는 생각이 김 박사의 마음에 생겨났다.

"네, 네. 유저빌리티가 제일 중요하긴 하죠."

"그런데, 지금 이 로봇은 유저에 포커싱한 유저빌리티가 아니에요. 완전히 개발자에만 포커싱한 유저빌리티지. 이런 로봇은 작동시키기가 너무 어려워서 쓸 수가 없다고요. 실제로 유저가 사용을 안 하면 수천만 원짜리 로봇이 열 대, 백 대가 있어도 무슨 소용인가요?"

"그런데, 그렇다고 여기에 자동차 운전대 같은 운전대를 달면 그것도 문제인 게……."

김 박사가 말하려는 중에 이 박사가 잠깐 손짓했다. 그러더니 몰래 김 박사에게만 말했다.

"박사님, 그냥 하라는 대로 하죠."

"뭐?"

"그냥 죽이 되든 밥이 되든 하라는 대로 하자고요. 괜히 그렇게 하면 무슨 부작용이 있다고 문제점 같은 걸 지적하면, 하라는 건 하라는 대로 하고 그다음에 그 문제점을 개선하기 위한 일도 또 해야 한다고 더 이상한 거 하라고 할지도 모르잖아요. 그랬다가는 더 이상하게 꼬인다고 말하면, 그건 그거대로 하고 또다시 그 꼬인 점을 개선하기 위해서 더욱더 이상한 걸 하나 더 하라고 할 거고."

김 박사는 흘깃 박 과장의 표정을 쳐다보았다. 둘만 속닥거리면서 이야기하는 것을 박 과장이 기분 나빠할 것 같다는 생각이 몰아쳤다. 김 박사가 박 과장에게 말했다.

"아, 과장님, 죄송합니다."

"아까 하시려던 이야기가 뭐였죠?"

"아니요. 아무래도 로봇이 두 발로 걸어가는 것이 운전대로 운전하는 자동차하고 딱 맞아떨어지는 움직임은 아니라서요. 지금처럼 그냥 컴퓨터를 바로 조작하는 게 막상 해보면 오히려 더 편할 것 같은데요."

"네?"

김 박사는 박 과장이 "네?"라고 발음할 때 음성의 높이가 약간 묘하다고 느꼈다. 혹시 자신을 무시했다고 생각하는 것은 아닐까? 공포감이 느껴졌다. 비슷한 공포감을 같이 느꼈는지 이 박사가 끼어들었다.

"하하하, 개발자들이 항상 이렇죠. 뭐든 고쳐달라고 하면 일단 안 된다고 말하고. 그런 게 우리 같은 개발자들이죠."

박 과장은 같이 웃었다. 다소 길게 이어진 웃음을 마치고 박 과장이 김 박사에게 말했다.

"김 박사님, 김 박사님도 하이 레벨로 가실수록 단순히 개발자 마인드에만 갇혀 있는 게 아니라, 엔터프라이즈 마인드가 있어야 돼요. 김 박사님도 프로페셔널이니까 지금 제가 지적하는 포인트를 기분 나쁘게 듣지는 않을 거라고 생각하고 솔직하게 말할게요. 사실 지금 김 박사님이 만드신 시제품은 유저빌리티가 너무 떨어지기 때문에 그냥 아무도 못 쓰는 고철 덩어리를 만든 것이나 다름없어요. 개발자 마인드에서는 가치가 아주 높은 결과물이겠지만, 엔터프라이즈 마인드로는 가치가 0이라고요, 0."

"하하, 그렇긴 하죠."

박 과장은 뭔가 멋있는 말을 잠시 생각하는 듯 보였다. 이윽고 이렇게 말했다.

"김 박사님은 이게 보통 컴퓨터 프로그램 쓰는 것과 다를 바 없으니까 쉽고 조종하기 편하다고 생각하죠? 그런데 미안하지만, 이 로봇은 UI는 좋을지 모르겠지만, UX는 굉장히 떨어진다고요."

박 과장은 의기양양한 표정을 지었다. 김 박사와 이 박사는 본능적으로 감탄하는 표정을 지어 보였다. 이 박사가 대답했다.

"아하, 저희가 UX를 좋게 만들어야 된다는 쪽으로는 미처 생각을 하지를 못했네요."

박 과장이 말했다. 이제 박 과장의 말투에는 자신감이 실려 있었다.

"어려운 걸 부탁하는 게 아니잖아요. 그냥 누구나 다 아는 핸들처럼 왼쪽으로 돌리면 좌회전하고, 오른쪽으로 돌리면 우회전하게 만들면 되잖아요. 초등학생도 알 수 있도록."

김 박사는 초등학생이 자동차 운전은 할 수 있나? 하고 속으로 생각했다.

"제가 대형 로봇, 인공지능 자세 제어 이런 건 잘 모르겠죠. 여기 계신 전문가들에 비하면 아무것도 모른다고 할 수도 있겠죠. 하지만 일반인의 시각에서 딱 봤을 때 이건 정말 아니거든요. 일반 사용자들에게는 너무 딱 봤을 때도 아니에요."

"정말 그렇게 하면 훨씬 낫겠네요. 잘 알겠습니다, 과장님."

그렇게 첫 번째 예비 평가가 끝났다.

김 박사와 이 박사는 당장 일정 관리 프로그램을 켜고 과연 다른 모든 사업을 하는 와중에 이 로봇에 새 조종 장치를 다는 것이 가능한지부터 한참 따져봐야 했다.

"일단 자동차 핸들을 가져오는 것부터가 큰일인데요."

"보통 자동차 핸들을 그냥 사서 쓰면 그거 분석해서 컴퓨터에 연결하는 것부터가 일단 골치 아플 것 같고."

김 박사의 고민스러운 표정을 보고 이 박사가 말했다.

"자동차 경주 게임용으로 쓰는 게임용 자동차 운전대 조종기를 사서 연결하면 어떨까요?"

"괜찮을까? 진짜 자동차 핸들이 아니라고 개발청 사람들이 또 뭐라고 하면 어떡해?"

"그냥 조종 장치의 겉모양일 뿐이잖아요. 그런 게 문제가 될까요?"

"이 박사가 한번 생각해봐. 개발청 사람들이 조종용 핸들이 진짜 자동차 핸들이다, 아니다 같은 문제를 문제로 삼을 사람들일 것 같아, 아닌 것 같아?"

"문제로 삼을 것 같기도 하고요."

결국 두 사람은 밤새, 세계 각지의 이 회사 저 회사에 연락해보았다. 결국 실제 자동차 운전대와 가장 비슷한 느낌의 컴퓨터 게임용 조종기를 만드는 회사에서 제품을 사다가 연결하기로 했다. 그리고 플라스틱 모형 제작하는 사람에게 연락해서 그 겉모습을 진짜 자동차 운전대와 똑같이 개조해달라고 부탁하기로 했다.

본격적인 격무의 시작은 그다음 날부터였다. 게임용 조종기를 왼쪽으로 돌릴 때마다 3,200킬로그램짜리 로봇이 두 다리를 기민하게 움직여서 보는 방향을 조금씩 왼쪽으로 돌리게 해야 했다.

"사람이 좌향좌할 때 어떻게 하지? 군대에서는 좌향좌할 때 발을 어떻게 움직이면 사람이 서서 보는 방향이 왼쪽으로 바뀐다고 가르치는 거지? 이 박사는 군대에서 제식 배웠을 거 아냐."

"재식은 소설이나 과학책 쓰는 작가 이름 아닌가요?"

"갑자기 이상한 언어유희 하지 말고. 하기야, 그런 방식
으로는 안 되겠다. 그러면 방향을 90도로밖에 못 돌리잖아.
분명히 5도, 10도씩 조금씩 회전하고 싶기도 할 텐데."

두 사람은 여러 가지 방법을 시험해보았다. 나중에는 실
제 사람 몸에 센서를 붙이고 사람이 왼쪽으로 조금씩 몸을 돌
릴 때 어떻게 움직이는지를 측정해서 그 움직임대로 로봇이
움직이게 해보려고 하기도 했다.

그런데 사람이 조금 방향을 틀 때 하는 움직임은 워낙에
미묘해서 무게가 많이 나가는 거대한 로봇이 그대로 따라 하
게 하려니 중간에 휘청거리면서 쓰러질 것 같을 때가 많았다.
게다가 가만히 서서 로봇이 방향을 바꿀 때와 걸어가는 동안
방향을 바꿀 때의 발 움직임이 무척 많이 달라져야 한다는 점
도 골칫거리였다.

또한, 바닥이 매끈한 아스팔트 바닥인지 질퍽한 진창인
지에 따라서도 로봇 발의 각도가 정확히 운전대를 돌린 만큼
움직이는지 여부가 달라졌다. 그러니 제대로 쓸 수 있는 조종
프로그램을 만들기가 쉽지 않았다. 더군다나 산비탈 같은 곳
에 로봇이 서 있다거나, 한쪽 다리는 조금 높은 곳에 올리고
있다거나 하는 상황에서까지 정확히 운전대를 돌린 만큼 로

봇의 자세를 회전시켜야 하는 것까지 고려하면 문제는 대단히 복잡하게 변했다.

22일간의 과로와 무리와 야근과 철야와 가정 문제와 심리적인 쇠약 끝에, 마침내 개발팀은 운전대를 왼쪽으로 돌리면 좌회전하고 오른쪽으로 돌리면 우회전하는 기능을 추가하는 데 성공했다.

두 번째로 박 과장이 찾아왔을 때에도 김 박사는 로봇을 공개하는 순간만큼은 어쩐지 뿌듯하고 자랑스러웠다. 22일 밤낮 동안, 저 거대한 강철 덩어리도 어쩐지 같이 고생했다는 느낌이 잠깐 지나갔다.

"이번에는 직접 타고 조종해보시겠습니까?"

이 박사가 말했다. 박 과장은 대단히 즐거워하는 얼굴로 그 제안을 승낙했다.

박 과장을 태운 로봇은 작동을 시작하자 천천히 앞으로 걸어갔다. 박 과장은 창고 왼쪽에 있는 냉장고를 한번 로봇 팔로 들어보겠다고 했다.

"왼쪽으로 걸어가시려면, 화면에 보이는 가고 싶으신 곳을 그냥 클릭만 하시면 돼요. 나머지는 인공지능으로 자동 조정되거든요."

김 박사는 박 과장에게 말해주었다. 그러나, 박 과장은 마우스를 움직여 화면에 한 번 클릭한다는 그 행동을 하지 않왔다. 대신에 만족스러운 표정으로 로봇 조종판 중앙에 달린 운전대를 유심히 바라보았다. 그리고 그 운전대에 손을 얹고 왼쪽으로 돌렸다.

그런데, 로봇은 박 과장이 생각한 대로 움직이지 않았다. 박 과장은 운전대를 이리저리 더 돌렸는데, 그럴수록 로봇은 더욱 박 과장의 생각과는 다른 모양으로 움직였다. 마침내 로봇은 휘청거리다가 넘어질 뻔했다. 다행히 로봇의 자세 제어 인공지능이 완벽히 작동하여 실제로 넘어지는 일은 없었다.

"이게, 자동차하고는 전혀 다른 느낌인데요."

박 과장은 로봇에서 내려오면서 그렇게 말했다. 김 박사와 이 박사는 둘 다 잠시 고개를 숙인 채로 '거 봐라 내가 뭐랬냐'는 표정을 지었다. 그러나 고개를 들어 박 과장을 보니 왜인지 뭔가 즐겁고 명랑하다는 듯한 밝은 표정을 짓고 있었다. 박 과장이 경쾌한 목소리로 말했다.

"이거 조종이 재밌기는 한데, 조종 방식이 전혀 직관적인 느낌이 아닌데요. 왼쪽으로 돌리면 좌회전, 오른쪽으로 돌리면 우회전이라는 그 너무나 직관적인 그 느낌대로 안 움직인다고요. 직관적인 인터페이스를 만들어야 되는 건데. 자동차를 운전하던 그 직관에 반한다고요."

김 박사가 대답했다.

"이 로봇은 자동차가 움직이는 방식과는 아주 다르게 움직이니까 다르기는 다를 수밖에 없⋯⋯는 것 같습니다. 그리고, 과장님. 운전대를 왼쪽으로 돌리면 좌회전, 오른쪽으로 돌리면 우회전이라고 하셨는데, 그⋯⋯ 저⋯⋯ 개인적으로⋯⋯ 제가 생각하기에⋯⋯ 사실 자동차가 그렇게 움직이는 건 아니라는 느낌도 조금 들기도 하고. 그렇지 않습니까?"

박 과장은 "아니긴 뭐가 아니야"라고 말하려고 했다. 김 박사는 말하기도 전에 그걸 느꼈는지 이어서 말했다.

"자동차가 그냥 가만히 서 있다고 생각해보면, 그 상태에서 운전대를 왼쪽으로 돌렸다고 자동차가 왼쪽으로 그만큼 바로 회전하면서 돌지는 않습니다. 운전대를 왼쪽으로 돌리면 바퀴의 방향만 왼쪽으로 돌죠. 그리고 그 상태에서 가속페달을 밟아서 자동차가 앞으로 나가야지 그때 그에 맞춰서 앞으로 차가 나가면서 커브를 틀어서 자동차가 보는 방향이 회전하게 되는 거죠. 그런데 로봇은 바퀴로 움직이는 게 아니니까 그렇게 움직일 수는 없습니다."

"아니, 그러면 당연히 거기에 맞춰서 사용자 직관대로 잘 움직이게 해야죠. 자동차 운전하는 직관적인 느낌으로 로봇이 움직이게 조정을 해놓았어야죠. 그게 직관적인 인터페이스 아닙니까?"

"그런데, 이게 자동차하고는 다른 체계다 보니까."

"인터페이스가 직관적이어야죠. 제발 개발자 입장이 아

니라 유저 입장에서 직관적인 인터페이스를 생각해보세요. 그거 아시잖아요. 스티브 잡스가 그 뭐냐 그거 인터페이스 개발할 때…….."

김 박사는 '스티브 잡스'라는 말이 나오자 그다음부터는 듣지 않고, 에라 모르겠다 오늘은 어찌 됐든 간에 그냥 다 때려치우고 집에 가서 영화나 보면서 쉬어야지, 무슨 영화를 보면 좋을까, 그런 생각을 하기 시작했다.

박 과장의 스티브 잡스 이야기가 끝나자, 김 박사는 대단히 괴롭고 미안한 표정을 만들어 보였다.

"그러면 저희가 어떻게 조종 체계를 개선하면 좋을까요?"

"잘."

김 박사와 이 박사는 "으하하하" 하고 신나는 웃음을 보여주었다. 1990년대 첫 출현 당시에도 한국 인구의 대단히 적은 계층에서만 진정한 호응을 이끌어냈던 이런 방식의 말장난을 세기가 바뀐 지도 한참 지난 지금 이 시대에도 일상생활에서 활용 가능한 농담이라고 하는 사람이 실존하다니, 참 신기하구나 하는 감탄의 의미도 그 웃음 속에는 제법 포함되어 있었다.

"지금도 99퍼센트는 완벽해요. 기계 성능하고 인공지능은 기대보다도 월등한 것 같고. 사실상 거의 알맹이는 다 되었다고 할 수 있죠. 그런데 이게, 쓰기가 너무 직관적이지가 않고 불편해요. 초등학생도 직관적으로 이해할 수 있게 인터페이스만 좀 고쳐보세요. 자동차 운전하는 직관적인 느낌으로. 그게 그렇게 어려워요? 자동차가 무슨 엊그제 나온 최첨단 기계 장치가 아니잖아요. 수없이 많은 사람들이 정말 긴 시간 동안 직관적으로 쓰던 건데. 그거 조종하는 방식대로 직관적으로 조종하게 해달라는 게 무리한 요구는 아니잖아요."

박 과장은 약 11분 후 그곳을 떠났다.

이 박사는 급격히 얼굴에 절망한 빛을 드러냈다. 그러더니 갑자기 내가 왜 이 직업을 선택했나, 이 회사에 입사한 것이 잘못이었나 등의 문제로 번민을 시작하는 것 같아 보였다. 이 박사가 그렇게 감정적으로 엎어지는 모습을 보고 있자니, 김 박사는 다 때려치우고 집에 가서 영화나 볼 수는 없었다.

"같이 이것저것 고민하면서 방법 찾아보자고. 무슨 수는 있겠지."

"수가 있기는 무슨 수가 있어요. 이게 자동차가 아닌데, 어떻게 자동차 운전하는 것 같은 느낌으로 움직이게 할 수가 있는데요."

두 사람은 다음 날까지 회사에서 일하면서 이런저런 부질없는 이야기를 했지만, 여전히 해결책을 찾아낼 수는 없었다. 다만 어떤 방법을 적용하면 혹시 자동차 운전대를 움직이는 감각 그대로 거대한 로봇을 움직이게 할 수도 있을 것 같다는 작은 희망이 소화불량에 걸린 듯 허깨비 같은 느낌으로 잠깐씩 왔다 갔다 하는 정도였다. 그러다 보니, 조금만 더 어떻게 해보면 앞으로 어떻게 해야 할지 알 것만 같은 느낌에 사로잡혀 계속 이리저리 자료를 뒤지며 시간을 보내게 되었다.

그런 시간이 길게 지나가면서, 처음 느끼던 허무함과 절망은 점차 기괴한 쾌감 비슷한 느낌으로 변해가는 것 같기까지 했다. 아무 쓸모도 없고 사업의 목표에 아무 도움도 안 되는 일이지만 대단히 긴박한 감각으로 온통 힘을 기울여 이렇게까지나 애쓰고 있다니. 로봇을 조종하는 장치의 배선도를 들여다보는 것이 짜증이 나서 거들떠보기도 싫으면서도, 이게 안 되면 회사가 망한다는 절박함과 두려움으로 그 자료 무더기를 마음속에 가득 담으며 허겁지겁 일을 할 수밖에 없었다. 즉, 두 사람은 무엇인가 해서는 안 되는 일을 마음껏 하게 된 듯한 정신의 혼란을 느낄 수 있었다. 김 박사는 이것이 어떤 일탈적이고 비도덕적인 흥분 아닌가 싶은 생각이 들기까지 했다.

"자동차와 이렇게 거대한 로봇은 움직이는 방식이 전혀 다르잖아."

"하나도 안 비슷하죠."

"굳이 비슷한 점을 찾자면 지상에서 사람보다 빠르게 움직인다는 것 정도."

"그게 공통점이긴 하죠."

"그러니까 자동차가 움직인 모습을 지도 위에 선으로 표시하고, 로봇이 걸어간 길을 지도 위에 선으로 표시해놓으면, 그 선은 비슷해 보일 수도 있겠지."

"그렇긴 하죠."

"그러면 이렇게 하자고."

"어떻게요?"

김 박사의 얼굴에 이런 상황에 빠진 사람의 얼굴에서만 볼 수 있는 이상한 웃음이 피어올랐다.

"주변의 지형지물을 감지하고 주변의 지도 정보도 다운로드해 오는 거야. 그렇게 하면, 주변 모습을 그대로 컴퓨터에 기억시킬 수 있겠지? 그리고 그 컴퓨터에 기억된 지형지물 속에 가상으로 자동차 한 대를 정확히 이 로봇이 있는 자리에 대신 놓는 거야."

"그러니까 로봇이 지금 서 있는 곳의 풍경을 레이싱 게임 무대로 자동으로 변환해서 받아들일 수 있는 그런 프로그램을 만들자는 거죠?"

"그렇지. 그렇게 해서, 박 과장이, 아니 조종사가 로봇에 장치된 운전대를 움직이면 사실은 로봇이 바로 움직이는 게 아니라 컴퓨터 속에서만 가상으로 작동되는 레이싱 게임의

자동차가 움직이는 거야. 자동차를 원래 움직이는 그 방식 그대로. 컴퓨터 속의 가상 세계에는 로봇이 아니라 자동차가 있는 거니까, 그 가상의 자동차가 자동차 운전대로 움직이는 프로그램을 개발하는 것은 가능하잖아. 그냥 레이싱 게임을 하나 만든다고 생각하면 되니까. 그렇게 해서 그 결과로 컴퓨터 속의 가상 세계에서 자동차가 움직여서 방향과 위치가 바뀌면, 그것을 다시 인식해서 그 인식된 방향과 위치로 실제로 현실 세계의 로봇이 그대로 걸어가도록 인공지능이 로봇을 조종하도록 하면 되는 거지."

"이거, 될 것 같네요!"

두 사람은 흥분감으로 기뻐했다. 서로를 보며 웃으면서도 이런 식의 공허하면서도 강렬한 기쁨이 과연 건강에 도움이 되는가 하는 의문도 동시에 느끼고 있었다. 개발 과정에서 실시간 외부 환경 인식이 가능한 레이싱 게임 비슷한 프로그램을 하나 새로 만드는 엄청난 일을 해야 하는데, 그게 남은 시간 안에 가능한가?

마침내 시제품 발표회 이틀 전이 되었다. 공식 시제품 발표회를 앞두고 개발청에서는 최종 점검 평가를 한다고 했다.

즉, 박 과장이 다시 찾아왔다는 뜻이다.

"이번에도 직접 조종해보시겠습니까?"

고개를 올려다보아야 하는 거대한 덩치의 로봇이 빛나는

광경만큼은 여전히 보기 즐거웠다. 슬픈 음악에 사용하기 좋은 단조 음계를 이용해서 신나는 노래를 연주하는 것과 비슷한 느낌이었다.

"이번에는 정말 자동차 조종하는 느낌 그대로 조종되네요. 처음부터 이랬으면 딱 퍼스트 임프레션이 좋아서 굉장히 쇼킹하게 하이 퀄리티로 레이팅될 수 있었을 텐데."

박 과장은 미소를 띠고 있었다.

"운전대만으로도 충분히 조종이 잘 되는 것 같으니까, 여기 컴퓨터 화면하고 키보드, 마우스 같은 거추장스럽고 어렵고 복잡해 보이는 것들은 그냥 떼버리죠. 아무래도 대중에게는 미니멀리즘 감각이 어필하니까요."

김 박사는 버드나무 흔들리듯 고개를 끄덕거렸다. 그런데 이번에는 이 박사가 대답했다.

"그래도 기본 조종 체계가 컴퓨터를 이용하는 거니까, 컴퓨터를 완전히 없애버리는 건 좀 그렇습니다."

"아니에요. 과감하게 딜리트하고 심플하게 가는 게 이노베이션이죠. 일론 머스크가 그때……."

김 박사와 이 박사는 '일론 머스크'라는 말이 나온 다음부터는 그 문장이 끝날 때까지 머릿속으로 가장 좋아하는 노래를 흥얼거리고 있었다. 그런데, 그 말이 다 끝난 후에 이 박사가 다시 말했다.

"과장님, 보기에는 그런데요. 이건 로봇이지 자동차는 아니지 않을까요? 그래서 제 생각에는…… 그냥 개인적인 의견이기는 한데요. 물론 과장님 말씀이 딱 마음에 와닿기는 하는데, 그래도 한 가지 걱정되는 게…… 이 로봇은 그냥 앞뒤 왼쪽 오른쪽으로만 움직이면 되는 게 아니라는 게 마음에 걸리거든요. 예를 들어서, 작업을 하다 보면 몸을 좀 높여야 되고 몸을 좀 낮춰야 될 때도 있습니다. 3차원적으로 몸을 움직여야 하는 경우가 많습니다. 이런 건 자동차에 전혀 없는 움직임입니다. 다른 세부 동작 종류도 많습니다. 그런 동작들을 조종하려면 컴퓨터 키보드와 마우스는 있어야 할 것 같아서요."

그사이에 끼어들어서 김 박사가 이 박사에게만 들리도록 빠르게 물었다.

"이 박사, 그냥 하라는 대로 하면 안 돼? 괜히 뭔가 문제가 있어서 그렇게 하면 안 된다고 지적하면, 시키는 일은 시킨 대로 하고 거기에 더해서 문제를 해결하는 방법을 알려준답시고 더 이상한 걸 하라고 하면 어떡해. 그러면 고생은 고생대로 더 하고 제품은 더 이상해지잖아. 그냥 죽이 되든 밥이 되든 시키는 대로 하자. 괜히 문제점 이야기하다가 이것저것 다 한다고 죽도 밥도 안 되고 엄청 이상하게 일이 꼬이면……."

이 박사가 거기에 대해 대답을 하기도 전에, 박 과장이 말했다.

"그러면 이렇게 하면 되죠. 컴퓨터 키보드랑 마우스는 미니멀하게 떼어버리고요. 대신 운전대를 꾹 누르거나 잡아당기면 그에 따라서 3차원적으로 로봇이 움직이도록 바꾸죠."

"어떠…… 어떻게? 어떻게요?"

"구체적인 디자인을 잡는 거는 업체 쪽에서 해주셔야 하는 일 아니에요? 저희 청은 사실 프로젝트가 정상적으로 진행되는 건지 간접적인 관리 감독만 하는 건데, 저한테 디자인 디테일을 달라고 하시면 알앤알이 좀 잘못된 거죠. 이제 바로 내일모레가 발표일인데."

김 박사와 이 박사의 눈에는 갑작스러운 공손함이 가득차 있었다. 그 진심 어린 표정을 보자 박 과장은 무엇인가 고민하는 듯했다. 그리고 고민 끝에 박 과장은 이렇게 말했다.

"시간도 너무 없고 하니까, 어쩔 수 없죠. 그냥 쉽게 갑시다. 할 수 없죠. 너무 복잡하고 어렵게 할 필요도 없는 거니까. 이렇게 하죠. 그냥 심플하게 운전대를 앞쪽으로 꾹 누르면 로봇이 아래쪽으로 내려가고 운전대를 몸쪽으로 잡아당기면 로봇이 위쪽으로 올라오게. 간단하잖아요. 이렇게 하면 유저 입장에서 직관적으로 3D 모션을 조종할 수 있는 거죠."

두 사람이 시계를 보니, 남은 시간은 47시간 26분 정도였다. 일하기에 넉넉한 시간이라고 말할 사람은 아무도 없었지만, 한숨을 쉬기에는 아무리 큰 한숨을 쉰다고 해도 충분한 시간이라는 생각이 들었다.

2.

SPM에서는 시제품 로봇을 보여주었다. 기관에서 나온 최 과장은 그것을 살펴보더니 이렇게 말했다.

"그런데, 아무래도 컴퓨터 키보드랑 마우스로 조종해야 한다는 게 너무 불편한 것 같은데요. 우리가 상식적으로 이런 탈것을 조종한다고 하면 핸들하고 페달로 조종하지 않습니까? 어쨌거나 이것도 지상에서 움직이는 탈것인데, 핸들로 조종이 안 된다면 너무 불편한데요. 자동차 운전대 같은 것으로 조종하게 하면 훨씬 유저 프렌들리할 것 같은데요."

그 말을 듣자 SPM의 조 박사는 감동받은 표정이 되었다. 감동이 쉽게 사라지지 않는지 조 박사는 손뼉을 치면서 감탄했다.

"아, 과장님! 이야! 하하. 와. 정말 그런 생각은 전혀 못했는데. 역시 유저 뷰포인트에서 보니까 전혀 다른 프랙티칼한 아이디어가 딱 나오네요. 와아! 저는 일하면서 그냥 작업하는 로봇만 계속 보다 보니까 이게 로봇이라는 고정관념에 절어서 개발자 마인드에만 딱 갇혀 있었던 것 같아요. 이야, 자동차 운전대라니! 진짜 정말 엑설런트 아이디어입니다. 이거, 내친김에 정말 양산 모델에도 자동차 운전대가 적용될 것 같으면 이 아이디어는 과장님 이름으로 아예 특허도 내도록 해드리면 어떨까요? 하하."

최 과장은 같이 웃었다.

"아이고, 그게 무슨 대단한 아이디어라고요. 하하하."

얼마 후, 작업이 어려워서 시간이 오래 걸렸다는 조 박사는 시제품 발표 하루 전에 개선 작업을 마쳤다고 이야기해왔다. 최 과장은 곧 개량이 된 로봇을 보러 왔다. 과연 로봇 조종 장치 중앙에는 커다란 자동차 운전대가 같이 달려 있었다.

"그런데, 이 자동차 운전대를 어떻게 사용하는 거죠? 뭐, 어차피 크게 중요한 건 아니라 그냥 간단히 추가한 거니까, 여차하면 이건 그냥 떼고 내일 시제품 발표회를 해도 상관은 없을 것 같긴 한데요."

"아, 그거요."

조 박사는 환한 얼굴로 이렇게 설명했다.

"운전대를 왼쪽으로 돌리면 컴퓨터 화면에 보이는 마우스 커서가 왼쪽으로 움직이고, 운전대를 오른쪽으로 돌리면 마우스 커서가 오른쪽으로 움직입니다."

멋쟁이
곽 상사

내가 곽 상사를 알게 된 것은 20여 년 전이었다. 그때 나는 인터넷 장비 회사의 경기도 광주 사무실에서 일하고 있었는데, 어느 날 갑자기 강원도 어디인가로 가서 한동안 머무르며 일하고 오라는 지시를 받았다.

　"2주 뒤에 파견을 가야 되는 거면 너무 심하게 갑작스러운데요. 거기다가 언제 다시 돌아올지도 모른다면서요. 한 달이 될지, 반년이 될지, 3년이 될지."

　"3년까지야 되겠어? 그때까지 사람 필요하면 새로 뽑겠지. 짧으면 석 달, 길면 1년 정도 아니겠나 싶어. 뭐, 나도 정확하게 말할 수 있는 것은 아니지만."

　길게 붙들고 말할 수 있는 사람은 내가 속한 부서의 차장밖에 없었는데, 차장을 붙들고 길게 말한다고 해야 무슨 수가 생길 리는 없었다. 그 사실은 나부터도 뻔히 알 수 있었다.

그때는 흔히들 말하는 IMF 시대였다. 아침에 일어나면 어떤 유명한 회사가 망했다더라는 소식이 무슨 스포츠 중계처럼 들리던 시절이었다. 길거리에 나가면 여름철 매미 우는 소리처럼 회사원들 곡소리가 들렸고, 빈 공원에 가면 벗어놓은 매미 허물 껍데기처럼 멍하니 한숨만 푹푹 쉬는 양복쟁이들이 그득그득 널브러져 있었다.

그 와중에 가끔 정부에서 손을 뻗어 살려주기로 한 회사들은 간신히 살아날 수 있었다. 그렇다 보니 모든 회사가 정부 기관의 지시를 신전에서 내려온 신탁처럼 따르고 있었다. 하기야, 정부 공무원 하나둘과 은행에서 나온 사람 서넛이서 커피 한잔하는 30분 동안 회의한 결과로 직원 1만 명이 일하는 30년 역사의 회사를 망하게 둘지, 살려둘지가 결정되는 판이었다. 그날따라 커피가 쓰면 괜히 기분이 나빠져서 어떤 회사는 망하고, 커피가 달면 회사가 살아남을 수 있다는 소문까지 돌았다.

어쩌겠는가? 공공기관에서 내려온 지시를 감히 우리 회사 따위가 거스르기는 어려웠다. 게다가 이 기회에 지방으로 사업을 넓힐 수 있는 계기가 생긴다면 회사로서도 나쁠 것은 없었다. 정부가 정보화시대를 대비하기 위한 초고속인터넷 보급 사업을 한다고 요란하게 떠들 때여서, 인터넷 장비 관련된 일을 할 기회는 제법 있어 보였다. 비록 우리에게 내려온 지시는 정보화 소외 지역으로 분류되는 어느 지방에서 인터넷 활성화를 위해 뭔가를 해보라는 것으로 시작해 얼토당토않게 꼬인 내용으로 이어지는 이상하고도 막연한 것이었지만, 어쩌면 그런 작은 기회가 큰 사업을 위한 출발점이 될 수도 있었다.

그렇게 해서 2주 뒤 나는 동해안 북부에 있는 어느 해안 마을로 떠나게 되었다. 우선 고속버스로 근처 도시까지 갔다가 거기에서 차를 빌려 다시 내가 가야 할 곳까지 떠나는 길이었는데, 태백산맥 고갯길을 넘을 때 굽이굽이 움직이는 버스가 어지러워서 그랬는지 생전 안 하던 차멀미가 나서 꼬박 1박 2일가량을 머리가 아파 끙끙거렸던 기억이 난다.

가보니 그곳 면사무소에 딸려 있는 회의실이 내 사무실이었다. 거기서 나는 지역 사람 몇몇과 함께 그 일대와 그보다 더 북쪽 해안, 더 서쪽 산간 지역, 한참 더 북쪽으로 휴전선 근처 지역까지 드문드문 흩어진 마을들에 인터넷을 보급하고, 고위 공무원들에게 그럴듯해 보일 만한 일을 이상한 지시에 맞춰 뭔가 인터넷으로 해 보이는 일을 해야 했다. 그중에서도 나는 그 지역 전문가로 정해져 있는 사람을 만나 그 사람과 함께 짝이 되어 일하게 되어 있었는데, '향토 정보화 시민 담당관'이라는 직함으로 나타난 나의 동료가 바로 곽 상사였다.

곽 상사는 당시에 이미 70세가 넘은 노인으로 당연히 상사도 아니었다. 까마득한 옛날에 군대 있을 때 상사였다는 것을 이유로 '곽 상사님'이라는 별명으로 불리는 사람이었다. 그런데 주변에서 하나같이 그를 '곽 상사님'이라고 불렀거니와, 그런 부름에 그가 대답하면 그 호칭이 괴상하게도 굉장히 잘 어울려 보였다. 나도 처음 몇 번은 '곽 담당관님'이라는 식으로 정식 직함을 불렀지만 얼마 되지 않아 '곽 상사님'이라고 부르게 되었다.

"필요한 게 있으면 말하시오. 도와주겠소."

곽 상사는 나를 만난 첫날에 그 한마디를 했을 뿐 다른 말은 하지 않았다. 애초에 곽 상사는 별말이 없는 사람이었다. 말만 없는 것이 아니라 표정도 없었다. 특별히 굳은 얼굴이라거나 불만이 많아 보이는 사람은 아니었지만, 그렇다고 온화하고 친절한 느낌도 아니었다. 언뜻 보면 살짝 멍청해 보이기도 했지만 고백하자면 그것은 내가 그 당시에 노인들을 무조건 무시하는 생각을 갖고 있었기 때문이었을 가능성이 높다.

겉모습만 보면 곽 상사는 키가 큰 편이었고 야무지고 단단하다는 느낌을 주는 사람이었다. 어떨 때는 곽 상사가 무슨 이유인지 당당하고 자신감 있어 보이는 태도의 사람 같아 보이기도 했다. 처음 만난 그날도 그는 아주 잘 다려놓은 깨끗한 옷을 입고 있었다. 그 때문에 사람까지 자신감 있어 보인다는 착각이 드는 것일지도 몰랐다.

그렇지만 실제로 자신감 있는 사람으로 보기는 어렵다고 나는 결론을 내렸다. 왜냐하면 막상 같이 일해보니 곽 상사는 아무 일도 하지 않았기 때문이다.

'필요한 게 있으면 말하라'는 곽 상사의 첫말과는 달리, 곽 상사에게 필요한 것을 말하면 그는 그 말을 들었을 뿐 아무것도 도와주지 않았다. 곽 상사는 갖은 핑계로 그 일을 해주지 않았다. 나로서는 살던 집을 떠나 갑자기 낯선 먼 동네로 떠나온 상황이었기 때문에, 그곳에서 그만한 희생을 하는 무슨 보람을 찾고 싶은 마음이 있었다. 그래서 이런 일도 벌여보고 저런 일도 벌여보고 싶었다.

이 지역에서 해산물을 채취하는 사람이 그 물건을 인터넷으로 바로 대도시 소비자에게 판매할 수 있도록 전자상거래 웹사이트를 만든다든가, 깊은 산골 마을에서도 어디가 어디인지 집에서도 지도를 살펴볼 수 있는 웹사이트를 만들어 보여준다든지 하는 일을 나는 구상했다. 그러나 그런 일에 필요한 지역 협조 사항을 곽 상사에게 요청하면 그는 이것저것 알아보다가 결국 아무 일도 안 해주었다.

그가 하는 유일한 일이 있다면 내가 무슨 일이 필요하다고 했을 때, 그 일을 해줄 수 없는 이유를 열심히 조사해서 나에게 조목조목 밝히며 거절하는 것뿐이었다.

"이번에 알아보니, 통신판매업 규정상 그런 일을 하면 불법이라고 하오."

"내가 한번 알아보았는데, 그런 일을 하면 국가기밀정보 보호지침에 위배된다고 하오."

"그런 사업은 강원도 도청에서 관리하게 되어 있는데, 아직까지 도청에서 표준안이 나온 것이 없소."

곽 상사가 그렇게 설명하는 것 중에 70퍼센트 정도는 말이 되는 이야기였고 30퍼센트 정도는 말도 안 되는 소리였다. 그렇지만, 내가 '그런 이유로 이 사업을 시작도 못 한다는 것은 말도 안 된다'고 30퍼센트를 지적하면, 곽 상사는 그 30퍼센트에 대해서 좀 더 알아보기 위해서 다시 기다리라고 했다. 기다린 끝에 결국 그가 가져오는 대답은 항상 도와줄 수 없고, 일을 할 수 없으며, 안 된다는 결론이었다.

게다가 곽 상사는 무슨 일이건 처리하는 속도가 아주 느렸다. 간단하게 컴퓨터로 검색을 해서 처리할 수 있는 일도 그는 찬찬히 서류를 뒤졌고, 쉽게 분류되어 있는 목록을 만드는 대신에 혼란스러운 자료들을 일일이 처음부터 하나하나 그때그때 읽어나갔다. 그렇다 보니 일을 한 결과가 틀릴 가능성도 높았다. 그러므로, 그는 모든 일을 신중히 처리했고, 일의 결과를 낸 다음에도 다시 한번 확인하느라 더 시간을 많이 소모했다. 게다가 그는 애초에 노인이었으므로 손동작이나 걸음걸이부터가 빠릿빠릿하지 않았다.

그런 식으로 곽 상사는 아침 9시에서 저녁 6시까지 무슨 일을 천천히 계속하는 것처럼 흉내 내면서도 사실상 어떠한 일도 하지 않으며 하루하루를 보내는 사람이었다.

나는 점차 화가 났다. 정부 기관 지시 때문에 갑작스럽게 사는 곳이 바뀐 것도 불만스러웠는데, 정작 그렇게 하면서도 아무 소용도 없는 자리에 묶여 있다는 사실 때문에 더욱 힘이 빠졌다. 처음에는 이런 것이 공공 조직의 일하는 방식인가 싶어 불만이 생겼다가 나중에는 사사건건 그저 아무 일도 하지 않으려고만 머리를 쓰는 곽 상사가 미워졌다. 보다 보니 곽 상사가 너무나 게으른 인간이라서 천성이 일하는 것을 아주 싫어하는 사람은 아닌가 하는 생각까지 들었다.

그렇지만 가만 보니 곽 상사는 결코 게으른 사람은 아니었다. 그는 항상 제시간에 출근했고 정확하게 6시가 되면 가방을 들고 사무실에서 나갔다. 사무실에서는 항상 '이 일은 할 수 없다'라는 결론으로 이어지는 일을 하기 위해 느린 속도지만 꿈지럭꿈지럭 뭔가 업무를 해나갔다. 퇴근 후의 모습도 하는 일 없이 늘어져 있기만 하는 늙은이의 생활은 아니었다. 그는 술을 좋아하지도 않고 어울려 놀러 다니는 것을 즐기는 성격도 아니었다.

유일하게 그가 간접적으로라도 삶의 즐거움과 관련된 행동을 남보다 많이 하는 것이 있다면 옷을 아주 정성스럽게 잘 차려입는다는 점이었다.

그의 옷이 화려한 것은 아니었다. 남들이 입지 않는 비싼 옷을 차려입는 것도 아니었다. 반대로 곽 상사가 입는 옷은 낡고 오래된 것들이었다. 칠십 대 노인 기준으로 봐도 그의 옷은 유행이 한참 지난 옛 시대의 유물이었다. 그런데 그는 그런 옷을 매우 열심히 가꾸어 입었다. 그 때문에 오랫동안 그를 보아온 사람들은 반쯤 조롱으로 그를 '멋쟁이'라는 별명으로 부르는 일이 자주 있었다.

곽 상사는 자신이 입는 옷을 철저히 세탁해서 아무런 잡티도 없도록 아주 깨끗하게 관리했다. 헌옷 버리는 곳에 가면 동네마다 쌓여 있을 것 같은 옷이라도 그는 귀중한 보석을 닦듯이 너무나 소중히 말끔하게 관리했다. 보석을 닦는다는 비유는 특히 적당한 것 같다. 좋은 보석을 가진 부자가 그걸 관리한다는 사실이 기뻐서 보석을 닦는 잡다한 일도 좋아하듯이, 그는 옷을 세탁하고 깨끗하게 관리하는 일에서 깊은 즐거움을 느끼는 것처럼 보일 정도였다.

무엇보다 그는 다림질에 아주 공을 들였다. 다림질! 곽 상사의 다림질! 그가 다림질한 옷의 주름을 보면 전문 세탁

기술자가 예복을 잘 다림질한 모양과 별 차이가 없었다. 그는 다림질에 긴 시간을 쏟았다. 매일의 중요한 일과로 옷을 철저히 다려서 모양 잡는 시간을 잡아두었다. 말은 안 했지만 그는 자신의 다림질에 대해 상당한 자부심마저 느끼는 것처럼 보였다. 직접 세탁하고 완벽하게 다림질한 옷을 입고 집에서 나섰으며 일터에 와 앉아 있다는 사실만을 그는 중요하게 생각하는 듯 보였다.

나는 한번 곽 상사가 집에서 다림질하는 모습을 본 적이 있다. 내일 입을 자기 옷을 다리는 그의 표정에는 보람과 즐거움이 가득했다. 그는 음악을 듣거나 TV를 보는 일도 없이 그저 옷의 주름과 다리미에만 집중하며 긴 시간 다림질을 했다. 아무 다른 생각 없이 오직 이 옷을 보기 좋게 다리겠다는 생각 단 한 가지만 하면서 긴 시간 작업을 했는데, 그러는 동안 그는 마음을 비우고 세상사를 잊으며 마치 무슨 명상이라도 하는 듯한 태도였다. 곽 상사를 싫어하던 나조차도 다림질하는 모습을 볼 때는 그의 진지함과 기쁨이 나에게까지 번져오는 느낌이었다. 다른 생각을 아무것도 하지 않고 조용히 자기 옷을 다리고 있으면 그것만큼 평화롭고 아늑한 일이 있겠는가 하는 상상에 나조차 잠깐 빠질 정도였다.

그러나 결국 나는 언제나 잔뜩 구겨진 옷을 입고 허겁지겁 출근했고, 사무실에서 곽 상사를 볼 때는 속 터지기만 했다.

한번은 내가 진지하게 이렇게 하면 아무 일도 못 하지 않겠냐고 곽 상사에게 좋은 말로 이야기한 적도 있었다. 그러자 곽 상사는 이렇게 대답했다.

"옛날, 왜정 때나 봉건시대 때야 세상에 글 읽을 줄 아는 사람도 몇 없었으니 나라에서 벼슬하는 사람들이 주변 사람들에게 이렇게 해라, 저렇게 해라, 아는 척하면서 이끌어 갈 수 있었지. 벼슬하는 사람들이 제일 똑똑하고 뭐든 다 보통 사람보다는 잘 알았으니까. 그런데 요즘 세상을 보시오. 나도 그렇지만, 지금 관공서에 있는 사람들 중에 뭔가 결정하는 사람들 태반이 학교 다닐 때 '컴퓨터'라는 말도 못 들어본 사람들 아닌가? 이런 세상에서 어떻게 옛날 벼슬아치들처럼 다 아는 것인 양 이렇게 해야 잘산다, 저렇게 해야 잘산다 하면서 다른 사람들을 몰아갈 수가 있겠소? 잠깐 짧게 생각해보고 이렇게 하는 게 맞다 싶어서 이리저리 다그쳐봐야 오히려 일을 망칠 뿐이오. 그저 아무 일도 안 하고 가만히 있는 것이 정말로 일할 다른 사람들을 돕는 길이오."

그 말을 듣자 나는 더 이상 이 사람과는 말이 안 통하겠다는 생각이 들었다. 그래서 나는 그 후로 어떻게든 곽 상사를 따돌리고 일하는 방법을 궁리하기 시작했다.

그런데 그렇게 생각하고 다른 길을 찾아보자니, 이상하

게도 곽 상사가 꽤나 존경을 받는다는 사실을 발견했다.

곽 상사를 좋아하거나 그가 잘되도록 일을 도와주는 사람들이 그 지역에는 곳곳에 제법 많이 있었다. 말도 없고 할 줄 아는 일은 다림질밖에 없는 그 노인을 두고 만날 때마다 공손히 인사를 올리는 다른 노인들이 여럿 있었다. 곽 상사는 '향토 지원회 회장'이나 '해안 노인 교류회 회장' 등등과 같이 별 하는 일 없이 적당한 수당을 받는 자리에 몇 군데나 올라가 있었다. 그것도 그렇게 할 수 있도록 도와준 사람들이 있기 때문이었다. 곽 상사가 그 나이에도 일자리를 갖고 나와 짝이 되어 일하게 된 것도 결국 그 비슷한 이유에서였다.

너무 이상하다는 생각이 들었다. 한번은 그 지역에서 제법 평판이 좋은 군의원이 곽 상사에게 문안 인사를 하고 가면서 공손히 식사 대접을 하는 모습까지 보았다. 나는 그 군의원에게 도대체 왜 곽 상사에게 이렇게 높여 대하는지 직접 한번 물어보았다.

그러자, 그 군의원은 이렇게 대답했다.

"사실 저도 잘 모릅니다. 돌아가신 저희 아버지께서 곽 상사님께는 항상 꼬박꼬박 인사드리고 잘 대해드리라고 당부하셨기 때문에 그렇게 하는 것뿐입니다."

나는 곽 상사에 얽힌 일 중에 무엇인가 크게 잘못된 일이 있을지도 모른다는 의심을 품게 되었다. 결국 나는 도대체 그가 무슨 이상한 일을 숨기고 있는지 알아내보겠다고 마음먹었다. 어차피 할 일은 없었고, 설령 할 일을 생각해낸다고 해도 곽 상사가 못 하게 막아버리는 것이 내 직장 생활의 전부였다. 철저하게 일을 하지 않고 그저 월급만 받아내는 것이 곽 상사의 삶이라면, 그 곽 상사가 아무 일도 하지 않기 위해 하는 일을 못 하게 막는 것이 내 목표가 되었다.

우선 나는 면사무소에 있던 노인들에 관한 기록을 찾아보았다. 보훈 유공자 명단에 곽 상사의 이름이 있었다. 곽 상사는 한국전쟁 참전 용사 중 하나였다. 그렇지만 특별히 훈장이나 표창을 받았다는 기록은 없었다. 전쟁 전부터 군인이었고, 전쟁 중에 계속 군 복무를 했으며, 전쟁이 끝날 때까지도 살아남았다. 그러다 제대했다는 간단하고 재미없는 이야기뿐이었다.

조금 더 살펴보니, 곽 상사는 무슨 독립군 단체 명단에도 있었다. 그 독립군 단체 입대일은 1945년 8월로 나와 있었다. 다른 자료를 조금 더 살펴본 결과 나는 곽 상사가 실제로 독립운동을 한 적은 없다는 결론을 내렸다.

1945년 일제가 패망한 후 중국에서 독립운동을 하던 단체들이 북적북적 한국으로 돌아올 때, 이 단체들은 저마다 한국에 새로 생기는 정부에서 자신들이 큰 세력을 차지하기를 원했다. 개중에는 잘만 하면 새로 생기는 나라 하나를 통째로 먹을 수 있다고 생각한 야심가도 있었을 것이다. 세력 다툼을 위해서는 자기 단체가 크고 사람이 많다고 주변에 처음부터 과시할 필요가 있었다. 그러자니, 전쟁이 다 끝나고 한국으로 돌아오는 길인 그 막판에 자기 단체에 가입하기를 원하는 사람들이 있다면 누구든 급하게 가입시켜주었다. 곽 상사가 입대한 독립군 단체도 그런 목적으로 누구든 독립군이 되고 싶다고 하면 바로바로 자기 단체 명단에 이름을 올려준 곳인 듯 보였다.

그렇다면 애초에 곽 상사가 중국으로 건너간 까닭은 무엇일까? 나중에 독립군 단체 소속이 되긴 했지만 곽 상사는 독립운동과 관련해서는 아무런 공로도 훈장도 인정받은 것이 없었다. 잃어버린 나라를 되찾아보겠다고 다른 나라로 망명을 떠난 사람 같지는 않았다. 그런 사람이 아니라는 것은 그의 얼굴을 한번 보기만 해도 알 수 있었다.

여기에 대해서는 아직도 나는 정확히 알아낸 바가 없다.

그때 나는 아마 곽 상사가 어릴 때부터 간절히 대학생이 되고 싶었고 자신이 입학할 가능성이 조금이라도 높은 대학을 찾아 중국 땅으로 건너간 것이 아닌가 짐작했다. 정황은 있었다. 곽 상사가 대학을 졸업했다는 기록은 없었지만 중국에서 대학을 다닌 듯하다는 이야기는 있었다. 곽 상사를 이상하게 존경하는 동네 노인들 사이에서는 '곽 상사는 북경대학을 나왔다'라는 헛소문까지 돌았다. 그 헛소문은 곽 상사 스스로가 사실이 아니라고 나에게 이야기해준 적이 있었다. 하지만, 그의 말투에서 무엇인가 더 사연이 있는 듯한 느낌이 있었다.

이런저런 말들을 모아본 결과, 나는 다음과 같이 추측했다. 어린 시절 곽 상사는 대학생이 부유함, 지성, 젊음, 어른스러움 그리고 무엇보다도 멋을 모두 갖춘 사람이라고 생각했다. 그러나 식민지 조선에서 곽 상사가 대학생이 될 방법을 찾기란 쉽지 않았다. 그래서 중국 땅으로 건너갔다. 곽 상사는 이런저런 일을 하며 학자금을 모으고 중국 대학교에 입학할 방법을 몇 년간 궁리했다. 어쩌면 입학에는 성공했을지도 모른다. 그렇지만 졸업할 만큼 꾸준히 학교를 다닐 돈을 벌지도, 중국 유학 생활에 잘 적응하지도 못했다. 그러다 광복이 되었다는 소식을 듣는다. 먹고살 길이 막막했던 곽 상사는 얼치기 독립군 단체에 급히 들어가 한국으로 돌아온다. 그리고 그 독립군 단체가 대한민국 군대에서 자리 잡아 세력을 넓히는 바람에 곽 상사는 그 끈으로 얼떨결에 상사가 된다.

그게 그때 내가 곽 상사의 과거에 대해 추측한 전부였다. 급하게 대한민국 군대를 만들어야겠는데, 군대에 대해서 아는 사람이나 싸워본 경험이 있는 사람이라고는 워낙 없는 판이니 계급장이라도 한번 달아본 적 있는 사람이면 누구나 부사관도 되고 장교도 되었다. 그런 때에 운이 좋아 직업군인이 된 사람이 바로 곽 상사라고 생각했다. 게다가 각종 독립군 단체며 만주군, 일본군 출신 인물들이 서로 한국군 안에서 자기편을 많이 만들려고 안간힘을 쓰고 있었으므로, 곽 상사는 자기가 속했던 독립군 단체의 세 싸움에 따라 저절로 계급이 높아졌을 것이다.

그렇게 생각하니 곽 상사에 대한 내 혐오는 더 깊어졌다.

아무것도 할 줄 몰랐고 평생 아무것도 안 했으면서 옷만 열심히 다려 입고 다니는 늙은이. 그렇지만 이상하게도 그 사정을 알게 된 후부터 화가 치밀어 오르는 느낌이나 초조한 느낌은 점점 사라졌다. 무엇인가 포기한 마음이 몸속으로 쫘악 들어온 것처럼, 나는 곽 상사가 싫고 미우면서도 대충 같이 지낼 수 있게 되었다. 그냥 그렇게 일을 하는 듯하지만 사실 아무것도 하지 않는 생활을 차차 받아들였다.

돌아보면, 지금은 그때가 좋은 시간이었다는 생각마저 든다. 동쪽에서 바다 위로 해가 뜨고 해안을 따라 펼쳐진 하얀 모래톱에 햇빛이 비치면 아침부터 하늘이 아주아주 눈부시게 밝은 느낌이 든다. 그래서 날마다 자명종이 울리기 훨씬 전에 일어난다.

창밖을 보면 텔레비전에서 애국가 나올 때 자주 나오는 바다 위 일출 모습과 꼭 같은 풍경이 매일매일 보인다. 여유롭게 아침 시간을 보낸 뒤, 자전거를 타고 사무실에 나가서 몇 분을 기다리면 정확히 8시 55분에 곽 상사가 출근한다. "안녕하십니까?" "출근길에 덥진 않았소?" 서로 대답을 들을 생각이 전혀 없는 인사를 건네고 저녁 6시까지 근무를 한다. "먼저 나가보겠소." 곽 상사가 퇴근하면 나는 5분 정도 사무실 뒷정리를 하고 나간다. 밤샘도 없고 야근도 없고 회식도 없고 내일까지 급하게 준비해야 하는 자료도 없다.

퇴근길에 들어선 후에도 아직 하루는 많이 남았고, 나는 바닷가에 나가 낚시나 해볼까 생각하며 이리저리 거닌다. 파도가 치는 맑은 물을 가만히 들여다보면 정말로 아이 손바닥만 한 작은 물고기들이 열 몇 마리씩 떼를 지어 하얗게 반짝거렸다. 그러다 수평선 위로 하나둘 별이 뜰 때쯤 집으로 돌아와 소설책을 몇 장 읽으며 쉬다가 잠에 든다.

내가 곽 상사에 대해 다른 이야기를 들은 것은 그로부터 한참이 지난 후였다.

"병원에 입원해야 할 일이 생겼소. 큰일은 아니오."

내가 걱정이라도 할 것처럼 그는 그렇게 말했다. 노인들에게 흔히 생길 법한 평범한 문제 때문에 병원에 가게 될 것이고 아마 일주일 정도 후에는 다시 정상 출근할 수 있을 거라고 그는 이야기했다. 나에게 곽 상사의 휴가는 도대체 그가 출근하는 것과 출근하지 않는 것의 차이가 무엇인지 다시 한

번 생각하는 계기가 되었다.

곽 상사는 자신이 말한 대로 그다음 날부터 출근하지 않았다. 예상했던 대로 내가 사무실에 나와서 해야 하는 일은 곽 상사가 있으나 없으나 달라지는 것이 없었다. 0에 0을 더해도 0이고, 0에서 0을 빼도 0이라는 간단한 계산을 온몸으로 다시 느껴볼 기회일 뿐이었다.

그런데 막상 하루 동안 곽 상사 없이 혼자 사무실에 있자니 기분이 이상해졌다. 어차피 사무실에 같이 머물면서 나누는 이야기도 별로 없었고, 같이 하는 일은 더욱더 없었지만, 그래도 그가 없으니 어쩐지 더욱더 할 일이 없는 느낌이 들었다. 모르긴 해도 곽 상사가 사무실에 있는 동안 나는 그를 보며 '저 답답한 늙은이는 도대체 뭘까'라는 불만을 마음속에서 이런저런 말로 많이 읊조렸던 듯싶다. 그리고 그렇게 그를 욕하는 마음을 하루 종일 품고 있는 것도 나름대로 두뇌를 사용하는 일인 만큼 그게 뭔가를 '하고 있다'는 느낌을 주었던 것 같다. 그런데 곽 상사가 없이 혼자 사무실에 있으니 그조차 할 수 없었다. 정말로 더 막막히 지루한 느낌이었다.

아마 그 때문이었을 거라고 생각한다. 퇴근 후 나는 정말로 해변에서 낚시를 해보겠다고 생각했다.

해변 끝 편에는 조그마한 가게가 있었는데, 거기에는 소문에 100세가 넘었다고 하는 머리가 하얀 할머니가 머물면서 무슨 물건이든 다 팔고 있었다. 나는 100세가 넘었다는 말까지는 사실이 아니라고 생각했지만, 아주 건강한 할머니였다. 소문대로라면 조선왕조 시대부터 살아왔던 할머니인데 그보다 10분의 1밖에 안 산 것 같은 어린이들에게 "핑클 빵 새로 나온 것 먹어봤니? 효리도 있고, 유리도 있고"라면서 설명하는 장면은 신기해서 기억에 남았다. 덕분에 나는 그 가게에 낚시 도구도 팔고 있다는 것이 생각났다.

'잠깐 출타 중. 곧 돌아옵니다.'

그런데 굳이 해변을 한참 걸어 끝까지 갔더니 가게 창문에 그런 말만 적혀 있고 문은 닫혀 있었다. 주인 할머니가 자리를 비운 듯했다.

나는 거기까지 간 것이 아쉬워서 그 앞을 서성이며 할머니가 올 때까지 기다리려고 했다.

"주인 할머니 기다리는가?"

"예."

"요 앞에 나가신 것 같으니, 금방 오실 거요."

주인 할머니는 오지 않고 그런 말을 하는 동네 다른 노인만 가끔 지나갔다. 그런데 그 덕분에 조금만 기다리면 주인 할머니가 올 듯하다는 생각이 들어서, 나는 가게 앞을 떠나지 못했다. 그러는 동안 그만 해가 지고 달이 뜰 때까지 기다리게 되었다.

"아직까지 기다리고 있었나?"

할 일이 없어서 파도가 밀어닥치는 것이 몇 번이나 되는지 계속 헤아리고 있었는데 몇백인가 몇천인가 되었을 때 주인 할머니가 갑자기 나타났다. 멀리서 걸어오는 것을 눈치채지도 못하고 있었는데, 마치 마법으로 땅에서 솟아나듯이 나타난 느낌이었다.

"뭘 사려고 하는데?"

"낚시할 때 필요한 걸 사려고 하는데요. 낚싯대하고, 낚싯줄하고. 또 뭐가 필요하지요?"

주인 할머니는 갖가지 물건이 꽉꽉 차 있는 가게 속을 이리저리 뒤졌다. 그런데 그날따라 낚싯바늘이 없다고 했다. 할머니는 나에게 이렇게 말했다.

"낚싯바늘은 곽 상사한테 빌려달라고 하면 어떤가?"

그게 계기가 되어 나는 그날 저녁 주인 할머니와 곽 상사에 대한 이야기를 나누게 되었다.

할머니는 가게에 있는 냉동 돼지고기를 사면, 어차피 자기도 오늘 고기가 좀 먹고 싶으니 그걸로 음식을 만들어 저녁 상을 차려주겠다고 했다. 그러면서 자기랑 같이 저녁을 먹고 가라고 제안했다. 괜히 곽 상사가 없다는 생각에 마음이 이상해져서 점심도 굶었기 때문에 그 이야기는 아주 괜찮게 들렸다. 그냥 집에 들어가봐야 할 일도 없다는 생각도 새삼 들었다. 사람 말소리도 없이 파도치는 소리만 계속 들으면서 다시 긴긴 바닷가 모래판 길을 걸어 혼자 집에 간다면, 심심함이 아주 터져 나올 것 같았다.

나는 처음에는 할머니로부터 곽 상사의 잘못이나 곽 상사의 나쁜 점에 대한 이야기를 이끌어내보려고 했다. "곽 상사, 그 사람 참 이상한 사람 아닙니까"로 말을 던지면, 분명히 거기에 걸맞은 곽 상사의 험담이 술술 퍼져 나올 거라고 생각했다. 그런데, 할머니의 이야기는 그렇게 흘러들지 않았다. 무슨 다른 이야기를 하려다가 멈칫하려는 것 같기도 했고, 너무 말이 길어질까 봐 망설이는 듯 보이기도 했다.

대화가 점차 없어졌다. 그래서 고개를 돌려 바다 쪽을 보았다. 낡은 가게 평상에 앉아 바라보는 바다 위 달이 유독 밝은 느낌이 들어 신기했다. 그러고 있자니 또 여기까지 와서 뭘 하고 있는 건지, 이게 뭐 하는 짓인지 하는 복잡한 생각이 막 밀려들었다.

"막걸리도 파시나요?"

그렇게 막걸리 사발을 두 번쯤 비우고 났을 때, 할머니는 곽 상사 이야기를 처음부터 하나하나 들려주었는데, 그 내용은 이러했다.

내가 짐작한 대로 곽 상사는 광복 때 급하게 무슨 독립군 단체에 들어간 것이 운이 좋아서 직업군인으로 자리 잡은 사람이 맞았다. 총 한번 쏘아본 적이 없는데 하사가 되고 중사가 될 수 있었다고 한다.

애초에 군인이 된 것도 대단한 애국심이 있다거나 적과 맞서 싸우는 일에 무슨 기개가 있었기 때문이 아니라, 그저 먹고살 길을 찾기 위해서였다. 대학생이 되어보겠다고 중국까지 건너왔는데 모아놓은 돈은 모두 날리고 살길은 막막한데, 군인이라면 그래도 나라 세금으로 월급을 받는 직업 아닌가? 그나마 기회가 생겼을 때 잡아야겠다는 생각에 곽 상사는 군 생활을 시작했다.

그런 이유로 곽 상사는 군대에서 별 인기 있는 사람은 아니었다고 한다. 훈련에도 작전에도 큰 재주가 없었던 데다가, 당시 군대에서 출세하려면 미군 고문관으로부터 뭘 배우거나 지원을 잘 받는 것이 중요했는데 곽 상사는 중국어를 좀 알았을 뿐 영어에는 약했다. 그래서 밑천도 없이 하사, 중사가 된 것까지는 좋았지만, 같은 출신의 다른 군인들에 비해서는 진급도 느린 편이었다고 한다.

그런데 곽 상사가 딱 한 가지 잘하는 것이 있었다고 한다. 바로 다름 아닌 군복을 잘 세탁하고 잘 다려 입는 일이었다. 곽 상사는 그때부터 자기 군복을 깨끗하고 멋지게 입는 데 정성을 많이 기울이기로 유명했다. 본인뿐만 아니라 부하들에게도 군복 세탁과 다림질을 강조했다.

곽 상사가 세탁을 강조하는 정도는 지독했다. 아무렇게나 입어도 상관없을 것 같은 병사의 낡은 군복이라 할지라도 그에게는 나름대로 깨끗하고 멋지게 관리하는 엄격한 기준이 있었다. 곽 상사 앞에 병사들이 집합하면 언제나 군복의 어디가 더럽다거나, 바짓단의 어디가 제대로 다림질되어 있지 않다거나 하는 지적이 길게 쏟아졌다. 곽 상사가 직접 복장 검열을 하는 시간이 다가오면, 병사들은 지긋지긋할 정도로 세탁과 다림질에 힘을 들일 수밖에 없었다. 곽 상사는 상의의 작은 주름이나 바지 선의 약간 뒤틀린 각도까지 일일이 지적했다.

곽 상사는 병사들이 입고 있는 옷의 상태가 완벽할 때까지 지적하고 또 지적했다. 옷차림이 완벽해질 때까지 그는 훈련도, 행군도 할 수 없다고 했다. 휴식도, 식사도, 수면도 연기했다. 그에게 군인으로서 무슨 일을 하든지 간에 가장 중요한 선결 조건은 군복을 잘 갖춰 입는 것이었다.

"군인의 기본은 군복이다. 군복도 갖춰지지 않았는데 무슨 임무건 시작이라도 할 수 있겠는가? 만약 전쟁이 일어나면, 목숨이 오락가락하는 상황에서 온갖 처참한 꼴을 보고 온갖 사람답지 않은 일을 하게 된다. 그럴 때, 사람답게 정신을 차리고 마음이 무너지지 않으려면, 옷을 잘 다림질하고 세탁하는 것 같은 사소한 일상을 사람답게 하면서 생각을 가다듬는 버릇을 날마다 잘 갖추어야 한다."

곽 상사는 그런 말을 한 적도 있다고 하는데, 거기에 공감하는 사람은 아무도 없었다고 한다.

병사들은 대부분 곽 상사를 싫어했다. 사격도 못하지, 영어도 못하지, 체력도 별 볼 일 없는데, 어찌저찌 때를 잘 만나 상사가 된 인간인데, 자기가 할 줄 아는 거라고는 옷 세탁밖에 없으니 그것만 강조하는 것이라고 생각했다.

"옷도 안 입고 뭘 하나? 군인이 군복을 제대로 입는 것도 못하면서 무슨 훈련을 하고 작전을 하나? 일단 옷부터 똑바로 입고 모든 일을 시작한다."

이 시절 갑자기 새로 생긴 대한민국 국방군에 들어온 군인 중에는 위력적인 총을 쏘아보고 이국적인 먼 곳에 싸우러 나가는 모습에 대한 환상과 모험심에 빠져 있는 사람들도 많았다고 한다. 그런 분위기였으니, 세탁이나 강조하는 곽 상사는 인기가 없을 수밖에 없었다. 동료나 장교들도 곽 상사를 좀 이상한 사람으로 취급하는 경우가 많았다.

그래도 병사들은 곽 상사가 세탁과 다림질을 강조하는 것이 다른 상관과 어딘가 다르다는 점은 다들 깊게 느꼈다. 보통 이 시절 군대 간부들이 병사들에게 옷을 깨끗이 세탁하라거나 다림질을 철저하게 하라고 이야기하는 것은 그저 괴롭히고 싶어서일 때가 많았다. 자신의 사소하고 작은 명령에도 병사들이 철저히 세세하게 복종하는 문화를 만들기 위해 간부들은 군복의 작은 구김이 큰 문제라면서 소리를 지르곤 했다.

그런데 곽 상사가 세탁을 강조하는 것은 그와는 달랐다. 곽 상사는 정말로 잘 다듬어지지 않은 군복을 마음속 깊은 곳에서부터 싫어했다. 그리고 다림질이 잘되어 있고, 깨끗하게 잘 세탁이 되어 있는 군복일수록 깊은 가치를 진심으로 느끼는 듯했다. 훈련 후 땀에 절고 진흙 범벅이 된 군복을 잘 씻고 다려서 깨끗한 멋진 제복으로 만들어가는 일을 곽 상사는 마치 귀금속을 세공하거나 조각품을 빚는 일처럼 여기는 듯이 보일 정도였다.

그러다 보니, 한번은 대통령이 인근 부대에 찾아왔을 때 곽 상사가 통솔하는 병사들을 보고

"이 병사들은 옷맵시부터가 정말 정예병 같구먼."

이라고 한마디를 한 적이 있었다.

대통령이 잠깐 둘러보고 가는 길에 누가 총을 더 잘 쏘는지, 누가 더 참호전에 능숙한지를 알아볼 방법은 없다. 그러나 옷을 깨끗하게 입고 있는 병사들은 눈에 뜨였기 때문에 그런 말을 한 것이다. 이 시절은 대통령이 뜻 없이 중얼거린 한마디도 옛날 임금님의 고귀한 옥음처럼 떠받들던 때였다. 대통령이 떠나고 나니, 대대장, 연대장, 사단장이 모두 곽 상사

에게 찾아와서 "복장 관리를 어떻게 하는가?"라고 배워 가려고 했다. 결국 그 일 한 번 때문에 곽 상사는 상사로 진급했고 군복이 갖춰지지 않으면 무슨 훈련이건 시작도 하지 않으려 드는 엄한 태도를 고수하면서도 꿋꿋이 군 생활을 이어갈 수 있었다.

한국전쟁이 발발한 후, 곽 상사는 초창기 전투에서 동료와 부하 병사들을 많이 잃었다. 그의 소속 부대 자체가 아예 궤멸되어 해체되고, 전혀 다른 부대로 재편성되었다고 한다. 나중에 다른 사람에게 들은 바에 따르면 곽 상사가 다부동 전투에 참여했다는 이야기도 있기는 한데 확실하지는 않다. 다만 그런저런 전투 중에 곽 상사는 소대장이 되었고, 인천상륙작전으로 전황이 바뀐 뒤에는 동해안을 따라 전진하는 부대인가, 그 지원 후미 부대인가에 합류하여 주문진 근처 어디쯤에 배치되었다고 한다.

그런데 전쟁 초 인민군에게 빼앗겼던 지역을 빠르게 되찾으면서 그 지역 군인과 시민 사이에는 이상한 이야기가 돌기 시작했다.

"한반도에서 가장 큰 도시인 서울도 남한에 있고, 남한이 인구도 더 많고, 여러 분야의 인재도 더 많다. 그런데 왜 전쟁이 일어나자 그렇게 맥없이 우리가 북한에 당했을까? 질 때 질 수야 있겠지만 어떻게 사흘 만에 서울이 빼앗길 정도로 아주 철저하게 패했을까? 이유는 한 가지밖에 없다. 우리 중에 사실은 북한 편을 들고 있는 배신자들이 있어서 그 배신자들이 우리를 내부에서 방해했기 때문이다."

그런 별 근거도 없는 이야기를 '생각해보면 당연한 것'이라거나 '무슨 일이든 이유가 있어야 생길 수 있는데 떠올릴 수 있는 이유는 하나밖에 없지 않나?'라면서 굳게 믿는 사람들이 갑자기 늘어났다.

그러다 보니 결국, 그 모든 의견을 대표하여 어느 장군 하나가 이런 명령을 내렸다.

"적군에게 점령당했을 때, 그 적군에게 적극적으로 협조한 자는 지위 고하와 남녀노소 불문하고 반역죄로 처벌할 것."

그러니까 이때 사람들 중 장군을 비롯한 몇몇은 그런 명령을 내려서 사람이 무슨 죄를 지었는지 지금 따져서 그 책임을 캐내어 분명히 묻는 것이 아주 중요하고 그것이 똑똑히 정의를 바로 세우는 길이라고 믿었던 것 같다.

"나쁜 사람을 처벌하고, 착한 사람에게는 상을 주어야 이 혼란스러운 세상에서 어떻게든 나라를 유지해나갈 수가 있다. 나쁜 일 중에는 반역만큼 심한 것이 없는 만큼, 그에 대한 처벌은 나라의 근본을 세우는 일이다."

그 말을 믿는 사람들은 군대 내부뿐만 아니라 군대 밖에서도 적지 않았다. 시민들도, 정치인들도 그런 말에 많이들

동조했다. 곧 장군의 명령에 따라 이 일대 마을 곳곳에서 인민군 점령 시에 협력한 사람들을 찾아내고 그를 처벌하기 위한 작전이 차곡차곡 세워졌다.

"그런데 우리 동네, 이 동네 근처가 제일 골치, 제일 문제였어."

가게 할머니는 그 대목에서 그렇게 이야기했다. 말 그대로, 그날 내가 술을 마시며 앉아 있던 그 마을 근처가 가장 상황이 심각한 곳이었다.

우선 애초에 그 마을 근방에 광복 전부터 사회주의 사상에 호감을 가진 사람들이 몇몇 있었다고 한다. 그렇다 보니, 1948년 시작된 제1공화국에서 반공 운동을 고작 몇 년 열심히 했다고 한들, 관심이 있던 사상이 완전히 머릿속에서 사라지기는 어려웠다. 그 와중에 덜컥 전쟁이 일어났는데, 공산당의 군대가 사흘 만에 서울을 무너뜨렸다고 하니 정말 공산주의자들이 더 유능하고 우월한 것 아닌가 하는 생각이 드는 사람도 있기는 있었을 것이다.

게다가 그보다 더 심각한 문제가 있었다. 전쟁 전에 정부에서 인민군이 무자비한 악당들이라고 줄기차게 선전했던 것이 이 지역에서는 거꾸로 효과를 미쳐버렸다.

"북한의 괴뢰군은 정말 잔인하고 무서운 놈들이어서, 걸핏하면 사람들을 다 죽이고, 조금이라도 자기들 공산주의 사상을 신봉하지 않으려는 기색을 보이면 악랄하게 고문하다가 처형한다."

그런 이야기를 인민군에 대한 적개심을 강조하기 위해 퍼뜨리려 애를 쓰고 공을 들인 것이 한국전쟁 직전, 직후까지 그치지 않았다. 그런데 그런 이야기가 도는 상황에서 막상 정말로 인민군이 동네에 들어오자 상황이 아주 이상해져버렸다는 이야기다.

인민군 마음을 조금이라도 거스르면 다 끔찍하게 고문당하고 죽을지도 모른다고 믿었다. 그러다 보니 인민군에게 최대한 잘 보여야 목숨이라도 부지할 수 있다고들 생각했다. 몇몇 사람은 인민군이 우리 동네에 해코지를 하지 않도록 아예 처음부터 환영을 하러 나가자고 나섰다. 며칠이 지나고 나니, 마을 사람들이 인민군 지나는 길에 모두 모여들어 만세를 하며 환영하는 행렬이 생겼다.

그 이상한 기분으로 두려움에 떨며 만세를 부르던 장면을 기억 못 하는 사람은 아무도 없었다. 그 일은 모두가 알고 있었다.

"만세라는 것은 영원히 상대방 세력이 이어지기를 기원하며 기쁨을 표현하는 말 아닌가? 그렇게 강한 표현으로 적에 대한 충성과 지원을 표현했다는 것은 반역 의사를 가장 능동적이고 적극적으로 표출한 것이다."

지휘부에서는 그런 결론을 내렸고, 결국 일에 휘말린 사람들을 모두 그 죄에 맞게 처벌하라는 명령이 일선 부대로 하달되었다. 그러니까, 인근 마을 사람들을 전원 총살하라는 뜻이었다.

이러한 지시를 그대로 기꺼이 이행하고 싶어하는 사람은 아무도 없었다. 처음에는 연대장이 전화를 걸어 먼저 확인 연락을 했다고 한다. 아무리 그래도 멋모르고 인민군 환영 행사 몇 번 참석한 일로 다른 처벌도 아니고 총살은 너무 심한 것 아니냐고 반문했다.

그러나, 돌아오는 대답은 그런 의심을 허용하지 않았다.

"모든 자원이 넉넉하고 여유롭게 재판을 할 수 있는 조건이라면 상황은 조금 다를 수 있다. 그러나 지금은 전쟁 중 아닌가? 어쩔 수 없이 빠르게 조치를 취할 수밖에 없다. 모든 사람이 정신을 차리고 절대 대한민국을 배신하지 않겠다는 생각이 들 수 있도록, 죄를 지은 사람들에게는 엄하게 벌을 내려야 한다. 그래야만 우리 뒤에서 배신하는 반역자들 없이 전쟁을 수행할 수 있다. 분명히 죄를 지은 죄인들이 있는데 아무 처벌도 받지 않고 그냥 편하게 지내게 한다면 국가의 정의가 어디에 있겠는가?"

명령이 대대에 내려갔을 때, 대대에서 역시 아무래도 이런 명령은 이상하다는 말이 나왔다고 한다. 그래서 대대에서도 다시 상부로 문의 연락을 취했다. 그러나 명령은 그대로 였다.

"지금 인민군도 후퇴하면서 자신들의 사상에 반발하는 주민들을 처형하고 있다는 정보가 있다. 우리의 적은 자신들의 사상을 더 굳건히 하기 위해 작은 배신을 한 사람이라도 엄벌에 처하고 있지 않은가? 그런데 우리만 관대하게 배신자를 용서하고 살려둔다면 겨루어 싸울 수가 없다. 어쩔 수 없이 우리도 국가에 대한 반역자는 그에 맞게 처벌할 수밖에 없다."

일이 그쯤 되자, 상부에서는 빨리 명령에 따른 임무를 수행하지 않으면 명령 불복종이나 반역자에 동조한 죄를 물어 그 부대 지휘관 또한 처벌하겠다고 위협하기 시작했다.

결국 한 소대가 일을 맡아 사람들을 죽이는 일을 하러 가야 했다. 이런 인기 없는 일을 좋아할 소대장이 있을 리가 없었다. 그러므로 다들 이 임무는 맡지 않으려고 했다. 그러다 보니, 임무는 돌고 돌아서 결국 가장 인기 없고 무능한 것으로 소문나 있던 소대장에게로 떨어졌다.

다름 아닌 곽 상사였다.

이미 연대에서 마을 사람들을 어느 학교 운동장 안에 다 모아놓고 가두어둔 뒤였다. 곽 상사의 소대는 가두어놓은 마을 사람들을 넘겨받았다.

가게 할머니는 그때 자기가 겪은 일을 말해주었다.

"그때, 거기 있는 어떤 졸병 하나가 나한테 그러더라고. 이제 내일 되면 저 군인들이 당신들 다 죽일 거니까, 오늘 밤에 죽기 살기로 도망가보라고."

아닌 게 아니라, 곽 상사의 소대원 중에도 다음 날이 되면 사람들을 모두 죽일 거라고 생각하고 갈등하며 초조해하는 사람들도 있었다고 한다. 그렇지만, 그렇다고 명령을 어길 수는 없었다. 만약 '나는 못 죽이겠다'고 거부하거나 부대에서 도망친다면 자신까지도 반역자로 몰려 같이 처형당할 것이 뻔했다.

병사들은 소대장인 곽 상사가 "명령이니까 어쩔 수 없다. 마음 굳게 먹어라"라거나, "전쟁 중에 사람 몇십 명, 몇백 명 죽는 것은 아무것도 아니다. 큰 폭탄 하나만 떨어지면 눈 깜짝할 사이에도 그만한 사람들이 죽는다"라는 등의 말을 할 거라고 짐작했다. 그런 식으로 말해서 자신들의 죄책감을 덜어주거나, 혹은 임무를 꿋꿋이 완수할 수 있도록 다짐을 하게 해줄 줄 알았다.

그런데 곽 상사는 그런 이야기는 전혀 하지 않았다. 대신에 그 소대원들에게 너무도 익숙했던 이런 말을 했다.

"내일은 민간인 대상 작전이 있다. 그런 만큼 군인다운 모습을 잘 보이지 않으면 안 되니, 특별히 군복을 깨끗하게 관리하고 잘 다림질해서 입고 오도록 한다. 알겠나?"

병사들은 이해할 수가 없었다. 지금 이 마당에도 군복 주름을 따지는 것이 정상인가? 곽 상사가 이상한 사람이라는 것은 익히 알고 있었지만, 전쟁통에 이곳저곳을 따라다니다가 아예 맛이 가버린 것 아닌가?

다음 날 아침이 되었다.

바뀐 것은 없었다. 몇몇 마을 사람은 학교에서 도망칠까 말까 생각하기도 했지만, 형제를 두고 혼자 갈 수가 없어서, 친구 누구를 두고 혼자 갈 수는 없어서라는 생각 때문에 결국 다들 남아 있었다.

아침에 자주 생기는 바다 안개가 육지 쪽까지 들어와서 마을 사람들이 갇혀 있는 학교까지 들어왔다. 자주 있는 일이었지만 괜히 그날은 안개가 더 짙고 축축해 보였다.

"모든 장비를 완벽히 갖추고 집합한다."

곽 상사는 소대원들에게 명령을 내렸다. 명령대로 그의 병사들은 군복을 차려입고, 철모를 쓰고, 총을 메고 총알을 준비했다. 장비를 완벽히 갖추라는 뜻은 무기를 잘 준비하라는 말과 같은 뜻이었다. 소대원들은 이제 곧 곽 상사가 총살을 지시할 거라고 생각했다.

그런데 집합을 마치자, 곽 상사는 또 평소와 똑같은 말을 길게 늘어놓기 시작했다.

"군복을 잘 차려입는 것은 오늘 같은 때에 무엇보다 중요하다. 그런데 지금 그 군복 모양은 뭔가? 등에 다림질이 제대로 되어 있지 않아, 등 뒤에서 어깨로 내려오는 선이 하나도 살아나지 않는다. 이렇게 옷을 입고 군복을 입고 있다고 할 수 있는가?"

지금 안개 너머로 5분만 걸어가면 곧 죽기를 기다리는 사람들 수십 명이 있었다. 그런데 곽 상사는 태연히 빨래와 다리미에 대한 이야기만 하고 있었다. 병사들 사이에서는 대놓고 수군거리는 소리가 나왔다.

그러거나 말거나, 그런 일로 곽 상사는 몇 시간을 소모했다. 그러더니 이제 점심시간이 되었다며 어쩔 수 없이 밥을 먹어야 한다고 했다.

"특별히 어려운 임무에 수고하고 있으니까, 소대 특별 보급으로 오징어가 들어간 주먹밥을 준비했다. 소대원들은 그 차림 그대로 시간에 맞춰 주먹밥을 만들러 간다."

그러더니 병사들을 이끌고 학교 뒤뜰로 갔다. 거기에서 주먹밥을 만들어 푸지게 먹자고 이야기했다.

병사들이 뒤뜰에 가보니, 마을 사람들이 장터에서 팔기 위해 만들어놓은 오징어 젓갈이 커다란 항아리에 담겨 몇 개나 있었다. 그리고 그 앞에는 온갖 잡곡을 섞어 지은 밥이 커다란 천을 깔아놓은 것 위에 가득 쌓여 있었다. 밥만 해도 소대원들 전체가 저녁까지 먹고도 남을 만큼 많은 양이었는데, 항아리 안에 든 젓갈은 더 많아 보였다. 게다가 그런 항아리가 하나도 아니고 몇 개가 있었다. 저 젓갈을 다 먹으면 너무 짜지 않나, 하는 생각을 하는 병사들이 여럿 있었다.

병사들이 모여들자, 곽 상사는 젓갈 항아리 하나를 밥이 놓여 있는 천에 들어 부었다. 바닥이 온통 붉은 오징어 젓갈로 가득해졌다. 마치 젓갈로 된 늪이 생긴 듯 보였다.

"대원들은 손발을 깨끗하게 씻고, 저 속에 들어가 직접 주먹밥을 만든다. 저 밥을 모두 젓갈 주먹밥으로 만들어야 하므로 신속히 행동해라."

곽 상사는 그렇게 명령했다. 배는 고팠으므로 병사들은 빠르게 움직였다.

그런데 국물이 질척거리는 젓갈판에서 주먹밥을 만들겠다고 요란을 떨고 있으니, 자연히 붉은 젓갈이 될 수밖에 없었다. 그러다 보니 점점 더 병사들의 군복은 지저분해졌다. 옷이 한참 더러워졌다 싶었을 때, 곽 상사는 뒤늦게 이렇게 말했다.

"군복이 더러워지면 안 되니, 각별히 유의하라."

그 말을 듣고 병사들은 도대체 무슨 소리를 하는 것인가 싶어 잠시 동작을 멈추었다. 가만히 서 있는 병사를 보고 곽 상사는 다시 말했다.

"군복이 더러워지면 되겠나? 안 되겠나?"

병사들은 곽 상사를 쳐다보았다. 곽 상사의 표정은 아무 변화가 없었다. 곽 상사는 다시 말했다.

"군복이 더러워지면 어떻게 되겠나? 다시 세탁하기가 얼마나 오래 걸리고 어렵겠느냐 이 말이다."

어느 병사가 오징어 젓갈 판에서 밥을 움켜쥐어 주먹밥을 만들려고 했다. 빨간 젓갈 국물이 곽 상사의 그토록 소중히 여기던 군복 상의에 튀었다. 병사는 놀랐다. 처음에는 상의의 튄 자국에만 시선을 두고 있었다. 뭐라고 잔소리를 들을지 겁이 났다. 그런데 잠시 후 고개를 들어 곽 상사의 얼굴을 보았을 때, 기이하게도 그의 표정은 여전히 아무 변화 없이 그대로였다.

그제서야 몇몇 눈치 빠른 병사는 일이 어떻게 되어가는지 알아챘다.

병사들은 온몸에 마구 오징어 젓갈을 튀기며 주먹밥을 만들기 위해 애를 썼다. 그들이 오징어 젓갈을 다루는 방법은 격렬하고도 신명났다. 열심히 세탁한 옷 곳곳에 시뻘건 국물이 스며들수록 병사들은 더 열성적으로 움직였다. 어떤 병사들은 새로운 방식으로 주먹밥을 제조하겠다며 오징어 젓갈에서 뒹굴기도 하고, 젓갈 속에서 헤엄을 치기도 했다.

그런 방식으로 오후 내내, 모든 소대원이 군복 상하의가 오징어 비린내 속에서 완벽히 그 멋이 말살될 때까지 열심히 주먹밥을 제조했다. 누군가의 이야기에서는 그때 누가 오징어 젓갈 속에 수류탄을 던져서 젓갈이 터져 날아가 비처럼 떨어지는 것을 소대원들이 다 같이 맞고 있었다고도 한다.

오후가 되자, 주먹밥을 만드는 임무는 완전히 끝이 났다. 그리고 그 모습을 보고 곽 상사는 말했다.

"이런 모습으로는 절대 아무런 작전도 할 수 없다. 모든 소대원은 자신의 복장부터 우선 갖춘 후에 다음 임무를 수행하기 바란다."

병사들은 그 어느 때보다 즐겁게 곽 상사의 명령을 수행했다. 그렇지만 곽 상사의 기준도 그 어느 때보다도 엄격했다. 비린내가 깊숙이 스민 옷을 완벽하게 세탁하고 다시 원래대로 만드는 것도 오랜 시간이 걸리는 힘든 일이었지만, 고생고생해서 그럭저럭 군복 모양을 갖추게 해도 곽 상사에게는 소용이 없었다. 곽 상사는 조금의 흠만 있어도 가차 없이 잘못을 지적했고, 사정없이 병사들을 질타했다.

"이런 식으로 세탁을 하면 원래 천의 물까지 빠지지 않겠나? 군복을 잘 세탁하고 다려 입는 것은 군인이 나서기 전에 가장 먼저 해야 할 기본이다. 도대체 이렇게 해서 언제 군복을 입고 다시 작전을 할 수 있단 말인가?"

이때 곽 상사의 태도는 조금의 거짓도 없고 과장도 없어

보였다고 한다. 발효된 해산물 냄새로 더럽혀진 군복을 안타까워하면서, 그것을 결코 용납할 수 없다고 단호히 멈추도록 하는 그의 태도는 진솔함 그 자체가 우러나오는 대단히 성실한 모습이었다.

그런 식으로 곽 상사는 작전 여건이 갖추어지지 않았다면서, 며칠이고 세탁과 다림질을 하도록 했다. 그때만큼은 곽 상사의 세탁 명령에 전 소대원이 성심으로 따라주었을 거라고 나는 생각한다. 주변에서 일이 어떻게 되어가는지 연락이 오면, 곽 상사는

"피복에 문제가 있어 도저히 작전을 수행할 수 없는 상태다. 현재 작전 태세를 준비하기 위해 작업 중이다."

라고 대답했다고 한다. 그 말투는 더할 나위 없이 진지하고 정직하게 들렸다.

계속해서 질질 끄는 듯이 시일이 지연되자, 나중에는 지휘부에서 운전병 한 사람을 보내어 지프를 타고 곽 상사가 있는 곳에 찾아가보도록 했다. 그 운전병은 장군과 그 참모의 명령으로 도대체 일이 어떻게 되어가고 있는지 알아보라는 지시를 받았다. 만약 곽 상사가 반역자들에게 동조하고 있는 것 같거든, 즉각 보고하고 인근 부대에 그를 처결해야 한다는 의견을 전달하라는 명령도 동시에 전달받았다.

그런데 운전병이 곽 상사의 소대에 도착했을 때, 그는 전

혀 상상하지 못한 장면을 보았다.

그가 본 것은 모든 것이 엉망인 전쟁 중인 나라에서는 결코 볼 수 없을 거라고 생각했던, 세상에서 가장 멋진 군복을 입은 병사들이었다.

얼마나 공을 들여 몇백 번이나 세탁을 하고 얼마나 공을 들여 몇천 번이나 다림질을 했을지 상상도 하지 못할 정도로 병사들의 옷은 아름다웠다. 핏줄기와 화약 냄새로 찌든 걸레 같았던 군복이 지금은 마치 기사들이 차려입는 정갈한 예복 같아 보일 정도였다.

놀란 운전병에게, 곽 상사는 이렇게 말했다.

"보다시피, 지금 군복이 엉망이라 도저히 민간인 대상 작전을 수행할 수 있는 여건이 아니다. 눈으로 보기에는 그나마 참아줄 정도지만 비린내가 도저히 견딜 수 없는 수준 아닌가?"

운전병은 한참 동안 말없이 병사들의 옷을 보다가 곽 상사의 얼굴을 보다가 했다. 그대로 가려다가도 몇 번 다시 돌아왔다고도 하고, 곽 상사에게 뭐라고 몇 번 말을 하려다가 말을 멈추었다고도 한다.

결국 병사는 그냥 지프를 타고 돌아가려고 했는데, 지프의 시동을 걸다 말고 갑자기 차에서 내렸다. 그러더니 이렇게 말했다고 한다.

"지금 공습이 워낙 치열한 시기이니, 차량으로 이동하는 것은 작전상 좋은 선택이 아니라고 생각합니다. 시일이 오래 소요되더라도 걸어서 원대로 복귀하겠습니다."

그리고 그 말대로 운전병은 터덜터덜 걸어서 돌아가는 길에 나섰다고 한다.

이틀인가가 지나 운전병이 채 복귀하기도 전에, 명령을 내린 장군은 다른 자리로 가게 되었다. 몇 가지 정치적인 문제도 겹쳐, 장군의 역할은 이제 미군 쪽의 인물이 맡게 되었다. 그러면서 장군이 내렸던 명령도 모두 흐지부지되고 말았다고 한다. 곽 상사 역시 곧 연대의 편제 자체가 바뀌면서 아예 다른 부대로 편성되어 완전히 다른 임무를 받게 되었다.

할머니의 이야기를 다 듣고 나서, 나는 그 이야기가 정말이냐고 몇 번이나 되물었다. 그러면서 만약 그 이야기가 사실이라면 나중에라도 곽 상사가 무슨 표창을 받지는 않았냐고 물었다.

"4·19혁명 나고 나서, 곽 상사한테 훈장 줘야 한다는 이야기가 이 동네 사람들 사이에서 많이 나왔지. 그런데 곽 상사가 그랬다던데, '군인이 임무를 수행하지 못했다는 이유로 훈장을 받을 수는 없다'고. 그래서 자기가 거절했다던데."

곽 상사의 얼굴과 말투를 아주 생생히 알고 있는 나로서는, 그게 결코 그가 직접 했을 말이라고는 믿을 수 없었다. 그런 멋진 말은 아무래도 그에게 어울리지 않는다고 생각했다.

나는 그 후로 곽 상사를 딱 하루 더 만날 수 있었다. 곽 상사가 병원에 머문 시간은 그의 예상보다도 훨씬 길었다. 그 때문에 그의 휴가는 한참 더 연장되었고 내가 그를 만날 수 있는 날은 그만큼 줄어들었다. 동시에 무슨 지방자치단체 사업 비리가 터져 나오면서 갑자기 우리가 투입되어 있는 인터넷 관련 사업도 일제히 중단되어버렸다.

그 사업을 정치인들이 부정부패와 비리를 위해 악용하는 사례가 많았다는 말이 나오면서, 전국 각지에 퍼져 이런저런 일을 하던 사람들도 이곳저곳에 끌려가서 조사를 받고 신문을 당했다. 이러저러한 일은 규정에도 맞지 않는데 왜 일을 벌였냐는 식으로 검찰에 붙들려서 조사를 받는 사람은 허다했다. 내 동료 중에 하나는 나중에 풀려나긴 했지만 잠깐 구속되어 구치소 창살 안에서 살기도 했다. 다행히 나는 사업 기간 동안 아무 일도 한 것이 없었으므로 아무 조사도 받지 않았다.

사업 철수로 그 지역을 떠나기 바로 전날, 곽 상사는 퇴원하고 사무실로 출근하여 마지막으로 나와 함께 근무를 했다. 그날도 곽 상사의 출근, 업무, 퇴근은 아무 다를 바가 없었다. 떠나는 순간까지도 곽 상사는 '그동안 낯선 동네 와서 고생했다'는 유의 평범하고 뻔한 소리 말고는 별다른 말을 하지 않았다.

특이한 말이라고 굳이 꼽아보자면 딱 한마디 하는 말이 있기는 있었다. 그때 곽 상사는 어쩔 수 없이 늙었으며 또한 병든 것이 낫지 않은 상태였다. 하지만, 그 말을 하는 얼굴만은 생생한 힘이 샘솟는 것 같았다. 그래서인지 그 말은 지금도 매년 여름이면 기억난다.

"그런데 바지는 어쩔 수 없다고 해도, 자네, 앞으로 셔츠는 좀 똑바로 다려 입고 다니면 안 되겠나?"

기억 밖으로
도주하기

나는 도망쳤다. 도망치는 방법에 대해서는 어제저녁 내
내 고민했다. 쉬운 일은 아니었다. 나는 내가 갇힌 곳이 정확
히 어느 지역인지 모르고 있었고, 내가 빠져나온 방향이 어느
방향인지도 모르고 있었다. 그러니 치밀하게 계획을 세우기
는 어려웠다.

　몇 가지 가정은 할 수 있었다. 일단 나는 한국인이고, 이
곳은 한국이었다. 나는 한국말을 하고 한글을 읽을 수 있었
다. 내가 갇혀 있던 곳에서 나를 감시하던 사람들도 다 황인
종이었고 한국말을 했으니 한국인일 가능성이 아주 높았다.
'출입금지' '잠금' '열림' '위험' 같은 말들도 한국어로 적혀
있었다. 감시자들이 들고 다니는 해괴한 모양의 한국제 전자
기기, 좁은 방, 쌀밥과 국이 나오는 식사, 20세기 초에 유행

했던 꽃을 닮은 무늬가 희미하게 새겨진 흰 벽지, 지나치게 축제의 한순간 같은 젊은 목소리의 유행가, 다 내가 생각하는 한국의 모습이었다.

물론 이 모든 가정이 잘못된 것일 가능성은 있다. 사실 이곳은 러시아 한복판이고 어떤 이유로 나를 속이기 위해 꼭 한국의 건물과 같은 곳을 지어서 나를 가두어놓았을 가능성도 없는 것은 아니다. 거기에 러시아의 한국계 요원들만 뽑아서 적당한 비율로 전라도 사투리와 경상도 사투리를 가르쳐 배치해놓았을 가능성도 없는 것은 아니다. 한국에서 재료와 조미료를 모조리 수입해 와서 음식을 만들고, 한국의 싸구려 일용품을 파는 곳에서만 쉽게 구할 수 있는 중국제 멜라민 식기까지 일일이 구해 온다면, 내가 아는 한국 분위기를 정확히 느끼게 할 가능성도 역시 없는 것은 아니다. 옛날 첩보물에서 붙잡아 온 상대방 첩보원을 속이기 위해서 그런 커다란 연극을 하는 이야기를 읽은 기억이 났다. 그러면 나는 간첩일까? 어떤 중요한 정보를 갖고 있는 요원일까?

그렇지만 그런 상상이 현실일 가능성은 매우 낮다고 생각했다. 그런 정도로 공을 들여 내가 꼭 한국에 있다고 착각하게 해야만 하는 이유를 나는 생각해내기 어려웠다. 그러니 일단은 내가 한국에 있다고 가정하는 것으로 출발해도 괜찮다고 생각했다. 그것조차 의심하기 시작하면, 사실 모든 사람의 인생은 가상현실 기계 속에서 체험하는 꿈일 뿐이라거나, 태양계는 거대한 외계인의 유리관 안에 담긴 채집된 표본일 뿐이라는 상상까지 고려해야 하지 않나. 짧은 틈을 보아 당장 탈출해야 하는 나는 한가하지 않았다. 상상의 범위를 정하는 것도 신속해야 했다.

이곳이 한국이라면 도망칠 방향을 가늠할 수 있는 몇 가지 단서가 더 있었다. 우선 이곳은 서울보다 남쪽에 있는 지역일 가능성이 높았다. 서울은 남한 땅의 북쪽에 치우쳐 있는 편이니까, 이곳이 파주나 철원일 가능성보다는 성남이나 수원, 청주, 대전, 전주, 광주나 대구, 포항이나 부산일 가능성이 더 높았다.

그러니까 대략 북쪽으로 간다고 하면 서울로 가는 방향일 것이다. 서울로 가면, 방송국이라든가 신문사라든가 국가인권위원회처럼 매달릴 만한 곳이 많을 것이다. 내가 알 수 없는 곳에 갇혀 있다가 탈출했고 나를 보호해달라고 말해볼 수 있을 것이다. 가다가 큰길을 발견하면 도로 표지판을 보고 위치를 훨씬 더 정확하게 알 수 있을지도 모른다.

그녀가 있는 곳도 서울이었다. 정확한 이름도, 그녀와 내 관계도 정확하게 기억할 수 없었지만, 나는 그녀의 모습만은 꿈처럼 떠올릴 수 있었다. 나는 그녀를 사랑하고 있고, 그녀도 나를 사랑하고 있다. 나는 그녀와 내가 나란히 택시 뒷자리에 앉아서 어떤 즐거운 곳으로 가기 위해 기다리는 모습을 똑똑히 기억하고 있었다.

그것 말고 기억나는 것은 거의 없다. 나를 감금하고 있는 사람들은 나의 뇌에 알 수 없는 영향을 미치는 약물을 투입하고 있었다. 실제로 그들은 내 뇌의 반응을 확인하기 위해 내 뇌를 관찰하고 측정하는 실험을 하기도 했다.

나는 어떠한 이유도 모른 채 갇혀 있었고, 사람들은 가끔씩 나를 묶어서 옴짝달싹 못 하게 했다. 그곳은 감옥은 아니었다. 내가 아는 평범한 감옥은 확실히 아니었다. 나는 강제 노동을 하지 않았다. 대신에 내 뇌에서 뭔가를 알아내기 위한 것이 분명한 이상한 실험에 동원되어야 했다. 나는 반복해서 기괴한 모양의 조각을 맞추거나 음악에 맞춰 단어를 지적하는 것과 같은, 뜻을 알 수 없는 지시를 받았다. 그곳 요원들은 내 모든 행동을 카메라로 관찰하고 있었고, 가끔씩 내 반응에 대해 자기들끼리 어떤 조치를 내려야 할지 의논했다.

정확한 것은 알 수 없지만 그들은 내 두뇌 속에서 기억을 뽑아내기 위해 노력하는 것 같았다. 나는 그것을 확인하기 위해, 일부러 그들에게 협조하며 뭔가가 점점 기억나는 듯이 하기도 했고, 혹은 반대로 더욱더 아무 기억이 나지 않는 듯이 하기도 했다.

혹은 완전한 거짓으로 내 기억을 지어내 말해보기도 했

다. 예를 들어서, 나는 그들을 혼란시키기 위해 내가 한국에서 태어난 사람이 아니라고 주장한 적이 있었다. 나는 사실 러시아에 사는 한국계 이주민의 자손이라고 말했다. 그러나 그들은 내 거짓말을 간단히 부정했다. 그들은 내가 기억을 해낼 듯할 때 긍정적인 반응이었고, 기억을 못 하거나 가짜 기억을 말하려고 할 때 부정적인 태도였다. 그들은 내가 기억을 잃기 전에 어떤 사람이었는지 어느 정도 알고 있는 것 같았다. 그들과 몇 차례 속고 속이는 다툼을 하는 사이에 나는 그들이 내 두뇌 속에서 기억을 찾아내려고 하는 것이 목적이라고 믿게 되었다.

나는 내가 사고 같은 것을 당해서 기억을 잃었고, 그 후 이곳에 붙잡혀 와서 이 사람들이 노리는 기억을 말하도록 강요당하고 있는 것일 가능성도 있다고 생각했다. 혹은 이 사람들이 나를 붙잡은 뒤에 전통적이고 고전적인 방식으로 나를 고문하며 괴롭혔는데 그 후유증으로 내가 기억을 잃었을 수도 있다고 보았다. 그 후 그들은 전통적이고 고전적인 방식을 포기하고 약물과 뇌 과학에 의존하는 새로운 방식으로 내가 기억을 실토하게 하려는 것일지도 모른다.

아니면, 절대 정보를 전해주지 않으려는 나를 굴복시키기 위해서 우선 기억을 잃게 하는 기술을 써서 내가 누구인지, 왜 정보를 전해주면 안 되는지도 기억 못 하게 한 뒤에 그들이 원하는 기억 한 가지만 돌아오게 조치했을 수도 있었다. 그 상태에서 적당히 유혹해서 얼떨결에 그 정보를 말하도록 하는 수법을 쓰는 것인지도 모른다고 생각했다.

내가 절대 말해서 안 되는 기억이 무엇인지 떠올려내려고 애써보았다. 나는 내가 첨단기술에 친숙하다는 생각까지는 해낼 수 있었다. 그렇다면 산업스파이 사건에 휘말린 것일지도 몰랐다. 나는 기술을 훔친 스파이였을까? 아니면 기술을 개발해낸 연구원이었을까? 그렇지만 산업스파이 사건에 이 정도의 특수 시설을 운영하고 사람의 인권을 파괴하는 작전을 수행할 수 있을까. 혹시 모른다. 내가 알고 있던 정보가 한 나라를 파멸시킬 수 있는 막강한 무기를 만들 수 있는 기술 같은 것이었다면. 그렇다면, 정보 부서의 대원들이 상당한 시설과 자원을 투입해서라도 그 무기 기술을 알아내려고 할 수도 있겠지.

하지만 나는 기술에 대한 내 옛 지식은 도저히 떠올릴 수 없었다. 어렴풋이 떠올릴 수 있었던 것은 256M DRAM 따위의 단어 몇 가지뿐이었다. 그게 내가 연구하던 것이었는지, 뭐가 어떻게 연관되어 있는지는 기억할 수 없었다. 절대 발설하면 안 되는 정보이기 때문에 내 정신 속에서 강하게 보호되고 있는 것인지도 모른다. 그래서 말하면 안 되는 상황에 처하게 되면 아예 기억조차 나지 않는 것이다. 선명하게 기억나는 것은 그녀의 모습뿐이다. 한가로운 오후, 그녀와 함께 나란히 택시를 타고 차가 많은 서울 거리를 지나고 있는 기억. 그 기억이 다른 모든 기억을 덮고 있는 느낌이었다.

나는 감금된 시설의 복도를 지날 때 오전에 햇빛이 드는 쪽과 오후에 햇빛이 드는 쪽을 구분하여 우선 동쪽과 서쪽을 알아냈고, 그 후 남쪽과 북쪽을 알아냈다. 창문이 거의 없는 시설이었으니 사실은 나를 낮에 잠을 재우고 밤에 깨우면서 전등 불빛을 가짜로 이쪽저쪽에 비추어서 방향을 속이려는 것일 수도 있었다. 그래서 나는 아주 가끔 주어지는 야외 산책 시간에 햇빛 드는 방향을 확인해보았다. 내가 짐작한 해가 떠 있는 방향과 실제로 하늘에 떠 있는 해의 모습은 같았다. 다행히 그들은 동서남북까지 속이고 있지는 않았다.

그날은 탈출을 결심한 날이 되었다. 나는 잠깐의 야외 산책 시간 동안 다른 구역을 지나는 다른 감금자의 모습을 잠깐 살펴보았다. 긴 실험에 견디지 못했는지 그 감금자의 얼굴에는 표정도 없었고 눈은 초점이 맞지 않았으며 몸은 완전히 쇠약해 보였다. 여기에 붙잡혀 있다가는 나도 저렇게 될 거라는 생각이 들었다. 단순한 상상이 아니었다. 내가 의식적으로 느끼지는 못했지만, 무의식적으로 느끼고 있었던 모든 증거가 갑자기 하나의 덩어리로 꼭 맞아드는 느낌이 들었다. 그래, 맞다. 나도 저렇게 될 것이다. 두려움이 몰려왔다. 아무것도 알 수 없는 이 해괴한 감금 시설 속에서 그것만은 사실이라는 느낌에 빠졌다.

나는 산책 중에는 경비가 허술하다는 것을 눈치챘다. 추운 날씨가 찾아오면 전신에 두터운 옷과 장갑을 입게 해주기 때문에 그 속에 무엇인가를 숨길 수 있다는 점도 중요한 허점이었다. 나는 음식이 너무 맛이 없다고 소리를 지르면서 난동을 부리고 식판을 뒤엎었다. 그러는 동안 젓가락 하나를 빼돌렸다. 그리고 매일 밤 자는 척하면서 그 젓가락 끄트머리를 계속해서 문질러 뾰족하게 만들었다. 나는 그것을 소매에 숨기고 산책 시간을 기다렸다.

겨울 산책 시간, 나는 젓가락 끝으로 경비병의 허벅지를 빠르게 찔러 놀라게 한 뒤에 그 뒤의 사무실 공간으로 뛰기로 했다. 일단 사무실에 들어서면 나가는 문을 찾지 않고 소화기를 찾아 유리창에 던질 것이다.

실제로 그렇게 했고, 나는 깨진 사무실 유리창을 통해 결국 바깥으로 나왔다.

나는 온 힘을 향해 앞으로 달렸다. 달리기 시작하니 온몸이 아파왔다. 몸 구석구석에, 혈관 마디마디에 작은 상처가 수천, 수만 개가 있는 느낌이었다. 나는 내가 기억을 잃기 전에 그들이 나를 심하게 고문했을 가능성을 다시 의심했다. 어떤 방법으로 어떻게 고문하면 몸이 이렇게 상할지 여러 가지

수법을 상상해보았다. 그들이 쓰는 수법을 알 수 있다면 어떤 조직의 누구인지도 알 수 있을 거라는 생각도 들었다. 그러면서도 나는 계속 가능한 한 빠르게 움직였다. 갈림길이 있으면 서울 방향에 가까울 북쪽을 택했다.

나는 오르막길보다는 내리막길로, 구부러지고 막힌 길보다는 뚫린 길로, 넓은 길보다는 좁은 길로, 지하도가 있는 교차로에서는 지하로 들어가서 뒤를 따르는 사람이 쫓기 어려운 길을 택한다는 계획을 세웠다. 나는 도망치는 계획을 세우는 동안 나타날 수 있는 여러 가지 거리의 모습을 상상했고, 확률을 따졌을 때 가장 뒤에서 추적해 오기 어려운 길이 무엇인지 머릿속으로 골라두었다. 나는 실제로 달리면서 그 판단을 따라갔고, 아픈 몸으로 어디가 어딘지도 모르고 달리는 것치고는 꽤 잘 도망쳤다.

잡힐 뻔한 순간은 있었다. 제복을 입은 감금 시설의 요원 둘이 나에게 가까이 다가온 적도 있었다. 나는 뒷문이 뚫려 있는 상가 건물을 발견해 그 안으로 뛰어들어갔고, 그들은 나를 잠깐 볼 수 없게 되었다. 그 틈을 이용해서 나는 상가 안으로 들어갔다가, 뒷문 중 하나를 골라서 밖으로 나왔다. 어느 뒷문인지 그들이 건물 안에서 알아내려고 우왕좌왕할 동안 지하철역을 발견했고 나는 지하철에 무임승차했다. 행운이었던 것은, 무임승차를 하는데도 역무원이나 다른 승객들이 워낙에 무심한 편이어서 그들이 멀리서 나를 발견하기가 더욱 어려웠다는 것이었다.

나는 지하철 내부에서도 부지런히 칸을 이동해서 더 복잡하고 더 몸을 숨기기 좋은 곳으로 이동했다. 세 정거장쯤 지나서 재빨리 지하철에서 나와 지상으로 올라왔고, 주택가의 좁은 길 사이로 스며들어 동네 공원까지 걸어왔다.

그 공원은 동네 주민들이 한가롭게 노는 곳이었다. 그곳 사람들에게 문젯거리란 미끄럼틀을 거꾸로 기어 올라가면 내려오는 아이와 부딪힐 수 있다는 정도일 듯했다. 기억을 잃은 사람이 요원들의 추적을 피해 필사적으로 도망친다는 사건 같은 것은 상상도 할 수 없을 정도로 평화롭고 평범한 곳이었다. 나는 숨을 고르며 쉬기로 했다. 벤치에 앉았다. 한번 앉으니 온몸의 통증이 다시 몰려왔다.

그곳에서 나는 상당히 긴 시간 동안 머물렀다. 허기가 강하게 느껴졌다. 많은 체력이 소모되었기 때문인 것 같았다. 지나가는 사람을 아무나 붙잡고 먹을 것을 달라고 소리치고 싶을 정도였다. 나는 거의 그 직전까지 갔다가 겨우 멈추었다. 그랬다가는 이상한 사람으로 소문이 날 것이고 경찰의 눈길을 끌지도 모른다. 경찰에게 소식이 가면 결국 요원들이 나를 찾아낼 것이다. 그러면 다시 끌려가고, 갇히고, 영문도 모르는 실험을 당하며, 내 기억을 남들이 헤집으려고 하는 일을 겪어야 한다. 그러다 보면 나는 끝날 것이다. 그러면 안 된다. 그것은 피해야 한다.

굶주림을 달래기 위해 물이라도 마시기로 했다. 목이 마르기도 했다. 나는 누구에게나 물을 나눠주는 정수기가 있는 은행이나 우체국 건물 같은 곳을 찾아다니기로 했다.

거리를 뒤지면서 나는 행인들의 대화를 유심히 들었고, 길의 표지판이나 가게 간판의 지명을 보고 이곳이 어디인지 짐작해보기도 했다. 마산 아구찜, 통영 회라는 간판이 보였다. 창원이나 경상남도 근처인가 싶었다. 그렇지만 거리를 지나는 사람들의 말투에 지방 사투리는 없는 편이다. 나는 이내 전주 비빔밥과 청주 해장국이라는 간판도 본다. 이런저런 지명들이 규칙 없이 간판에 나오는 것을 보면, 그 지명에 해당하는 지역이라기보다는 대도시일 가능성이 크다고 짐작했다.

마침 나는 은행 건물 하나를 찾았다. 정수기를 보고 물을 먹으려고 했지만, 은행에 손님이 없었다. 사람들이 붐빌 시간 같았는데도 아무도 없었다. 은행에 들어가서 물을 벌컥벌컥 들이마시면 분명히 내 모습이 눈에 뜨일 거라는 생각이 들었다. 그러면 안 되겠지. 그렇지만 조금 눈에 뜨이는 정도가 그 정도로 두려워할 일일까? 은행 사람들이 고작 물을 많이 마시는 사람을 두고 수상하다고 경찰에 연락을 할 것 같단 말인가? 나는 그럴 리는 없다고 생각하고 은행에 들어가서 물을 마시자는 결심을 한다.

그렇지만 막상 은행 문 앞에 서서 말끔하게 차려입은 은행 직원들과 티 없이 깨끗하게 다듬어진 내부를 보니 겁이 났다. 혹시 모르지 않는가? 뭘 도와주면 되겠냐고 물어보면 뭐라고 대답하지? 은행 안에 있는 감시 카메라 망을 이용해서 그 조직이 나를 찾아낼 수도 있지 않을까? 겁이 나서 나는 은행 문 앞에서 망설이게 되었다. 그러다 은행 문 앞에 오래 서 있으면 그것 자체로 수상해 보일 것 같다는 생각이 들기 시작했다. 너무 목마르고, 너무 배고프다. 공중화장실을 찾아 그곳에서 수돗물이라도 마음껏 마시면 좋겠다는 생각을 한다. 결국 나는 당당하게 은행으로 들어가 평범하게 물 한 잔만을 마시기로 했다. 왜 왔냐고 누가 물으면, 그냥 너무 목이 말라서 물 마시러 왔다고 솔직하게 대답하면 그렇게 이상하지는 않을 것이다.

그러나 바로 그때, 나를 향해 빠르게 내딛는 발소리가 들렸다. 나는 고개를 돌린다. 나를 쫓아 찾아온 요원들이었다. 건장하고 힘이 좋게 생긴 사람 둘과 책상 앞에 앉아 일하는 사람 하나다. 남녀가 섞여 있다. 옷차림은 하늘색인데, 경찰 제복도 아니고 내가 아는 어떤 군대의 제복도 아니다. 군화를 신지도 않았고 걷고 뛰고 일하기 좋은 운동화 차림이다. 그들은 나를 잡으려고 내 쪽으로 오고 있었다.

나는 방향을 돌려 다시 도망치기 시작했다. 물이 있는 은행이 멀어지고 있었다. 은행 안에는 손님들이 심심풀이 삼아 먹으라고 놓아둔 사탕이 몇 개 놓여 있는 것도 보였다. 그 사탕을 모두 움켜쥐고 한입에 다 털어 넣고 싶었다. 그렇지만 나는 그것을 다 포기하고 도망칠 수밖에 없다. 나는 아쉬워하며 뛴다. 다시 힘을 쓰자 회복되지 못한 몸이 온통 아파온다. 그들은 내 뒤를 따르는 것 같다. 나를 추적하고 있는 것은 확실하다.

은행의 모습은 머릿속에서 신기루처럼 빙빙 돌았다. 맹물과 사탕 몇 개가 있는 은행일 뿐이었지만 나에게는 《아라비안나이트》 속 사막 오아시스 곁의 성찬처럼 머릿속에서 맴돈다. 뛰는 것이 힘들어져서 발자국마다 머리가 웅웅 울렸는데 그때마다 은행의 모습도 여러 가지 환상으로 변하며 머릿속에서 춤을 추었다.

은행에서 얻은 것이 아무것도 없지는 않았다. 은행의 지점 명칭에서 나는 이곳 위치를 알 수 있었다. 이곳은 서울이었다. 그렇다면 어디든 걸어서 한나절이면 갈 수 있겠지.

나는 오늘 밤 동안 그들이 따라오는 것을 피해 걷고 또 걸어서 인권위원회나 방송사로 달려갈 것이다. 그래서, 나는 내가 누구인지 모르지만 내 기억을 노리는 사람들에게 감금되어 있었다는 이야기를 털어놓을 것이다. 그러면 누구든 도와줄 것이다.

나는 근처 아파트 단지로 들어가, 출입구에서 멀지 않은 동으로 들어갔다. 적당히 높은 층으로 올라가기로 한다. 엘리베이터에서 내린 나는 그 옆 비상계단에 숨어 잠시 추위를 피한다. 춥기는 마찬가지지만 바람은 불지 않고 약간의 훈기도 있는 것 같다. 이런 곳에 있다면, 그들도 나를 추적하기는 어렵다. 이 아파트 단지 안으로 들어온 것까지야 알 수 있을지도 모르지만, 어느 동에, 몇 층에 숨었는지까지 보지는 못했을 것이다. 입구에서 가까운 동 네 개 정도를 한꺼번에 수색하는 방법을 쓸지도 모른다. 그러기 위해서는 사람이 좀 더 필요하다. 더 많은 사람이 오는 데는 시간이 필요할 것이다.

안심하려 했지만 다시 나는 걱정하기 시작한다. 나는 그 조직이 공개적으로 경찰에 도움을 요청할 수 있는 강력한 기관일 가능성도 있다고 짐작한다. 그렇다면, 5분에서 15분 사이에 이 아파트 전체를 수색할 인원을 동원할 수 있을지도 모른다.

나는 그 생각을 하니 겁이 나서 창밖을 내다보게 되었다. 겨울 저녁 불빛이 깜빡이는 아파트 앞에는 학원 이름과 세탁소 이름이 빛나고 있다. 붉고 노란 전등이 켜진 자동차들이 오가는 것이 보인다. 서울 시내 어느 곳에서든 흔히 볼 수 있는 풍경이었지만, 너무나 오래간만에 본다는 생각이 들었다.

나는 무엇 때문에 보기 시작했는지도 잠시 잊고 한참 그 모습을 본다. 나는 왜 이런 모습을 편안하게 아무것도 아닌 것처럼 넘겨버리지 못하고 이렇게 그립고 안타까운 것으로 여겨야 하는 처지가 되었을까. 내가 무슨 죄를 지었을까. 내 머릿속에 있는 것은 무엇일까. 나는 다시 그녀의 기억을 돌이키기 시작한다. 저녁 풍경에 잘 어울리는 그녀는 택시에 나와 같이 앉아 있다. 우리는 소곤거리는 것처럼 별것 아닌 대화를 나눈다. 이 길이 좀 막히네. 여기는 아직도 공사 중이야?

한참 기다려도 경찰이 몰려오는 것 같지는 않았다. 나는 조금 더 안심하고 쉬기로 했다. 은밀하게 사람을 많이 모으고 건물들을 뒤진다면 조용히 수색을 할 수도 있겠지만, 그런 가능성까지 대비하기에 나는 너무 피곤했고 배가 고팠다.

계단에서 밤을 보내려는 생각을 한다. 이 정도면 춥지만 얼어 죽지는 않을 정도다. 만약 아파트 주민이 층계를 오르내릴 때, 계단에 걸터앉아 있는 나를 발견하면 놀라지 않을까? 놀라면 신고하고, 신고하면 나를 쫓는 그자들의 정보망에 닿을 수도 있다. 나는 앉아서 쉬다가 누가 나오면 나도 일어나서 아파트 주민인 것처럼 계단을 걸으면 되겠다고 생각한다. 소리가 밑에서 위로 올라오면 나는 내려가면서 스쳐 지나가고, 소리가 위에서 밑으로 내려가는 것 같으면 나는 올라가면서 지나치면 금방 따돌릴 수 있다. 그러면 나를 의심할 주민으로부터 벗어날 수 있을 것이다.

그렇게 몇 시간 정도를 계단에 앉아 쉬었다. 그러는 사이에 깊은 밤이 되었다. 계단을 걷는 사람은 그동안 아무도 없었다. 엘리베이터에서 내린 엄마와 딸이 내일 학교에 해 갈 숙제를 두고 다투는 소리, 어떤 남자가 "예, 예, 예—"라는 말을 끝없이 반복하며 전화를 받는 소리가 철문 너머 복도에서 들려올 뿐이었다. 멀리서 알 수 없이 쾅 하고 금속이 부딪히거나 부서지는 듯한 소리가 났지만 한참 고민해도 무슨 소리인지 알 수는 없었다. 나에게 따라붙은 조직이 아파트 옥상으로 낙하산 부대를 보내 위에서부터 나를 붙잡아 가는 것은 아닌가 겁이 나서, 잠깐 나는 다른 방향으로 뛸 준비를 했다. 하지만 아무런 움직임도 이어지지 않았다.

다른 한편으로는, 뒤늦게라도 일일이 아파트를 수색하기로 한 그들이 나를 찾아 올라올 수도 있지 않을까 걱정하기 시작했다. 그러면 달려 올라오는 발소리로 구분할 수 있을까? 천천히 규칙적으로 움직이는 발소리가 나를 찾는 사람들일까? 아니면 급하게 빨리 이어지는 발소리가 나를 찾는 사람이라고 생각해야 할까? 초조함에 점점 익숙해지는 동안에도 아무도 나타나지 않았다.

결국 내가 이곳에서 빠져나가야겠다고 결심한 것은 누가 나타났기 때문이 아니라 너무나 아무도 나타나지 않았기 때문이었다. 초조하고 불안했지만 내 정신은 서서히 처져갔고, 아무도 나타나지 않아 가만히 앉아 있으니 끝내 졸음을 느끼게 되었다. 잠이 들면 안 된다. 만약에 잠이 들었을 때 누가 나를 발견하면 반드시 수상하게 여길 것이다. 그러면 위험하다. 아예 그들에게 잠자고 있는 채로 발견될지도 몰랐다.

잠이 들면서 정신이 희미해지자 다시 그녀의 모습이 떠올랐다. 웃는 얼굴도 아니고 화를 내는 얼굴도 아니다. 굳이 설명하자면 조금 지루해하는 표정에 가깝다. 그 모습의 그녀를 나는 옆에 앉아 보고 있다. 나는 내가 그녀를 사랑하고 있다는 것을 안다.

나는 잠을 깨기 위해서는 어쩔 수 없이 이 아파트를 나서야겠다고 생각했다. 한참을 앉아 쉬었다고 생각했지만 몸은 별로 회복되지 않은 것 같았다. 배고픔은 더욱 극심해졌다. 그래도 움직여서 다른 곳으로 가야 했다. 어디든 내 말을 들어줄 수 있는 곳을 찾아 숨어들어가야 했다.

그런데 아파트 입구에서 나는 그때까지 어슬렁거리고 있는 그들을 보았다. 나는 그들을 보자마자 먼저 계단 속 어둠으로 몸을 숨겼다. 2층으로 다시 올라가서, 그들의 시선이 닿지 않는 방향으로 복도를 걸어갔다. 그곳에서 나는 땅바닥으로 뛰어내렸다. 충격 때문에 잠깐 움직이기조차 힘들었지만, 허리를 굽힌 채 기는 듯이라도 움직이려고 했다. 그렇게 해서 조금이라도 빨리 그들의 수색에서 빠져나오고 싶었다.

나는 그들의 추적망을 피해서 국가인권위원회까지 가는 길을 상상해보았다. 그들이 내가 이 아파트에 있다고 확신하고 기다리는 것을 보면, 어떤 구성으로 된 것이건 정보가 풍부한 수색망을 갖춘 것이 틀림없다고 나는 생각했다. 가장 쉽게 생각할 수 있는 것은 교통 CCTV와 방범 CCTV였다. 그들이 내가 발견된 주변의 교통 CCTV, 방범 CCTV 중 일부 혹은 전부를 계속 감시하면서 내가 어디로 도망치는지, 어디에 숨어 있는지 짐작한다고 생각할 수 있었다.

나는 CCTV들이 설치되어 있을 수 있는 장소와 구획에 대해 생각한다. 주요 도로와 교차로에 있을 것이고, 반대로 후미진 골목길이나 우범지대에도 CCTV가 있을 것이다. 그렇다면 나는 그 사이 어중간한 길로만 도망쳐야 한다는 결론을 얻는다. 너무 잘 알려진 널찍한 도로도 아니고, 그렇다고 너무 으슥한 길도 아닌 곳으로 움직이려면 어디로 가야 하는지 나는 궁리하기 시작한다. 시간이 많은 것은 아니다. 그들은 한자리에 가만히 있는 것이 아니라 주변을 돌며 안팎을 살펴볼 것이다. 그러면 도망치는 나는 눈에 쉽게 뜨일지 모른다.

나는 빠르게 CCTV가 설치되어 있을 만한 곳을 눈으로 훑고, 그렇지 않은 길을 향해서만 움직였다. 뛸 경우 오히려 사람들의 기억에 남기 쉽고 더 눈에 뜨이기도 쉬우니 계속해서 빠른 걸음으로 걸었다. 걸으면서 공사장들을 유심히 살펴보았다. 서울에는 여전히 공사장이 많다. 공사장 중 한 곳에는 막 일을 마치고 철수하려는 트럭이 있었다.

나는 그 차가 막 출발하려고 할 때, 시멘트 포대를 쌓아놓은 트럭 짐칸에 올라탔다. 피곤한 트럭 기사는 내가 숨어든지 모를 것이다. 트럭이 CCTV 아래를 지나갈 가능성이 있으므로 나는 천을 덮고 숨기로 했다.

트럭은 달리다가 멈추다를 반복했다. 트럭이 멈춰 있을 때는 누군가 갑자기 내가 덮고 있는 천을 확 걷어 젖히고 나를 찾아낼 것 같은 느낌이 들었다. 나는 마음속으로 어서 다시 출발해라, 출발해라, 출발해라 하고 빌었다. 어느 순간 스스로 뛰쳐나갈까 싶기도 했지만, 트럭 짐칸에서 사람이 뛰어나오는 장면도 눈에 뜨이기 쉬운 모습이었다.

나는 천을 조금 걷어 하늘을 올려다보았다. 무슨 행성인지 모를 별이 부연 서울 하늘에도 한둘 빛을 내고 있었다. 전봇대 사이를 연결하는 전선이 하늘에 튀긴 먹줄처럼 획획 지나갔다. 그것만 보고 어디쯤이 내리기에 안전한 곳이지 알아내기는 쉽지 않았다. 가파른 언덕길과 잠깐 지나가는 나뭇가지를 보고 나는 이 트럭이 외진 산등성이 같은 곳으로 들어섰다는 사실을 알았다. 내가 트럭에 올라탄 지역과 트럭이 달린 시간을 어림잡아 나는 그 산이 어디쯤인지 짐작했다. 이 정도라면 특별히 나를 감시하는 장치도 없고, 밤이 깊어 눈에 잘 뜨이지도 않을 것이다. 나는 뒤에 따라붙는 차가 없는지 확인한 후, 트럭이 속도를 늦추었을 때 짐칸에서 뛰어내렸다.

내가 짐작한 산이 맞는 것 같았다. 나는 등산로가 아닌 곳을 통해 산속으로 숨기로 했다. 주변에 인가라고는 많지 않은 컴컴한 산이었지만 먼지바람처럼 번져온 도시 불빛이 희미하게 발밑을 밝혀주었다. 나는 손으로 앞을 더듬으며 산속 나무 사이를 움직였고, 조금씩 조금씩 산을 돌아 결국 다시 반대편 길로 나아갔다.

그리고 밤새 그렇게 숨어들고 뛰어들기를 반복하며 조금씩 조금씩 움직였다. 그러는 동안 나는 도대체 내가 누구이고, 왜 그곳에 붙잡혀 들어갔는지 다시 고민했다. 과거에 내가 한 일이나, 내가 아는 사람을 생각해내려고도 애썼다.

그러나 역시 아무것도 생각나지 않았다. 떠오르는 것은 그녀뿐이었다. 내가 사랑하는 사람. 그 한 가지, 한 장면에 대한 기억.

그녀와 나는 어느 평일 저녁, 전혀 특별할 것이 없는 길을 택시를 타고 가고 있다. 그녀와 나는 저녁을 먹고 영화를 볼 예정이다. 일생일대의 미식을 하는 저녁도 아니고, 전설적인 명작 영화도 아니다. 그냥 그녀와 함께 시간을 보내는 많은 저녁과 같은 저녁이다. 택시는 교통체증 때문에 느리게 움직인다. 그녀는 교통체증에 대해 말을 하고, 나는 거기에 대답한다. 택시의 라디오에서는 평소 때라면 들을 일이 없는 방송이 흘러 나온다. 요즘 한식의 인기가 떨어지고 있다는데요, 《한식의 숨은 맛》이라는 책을 최근에 펴내신 누구와 지금 전화 연결이 되어 있습니다. 안녕하세요? 안녕하십니까. 누구입니다. 라디오 방송 소리는 택시 안에 가득 찬다. 나는 차창 밖의 건물들과 다른 자동차를 본다. 라디오에서 나온 이야기가 그 사이로 멀리까지 바람처럼 퍼져나가는 것 같다. 나는 이런 이야기도 세상에 관심거리구나, 생각하지만 정말로 신경을 쓰는 내용은 아니다. 나는 다시 그녀를 쳐다본다. 그녀는 약간 지친 표정이 되었다. 하지만 아름답다. 나를 보고 힘 빠진 표정을 짓지만 한편으로는 웃고 있다.

익숙한 도심 거리의 방향을 확실히 알게 되었을 무렵, 나는 그녀에 대한 기억을 돌이키다가 한 가지 고민을 시작한다. 만약 나를 찾고 있는 그들이 정부의 조직이라면 아무리 인권위원회라고 한들 통제할 수 있지 않을까? 잘해봐야 인권위원회 위원들 중 한둘이 내 편이 되는 정도고, 그 사람들이 한 며칠, 몇 달 여기저기에 내가 어디로 사라졌는지 알아봐달라고 서류나 몇 번 내다가 퇴임하고 다른 자리로 가면 그냥 묻힐 것이다. 그나마 그런 일조차 없이 인권위원회 대기실에서 기다리다가 어딘가로 붙잡혀 갈지도 모른다.

나는 방송국이나 신문사로 가는 편이 차라리 낫겠다고 생각하고, 그 방향으로 가는 길을 알아내려고 했다. 그러나 다시 생각은 꼬여들고 나는 의심한다.

　어느 언론사가 정부에 맞설 수 있을까? 지금 정부와 결탁한 언론사는 어디이고 맞서는 언론사는 어디인지 나는 기억하지 못한다. 신문이나 방송을 보면서 언론사의 논조를 확인할까 생각을 한다. 하지만, 곧이어 나를 쫓는 그들도 내가 언론을 찾아갈 거라고 예상할 수 있다는 것을 깨닫는다. 그들이 언론사 주변에서 지키고 있으면 내가 다가갈 때 나를 붙잡을 것이다. 기자에게 제보 전화를 하는 것은 어떨까? 그들이 제보 전화도 도청할 수 있을까? 제보 전화를 제일 신경 써서 도청하려고 들지 않을까? 그런 기관이라면 언론사 제보 전화는 항시 도청하고 있겠지.

　가만히 있을 수는 없어 아픈 다리를 움직여 어디인가로 가려다가도 문득문득 나는 멈춰 선다. 나는 내가 누구이고 왜 감금당하고 추적당했는지 기억해내려고 다시 애를 쓴다. 내가 알 것 같은 정보와 내가 첨단기술 연구원이었던 적이 있었던 것 같은 느낌을 파고들어본다. 기억의 막다른 길에 몰려 결국 다시 그녀를 생각한다. 평범한 날, 지루하지만 편안한 택시 뒷자리, 나른하게 들려오는 라디오 방송, 그녀의 지겨워하는 표정. 그녀를 사랑하고 있다는 느낌.

나는 마침내 내가 찾아갈 수 있는 곳은 그녀밖에 없다는 결론에 도달한다. 그들이 그녀 주변을 이미 지키고 있을 수도 있을 것이다. 그녀도 나를 붙잡은 조직과 그들의 음모에 대해서 나에게 아무것도 말해주지 못하겠지. 나는 견주어본다. 다시 붙잡혀서 그곳에 갇히는 것이 어떤 고통이었는지 돌이킨다. 나는 내가 유일하게 기억하는 그녀를 만나고, 그 목소리를 듣고, 여전히 피곤한 표정일지라도 그 얼굴을 다시 보는 것은 가치가 있는 일이라고 생각한다. 그녀는 내가 누구인지 말해줄 것이다. 설령 내가 누구인지 듣지 못하고 다시 붙잡힌다고 해도, 그녀를 다시 만나는 것만으로 나는 내 역할을 하는 것이라고 생각하게 된다.

나는 그녀와 함께 탄 택시에 대한 기억과 택시 바깥 풍경을 떠올리고, 오랫동안 고민한 끝에 그 길이 어디였는지 기억해낸다. 그 기억으로부터 나는 그 택시가 어느 길을 따라왔고 결국 어디에서 출발했는지까지도 기억해낸다. 아무것도 없는 텅 빈 구덩이 같은 내 기억 속에서 오직 그것만이 흐릿한 불빛처럼 이어진다. 나는 그녀와 내가 살던 집을 생각해내고, 그곳으로 걷기 시작한다. 점점 나는 걸음을 빠르게 하고 마침내 뛰기도 한다. 나는 뼈마디가 긁혀나가고 근육이 끊기는 듯한 통증을 느끼지만 그래도 그녀가 있는 집을 향해 달린다.

정오가 되어서야 나는 그녀의 집 앞에 도착했다. 나는 하늘색 옷을 입은 그들이 곧 올 것이라고 느낀다. 그제야 그들이 나에게 위치를 추적할 수 있는 장치를 달아놓았음이 틀림없다고 생각한다.

나는 도망치지 않기로 한다. 그녀를 만나 이야기를 듣는 것이 몇 분, 몇 초 정도라도 괜찮다. 초인종을 누르고, 문이 열린다. 나는 가슴을 부여잡고 거세게 뛰는 심장을 가라앉혀 보려고 한다.

그런데 문이 열리자, 나타난 사람은 어느 노파였다. 밝은 태양 아래 그 얼굴은 분명히 드러났다.

노파는 나를 보고 놀란다. 그리고 긴 시간 말이 없던 노파는 장갑을 벗고 내 손을 붙잡는다. 나는 그때야 모든 것을 깨닫는다. 내가 왜 갇혀 있었는지, 왜 달리고 뛰는 것이 힘들게 느껴졌는지, 왜 이상한 약을 먹었는지, 왜 기억을 잃었는지. 그녀가 붙잡은 내 맨손은 주름과 검버섯이 가득하다. 장갑 속의 손목 리본에 인쇄된 글씨를 나는 쳐다본다. '알츠하이머 제4 병동'.

지상 최후의
사람일까요

컴퓨터에서 소리가 들렸다.

"결단을 내리시겠습니까?"

컴퓨터에서 나는 소리일 수밖에 없다. 세상에 사람은 나 하나뿐이므로, 내가 조용히 있을 때 말소리가 들린다면 전부 컴퓨터에서 나는 소리다.

나는 지상 최후의 사람이다.

적어도 지금은 확실히 그렇다. 세상에 살아 있는 사람이라고는 나밖에 없다. 지상 최후의 사람이라고 했지만 앙큼하게도 이야기 맨 마지막에 알고 보니 지하에 많은 사람이 숨어서 잘 살고 있었습니다, 뭐 이런 결말도 아니다. 정말로 세상에 사람은 나밖에 없다. 지하건 수중이건 우주 밖이건 모든 곳을 통틀어 사람은 나 한 사람, 딱 1명뿐이다.

핵전쟁이 일어나서 세상이 다 박살 나지는 않았다. 창밖에 63빌딩이 무너져 흙더미가 되어 있고 한강 다리들이 다들 뚝뚝 끊어져 있는 폐허가 펼쳐져 있으면 화끈해 보일 것이다. 그렇지만 그런 풍경은 없다. 그냥 몇백 년 전과 마찬가지로 빌딩들이 서 있고 가지런하게 포장된 도로가 잘 펼쳐져 있다. 전염병이 퍼진 것도 아니고 혜성이 충돌한 것도 아니다. 사람이 아무도 없으니 전염병이라고 해봐야 조류독감같이 짐승으로부터 옮는 것이 전부인데, 백신도 잘 개발되어 있고 요즘 돌지도 않는다. 혜성은 심심한 밤하늘의 구경거리일 뿐이다.

그러면 왜 사람들이 나 빼고 다 사라졌느냐. 그것은 우주에서 외계인들이 나타나 사람들에게 광선총을 쏘아서 모조리 없애버리고 표본으로 나만 남겨두었기 때문이다.

농담이다. 그런 일도 없었다. 아직까지 외계 생명체를 전혀 발견하지 못했다는 뜻은 아니다. 결국 목성의 위성에서 원시적인 생명체 비슷한 것이 관찰되었고, 전파 신호를 관측한 결과 몇백 광년인가 몇천 광년인가 떨어진 곳에 사람 비슷한 외계인이 살고 있을 것이 확실시된다는 추정치도 나온 적 있었다. 그렇지만 그것도 거기까지다. 외계인들은 그냥 외계 행성에서 심심하게 지내고 있다.

"그러면 도대체 왜 사람들이 다 없어져버린 건데요?"

열두 살 때인가 나도 따지듯이 학습 로봇에게 물어본 적이 있었다. 원래 그 정도 나이면 부모나 학교 교사가 해주는 말은 우습게 알고 무시하면서, 아무 근거도 없이 친구가 해주는 헛소리나 인터넷에 떠도는 이야기는 무슨 대단히 멋진 이야기인 양 믿는 것이 사람이라는 동물의 습성이라고 한다.

그런데 나는 태어나서부터 나 혼자 살았기 때문에 괜히 우습게 알 부모나 교사도 없었다.

그 때문에 학습 로봇에게 나는 마음을 터놓고 모든 것을 물어보곤 했다. 마음을 튼다는 말도 좀 이상하다. 세상에 사람이 나 하나뿐인데 마음을 트고 말고 할 것이 있을까? 물론 인공지능 기계도 어느 정도의 지능 반응과 심리적 복잡성 구현이 가능한 경우 예의를 갖추고 인격체에 준하게 대해주어야 한다는 지난 세대의 도덕을 배웠다. 그러니까 나는 쓸데없이 인공지능 로봇을 때린다든가 하는 짓을 하지도 않는다. 그렇지만 기계를 향해서 마음을 가리거나 터놓는다거나 하는 것이 뭔가 사람에게 마음을 터놓는다 어쩐다 하는 것과 다른 느낌이리라는 생각은 있었다.

"무슨 이유가 있어야 사람이 없어지나요?"

"그게 무슨 소리예요?"

"사람님, 사람이란 게 그냥 점점 없어질 수도 있는 거죠."

"사람이 왜 점점 없어져요?"

"사람은 언제든지 없어질 수 있죠. 일단 늙고 병들면 죽잖아요."

"아니, 사람들이 일제히 전부 다 늙어 죽을 수가 있어요?"

"사람님은 자꾸 이상하게 생각하시네. 사람이 세상에서 없어지는 걸 화려하고 큰 대단한 사건으로 생각하셔서 자꾸 생각을 이상하게 하시는 것 같아요. '뭐? 사람이 지구에서 없어져? 큰일이다. 이렇게 큰일이 있나? 종말이야! 모든 게 끝이야!' 막 그렇게 생각하니까 사람이 세상에서 없어질 때 꼭 무슨 핵폭발이 일어나거나 엄청난 대재난이 일어나는 그런 연출이 어울릴 것 같죠? 그런데 안 그렇다니까요."

"그러면요?"

"그냥 늙어 죽어서 없어지는 사람에 비해서 새로 태어나는 사람의 수가 적었어요. 그러다 보니까 후손이 점점 줄어들어서 그냥 사람이 세상에서 다 사라진 거죠. 그게 다예요."

"그렇다면, 인류가 드디어 저주받은 유전자 돌연변이를 일으켜서, 모두 아기를 낳지 못하게 되어버린 것인가?"

"사람님, 그런 게 아니라니까요. 그런 이상한 놀랍고 대단한 사건도 없었고 무슨 큰일 같은 거 없었어요. 그냥 가족 계획을 하면서 자식을 1명만 낳자, 하나도 낳지 말자, 뭐 그러다 보니까 점점 인구가 줄고 그러면서 한 몇백 년 지나다 보니까 사람들이 다 없어진 거죠. 그렇게 된 거예요."

어릴 때 동화로도 들은 적이 있는 이야기이기는 했다. 하지만, 반항적인 이야기를 멋지다고 생각하는 십 대 수준에 맞춰 껄렁하게 들려준 그때 이야기는 더 와닿았다.

"사람님, 원래 생명체라는 게 그런 거잖아요. 21세기 초만 해도 세상에 사람이 70억 명이나 우글우글해서 엄청 많았거든요. 나중에는 더 늘어났고요. 사람들이 지구를 지배한다 어쩐다 했단 말이에요. 그런데 무슨 대단한 사건이 안 일어나도 그 사람들이 전부 자식을 안 낳기만 하면 그냥 한 100년만 지나면 세상에 사람들이 싹 없어지는 거예요. 지구 역사가 45억 년이 넘는다는데 100년이면 잠깐이죠."

"그러면, 무슨 이상한 악마의 종교 사상 같은 것이 전 지구에 유행해서 온 인류가 전부 다 자손을 남기지 않기로 맹세했다는 건가요?"

"아, 자꾸 연출을 괴상하게 화려한 쪽으로 하시네. 그런 무슨 악마의 종교, 아기 안 낳기 대열풍, 뭐 그런 거 없었다니까요. 그냥 몇백 년 흐르는 사이에 다들 조금씩 조금씩 자손을 적게 남기려고 하고 그러다가 그냥 숫자가 점점 줄어서 다 없어진 거예요. 썰렁하고 싱겁죠? 지구에서 사람이 전부 다 1명도 안 남고 없어졌다는데 무슨 엄청난 사건이 있어야 될 거 같죠? 그런데 안 그렇다니까요. 그냥 그렇게 슬금슬금 저절로 다 없어졌어요."

나는 그때 로봇이 나를 비웃고 있으며, 멍청하다고 놀리는 듯한 느낌이 들었다.

그래서 나는 항의했다. 얼마 후 로봇은 공손히 사죄한다는 말을 전해왔다. 사과문의 모범이라고 해도 될 만한 정중한 사과였다. 그렇지만 그런 사과를 들었다고 해서 다시 마음이 흡족해지지는 않았다. 로봇에 장치되어 있는 컴퓨터 회로에 전류가 반대쪽으로 흐르고 그 전기가 이리저리 흘러 다니다가 스피커를 떨리게 해서 "죄송합니다. 사과드립니다" 하는 소리처럼 들리게 공기를 진동시키는 것이 뭐 그렇게 기쁠 것이 있겠는가, 그런 생각만 했다.

그리고 그때 로봇이 나에게 처음으로 물어봤다.

"결단을 내리시겠습니까?"

나는 로봇에게 더 이상 나약하고 멋모르는 모습을 보이고 싶지 않았다. 그래서 결단을 내려 실행하라고 대답했다.

"알겠습니다. 일단 그 지시는 저장해두고 실행은 시일이 흐른 후에 하겠습니다. 아직까지 사람님은 중요한 판단을 내릴 만큼 뇌가 발달해 있지 않은 것으로 판정됩니다. 그러므로 지금 결단을 내렸다고 말씀을 하셔도 당장 그 말을 따를 수는 없습니다. 나중에 세월이 흘러 더 많은 것을 보고 배우고 경험하시고 더 나이가 든 후에 다시 지시를 내려주십시오."

"아니, 이보세요. 어차피 나이가 어려서 말해도 시키는 대로 안 할 거면, 물어보긴 왜 물어봤어요? 어리다고 놀리지 말아요."

"수줍어서 말도 못 하고."

"방금 뭐라고 했어요, 로봇님?"

"별다른 말을 하지는 않았습니다."

"아까 무슨 노래 부르는 멜로디로 말했죠? 그렇죠?"

"의미가 있는 말을 하지는 않았습니다. 사람님께서 학습에 이어지는 질의응답 시간을 더 길게 진행하고 싶은 생각이 없으시다면 저는 물러나겠습니다."

그때는 짜증을 냈지만, 지금 생각해보니 로봇의 프로그램이 옳았다. 그 문제는 그렇게 쉽게 결단을 내릴 일이 아니었다. 고작 로봇에게 지기 싫다는 마음 때문에 결단을 내리는 것은 섣부른 일이다. 로봇에게 진다거나 이긴다는 게 다 무슨 소용인가. 어차피 다 로봇 세상에 사람은 나 혼자인데.

그리하여 시간이 한참 흐른 뒤에 결국 다시 오늘이 온 것이다. 오늘 아침이 왔다는 사실을 확인한 비서 로봇이 다가와서 나에게 물었다.

"오늘은 결단을 내릴 것이라고 일정을 정해놓은 날입니다. 결단을 내리시겠습니까?"

"그 전에 어디 분위기 좋은 데 가서 경치 보면서 좀 깊이 생각 좀 정리하고 하면 안 될까요?"

"어떤 곳에서 생각하고 싶으십니까?"

"세상에 사람 많았을 때 같은 분위기 잘 나는 곳이요."

"21세기 초반 분위기가 보존되어 있는 보존 구역 같은 곳으로 가고 싶으신 겁니까?"

"뭐, 그런 데 괜찮죠."

"알겠습니다. 길 건너편에 가서 자동자동차를 타십시오. 을지로 보존 구역으로 데려가드릴 겁니다."

을지로 보존 구역은 괜찮은 제안이다 싶었다. 그곳에 가본 지도 벌써 몇 년은 지났지. 실제 사람과 거의 똑같이 움직이는 로봇들이 가득 모여서 2020년대 초반의 서울 을지로 모습을 재현하는 곳. 결단을 내릴까 말까 궁리하기에 적합한 곳이라는 느낌이 들었다.

나는 비서 로봇 말대로 집 밖으로 나왔다.

집 앞에는 길고양이 한 마리가 나를 신기하다는 눈빛으로 보고 있었다.

도시의 인공지능 로봇들은 사료를 배급하고 피신처를 만들어주며 길고양이들을 돌본다. 인공지능 로봇들은 적절한 수준으로 고양이를 붙잡아 중성화 수술을 해주면서 개체수를 몇십 년에 걸쳐 일정하게 조절한다.

"새로 태어난 새끼 고양이인가 보죠?"

나는 자동자동차의 컴퓨터에게 물어보았다. 자동자동차가 대답했다.

"저 나이 정도면 벌써 제법 자란 고양이지요. 돌아다니는 것을 좋아하는 고양이라 옆 구역에서부터 조금씩 조금씩 이동해서 여기까지 온 거라고 합니다."

"그래요? 요새 고양이가 점점 더 눈에 안 뜨이는 것 같은데요."

"고양이 숫자는 일정하게 유지되고 있습니다."

"어떤 수준으로요?"

"사람이 길 가다 마주치고 반가움을 느끼고, 외로움을 덜 수 있을 정도로요."

자동자동차는 을지로로 가고 있었다. 원래 운전용 컴퓨터와 승객과 대화하는 컴퓨터는 분리되어 있기 때문에, 대화를 한다고 해서 운전이 방해를 받거나 하는 일은 없다. 나는 컴퓨터에게 물었다.

"고양이라는 동물 집단 전체의 숫자를 조절하는데 그 이유가 오직 사람의 마음이 얼마나 편하냐를 기준으로 한다는 것은 좀 이기적이지 않아요?"

"그러면 어떻게 하겠습니까? 그냥 방치하면 고양이가 다 굶어 죽어버릴 텐데요. 지금 이 도시에 반드시 생명을 보존해야 하는 법적 의무가 주어진 생물은 사람님 1명밖에 없습니다. 이곳은 쓰레기통마다 버려진 음식물이 가득한 21세기 도시가 아닙니다. 로봇들은 다 전기로 움직이니까 예전처럼 무슨 통조림이나 버리는 우유 같은 게 많은 세상이 아닌 거지요."

"공장 로봇들이 고양이 먹이를 따로 만들어서 먹이면 되잖아요? 그게 힘들어요?"

"하나도 안 힘들고 자원도 넉넉합니다만, 또 그렇다고 무작정 고양이를 계속 먹이면서 방치하면 온 도시에 고양이만 우글우글하니 퍼져버릴 겁니다. 계속 그렇게 두면 20년 안에 전세계에 이백억 마리 이상의 고양이가 도시마다 가득해지게 됩니다. 그럴 수는 없지 않습니까?"

"적절한 선을 유지하게 조절해야죠."

"그 적절한 선이라는 것이 바로 사람님이 심심찮게 길고양이를 마주치게 되는 정도의 숫자입니다."

그런 식으로 별 궁금하지도 않은 것에 대해 이야기하고 있으니 곧 자동자동차는 을지로 보호구역에 도착했다.

"그런데 자동자동차라는 말 좀 이상하잖아요. 그냥 자동차라고 하면 안 되나요?"

"옛날 자동차도 움직이는 것이 자동이지만 운전은 사람이 해야 했잖아요. 컴퓨터가 저절로 운전해주는 차는 그런 옛날 자동차와 구분해서 자동으로 운전까지 해주는 자동차라고 해서 자동자동차라고 부르고 있습니다."

"너무 이상한데."

"예전에는 자율주행차라든가 무인차라는 다른 말도 있었습니다. 그런데 자율주행차라고 한다고 해서 다른 차들이 강제주행차인 것도 아니고, 무인차라고 해서 사람이 승객으로도 안 타고 있는 것도 아니거든요. 그래서 다 조금씩 말이 이상한 점은 있었습니다. 그러다가 70년 전에 사람님 태어나시기 전에 살던 다른 사람님이 그냥 '자동자동차'라고 부르자고 바꾸라고 해서 그때부터 전 세계의 모든 로봇과 컴퓨터들이 자동자동차라는 말을 쓰게 되었습니다."

"그걸 다시 바꾸자면 바꿀 수 있어요?"

"어차피 세상에 사람이라고는 사람님 1명뿐이고, 나머지는 다 컴퓨터인데 바꾸려면 지금 일제히 바꿀 수 있습니다. 명령 한 번만 내려주시면 3초 내에 세상에 있는 오백억 대 이상의 모든 컴퓨터에서 자동자동차라는 말을 다시 자율주행차로 바꿀 수도 있습니다."

"그렇게 갑자기 다 바꾸면 헷갈리지 않아요?"

"어차피 컴퓨터나 로봇끼리 통신할 때 '자동자동차'라는 뜻은 42601번 단어라는 숫자 부호로 표현되고 있습니다. 음성과 문자 표현을 다른 말로 바꾼다고 해서 로봇이 내부적으로 통신에 사용하는 부호까지 바뀌지는 않습니다. 음성과 문자 표현을 바꾸는 것은 그저 사람님과 대화를 하려는 목적 때문에 그런 겁니다."

"그렇겠죠."

"바꿀까요?"

어차피 나 혼자 사는 세상에서 내가 어감 좀 이상하다고 말을 굳이 바꿔 부르자고 명령하는 것도 좀 쓸데없는 짓 같았다. 어차피 나도 태어날 때부터 자동자동차라고 불렀으니까. 그저 마음속으로만 '자동자동차라는 말 이상한데'라고 계속 생각하고 있는 것도 말하자면 인간적이고 좋은 것 같았다.

"을지로에 도착했습니다. 이제 결단을 내리시겠습니까?"

"일단 밥부터 먼저 먹으려고요."

자동자동차는 나를 한 냉면 가게 앞에 내려주었다.

을지로 보존 구역의 풍경은 2020년대에 진행된 재개발 공사가 완료된 후의 모습이었다. 그보다 더 과거의 모습대로 을지로 모습을 재현해야 한다고 주장한 사람도 예전에 있긴 했다고 한다. 그렇지만 재개발, 그러니까 재생사업이 끝난 후의 을지로 모습이야말로 수백만 사람들이 복닥거리면서 살던 사람 많던 시대의 정신을 잘 보여준다는 의견이 더 인기가 많았다. 지구 전체의 인구가 고작 수백 명, 수십 명 수준으로 떨어진 시대에는 재개발 직후의 을지로 풍경이 더 정신 건강과 뇌의 안정에 좋을 거라고 의료 인공지능 컴퓨터가 판단하기도 했다.

냉면 가게에 들어서자 직원 로봇이 나를 맞이했다.

"혼자 밥 먹는 것이 좀 적적하시면, 다른 손님 역할을 하는 로봇을 불러들일까요? 필요하시다면 같이 밥 먹는 역할을 하는 나이, 성별, 체형, 분위기를 선택하실 수도 있습니다. 소화 장치가 달려 있는 로봇이기 때문에 실제로 냉면을 먹는 모습도 보여줄 수 있습니다. 아니면, 2020년대 당시 을지로의 평균적인 냉면 가게 손님 구성과 가장 비슷한 모습이 되도록 로봇들을 배치할 수도 있습니다."

"아니에요. 그냥 혼자 먹죠, 뭐. 저는 어차피 태어날 때부터 밥은 계속 혼자 먹었는데요, 뭐."

"예전에 어떤 사람들은 혼자서 밥 먹는 게 뭔가 특색 있는 행위라고 생각해서 그 행위를 심각하게 생각하는 사람도 있었다고 합니다만."

"그런 건 잘 모르겠고요. 지금은 그런 사람들 아무도 없잖아요. 사람이라고는 여기 있는 제가 전부고 저는 그냥 혼자 잘 먹어요."

역사 교육 로봇과 문화 교육 로봇에게 과거 인간의 문화와 역사에 대해 배울 만큼 배웠다고 생각했는데, 여전히 사람들 사이의 문화와 사고방식은 모르는 것투성이였다. 옛날 사람들이 '혼자서 밥을 먹는 것이 어쩌고저쩌고 하는 걸로 서로 신경 쓰고 산 적이 있는가' 하는 문제에 대해서는 오늘 처음 들었다.

냉면은 맛있었다. 지구 어디에서든 요리 로봇에게 시키면 똑같은 맛으로 먹어볼 수 있는 요리이기는 했다. 그래도 이곳의 냉면집에서는 준비가 빨라서 음식이 금방 나왔고, 옛날 도시만의 흥취도 있어서 재미있는 경험이었다.

"맛있네요."

"감사합니다. 식사 다 하시고는 뭐 하실 겁니까? 결단 내리는 작업 진행하실 겁니까?"

"아니요. 어떻게 할지 아직 좀 더 생각해보고요. 여기 이곳저곳 걸어 다니면서 생각하면 더 생각이 잘될 거 같아서 여기로 온 거니까요."

냉면집의 로봇은 감사하다고 인사했다. 내가 듣기에는 마음에서 우러나오는 감사 인사처럼 들렸다. 그리고 컴퓨터가 만들어낸 로봇의 인사에 대해 그런 느낌을 받는 것이 얼마나 말이 되는지 생각했다. 진정성 분석 프로그램으로 분석을 해보는 것도 해보나 마나 한 짓일 테고.

그러고 있는데 고양이 한 마리가 내 앞에 나타나서 나를 쳐다보았다. 고양이가 보기에는 진짜 사람이 거리에 나타난 것이 신기해 보이기 때문인가? 그래서 나를 관찰하는 것일까? 그런데 몇 초도 되지 않아 고양이는 또 심드렁하게 자기 갈 길을 가버렸다.

을지로에서 조금 걸어나가자 옛날에 백화점으로 쓰던 건

물이 보였다. 왱왱거리며 날아다니는 청소 로봇들이 외벽을 깨끗하게 청소하고 있었다. 잠깐 들여다보니 아직도 건물 안에는 온갖 옷이며 가방 따위들이 가득 전시되어 있었다. 판매원 차림을 한 로봇들도 분주히 움직이고 있었다.

"저희 베르테르 박물관은 단순히 유물을 보관하거나 보여줄 뿐만 아니라, 유물을 과거의 사람들이 보고 거래하던 그 모습 그대로 생동감 있게 구성해놓고 있습니다. 각각의 유물은 물론이고 유물을 모아둔 이 박물관 자체가 하나의 거대한 예술 작품인 것입니다."

백화점 건물 앞에서 기웃거리고 있으니 안내 담당자 모습의 로봇이 그렇게 말해왔다. 그곳은 이제는 다 사라져버린 사람들의 사회에서 나온 유물이 가득한 곳이었다.

"그런데 어떤 한 시대를 그대로 재구성한 것은 아닌가 봐요?"

나는 화장품을 보고 말했다. 전시되어 있는 화장품들은 영화나 TV 프로그램에서 보던 옛날 모습과는 달랐다. 한 시대, 한 유행의 제품들만 그대로 모여 있는 것이 아니었다. 2010년대에 유행한 향수와 2020년대에 유행한 화장품과 2030년대에 유행한 보석이 뒤섞여 전시되어 있었다. 그래서 좀 괴상해 보이기도 했고 묘하게 강렬해 보이는 면도 있었다.

"저희 박물관은 수억 명, 수십억 명이 살던 시절의 생활

유물을 발굴, 복원 처리해서 저장하고 있는 곳입니다."

유물들을 주로 쓰레기장에서 파왔다는 뜻이었다.

"그렇다 보니, 꼭 예전에 백화점에서 전시하던 전시품뿐만 아니라, 사람들이 생활에서 사용하던 온갖 물건이 다 전시되어 있습니다. 그 모든 것을 조합해서 새로운 형태로 함께 전시하는 작품인 것입니다. 그런 새로운 조합이 더욱 감각적으로 보일 것입니다."

"감각적요? 사람 눈에 더 멋져 보이는 방식이라는 뜻인가요? 그러니까 제가 보기에 멋진 모양이라는 건가요?"

"저희 백화점의 예술적 감각 프로그램은 공간 조형 미술 평가 소프트웨어 5.2 버전의 연산 엔진을 기본으로 구성되어 있습니다."

뭐, 그렇겠지. 달랑 나 한 사람에게 보기 좋으라고 이 모든 것을 다 만들어놓지는 않았을 것이다. 나름대로 기준이 있겠지.

로봇들의 세상이 계속되면 점점 사람들과는 취향이 다른 로봇들만의 취향이 생기지 않을까? 그러니까 사람이 간섭하지 않고 컴퓨터의 연산 결과에 따라 흘러가도록 그대로 놓아두면, 나중에는 정말 이상한 모양으로 백화점을 온통 꾸며놓고 그게 아름답다고 할 수도 있지 않을까?

백화점 안으로 들어가보니, 광고판에 1980년대 음악과 함께 로봇춤을 추는 사람이 나오고 있었다. 그 앞에서 향수를 파는 로봇이 시향지를 나눠주면서 그 화면 속 로봇춤을 추는 사람을 흉내 내고 있었다. 로봇이 사람의 로봇춤을 흉내 내는 모습은 조금 더 사람 같았는데 그래서 조금 덜 완벽한 로봇춤 같아 보였다. 덕택에 로봇 같은 느낌은 더 잘 살아나고 있었다.

나는 시향지를 받아 들었다.

특이하고 이상한 것을 보고 싶어하는 취미는 어느 세월에나 있었다. 그렇다면 로봇 세상이 계속되다 보면, 오히려 로봇들은 옛날 인간이 하던 동작을 재미로 따라해보는 유행 같은 게 생길지도 모른다. 하기야 벌써 요즘에도 그런 로봇들은 있다. 어제 본 텔레비전 프로그램 〈나는 자연봇이다〉에서는 산속에 들어가서 굳이 화력발전으로 만든 전기를 동력원으로 쓰며 생활하는 로봇들이 있었다. 다른 로봇이 찾아와서 말을 걸거나 무선통신을 걸어도 모두 거부하고 굳이 키보드로 타이핑을 해야만 받아들인다고 했지.

"이 백화점에 뭐뭐 파는 데가 있어요?"

내가 묻자, 향수 파는 로봇은 로봇 흉내 내는 사람 춤을 멈추고 내 질문에 대답했다.

"이 박물관에서 물건을 팔지는 않습니다. 필요한 것이 있으시면 무엇이건 말씀하시면 그냥 사람님께 드립니다."

"그렇겠죠. 그래도 무슨 푸드코트라든가, 어린이 놀이방 같은 거라든가 하여간 색다른 것은 없어요?"

"음식은 외부의 식당으로 가주시면 되고, 꼭 백화점에서 드시고 싶으시면 배달해드릴 수도 있습니다. 그 외에는 저희 백화점에는 영화 상영 극장이 마련되어 있습니다."

"아, 극장."

가보고 싶다는 생각이 들었다.

"오늘 결단을 내리시는 데 도움이 될 만한 내용의 영화를 추천해드릴까요?"

"아뇨. 꼭 그럴 필요는 없어요. 결단 내리는 데 참고하려고 영화를 보려는 것은 아니고 그냥 보려고 하는 거니까요."

"잘 알겠습니다."

나는 로봇의 안내에 따라 극장으로 올라갔다. "실제 안내 방송이 아닙니다. 유의하십시오—저희 백화점에서는 여러분의 따뜻한 겨울을 위해 겨울 침구류 특별 할인 행사를 하고 있습니다." 분위기를 돋우기 위한 옛날 안내 방송 보존 녹음이 옛날 음악에 맞춰 계속 흘러나왔다.

극장에 가는 동안 컴퓨터와 대화하며 무슨 영화를 볼지 검색해보았다. 영화를 선택하자 그 영화의 화면비에 따라 어느 상영관으로 갈지가 결정되었다.

"스크린에 마스킹은 안 해주나 보죠?"

"보통 로봇들은 상영해서 영화를 보지 않습니다. 로봇과 컴퓨터 들이 영화 내용을 분석할 때는 디지털 파일을 바로 읽어 들여서 소프트웨어로 처리하면 되니까 굳이 실제로 상영할 필요조차 없습니다. 그러니까 극장을 운영하면서 마스킹을 하고 말고 하는 일을 한 가지 더 한다는 것은 귀찮은 일이지요."

그럴 만하다 싶었다.

"그래도 로봇들 중에서도 가끔 경험 삼아 옛날 방식을 쓰려고 할 때가 있잖아요. 파일을 다시 빛으로 바꿔서 스크린에 쏘고 그걸 다시 로봇 눈의 카메라로 인식해서 보려고 하는 경우가 있긴 있을 거 같은데요."

"그렇긴 하죠. 그렇지만 걱정할 필요는 없습니다. 상영관마다 아예 스크린 자체의 비율이 달라요. 어차피 극장에 찾아오는 사람이 없기 때문에, 어떤 영화를 볼 거냐에 따라서 그에 맞는 화변 비율의 스크린을 가진 상영관에서 틀어드릴 겁니다."

"평소에 잘 안 쓰는 진짜 이상한 화면비로 된 영화를 제가 보려고 하면 어쩔 건데요?"

매표 로봇은 뭐라고 대답할지 계산하는 데 시간을 조금 더 소모하고 있었다. 나는 괜한 소리를 했다 싶어서 그만두라고 했다.

"저에게 표를 사시겠습니까? 아니면 저쪽에 있는 자동 판매기에서 표를 사시겠습니까?"

"차이점이 있어요?"

"터치스크린으로 된 자동판매기는 21세기 초의 옛 감성을 자극하는 빈티지 방식이고요. 박스 오피스에 오셔서 사람처럼 생긴 로봇에게 음성으로 말을 해서 표를 사는 방식은 신형 인공지능 방식입니다. 그런 감성의 차이 외에 기능상의 차이는 없습니다."

굳이 옛날을 그리워하는 척할 이유는 없었다. 나는 박스 오피스에서 말을 해서 표를 샀다. 처음에는 〈기생〉 영화판을 보려고 했는데 너무 상영 시간이 긴 것 같아서 비슷한 내용의 다른 영화를 보겠다고 결심했다.

무한 팝콘을 주문하고 상영관에 들어가니, 극장 의자 오른쪽 팔걸이에서는 계속해서 팝콘이 밀려 나왔다. 미국의 대평원에는 아직도 끝도 없이 펼쳐진 옥수수 밭이 있지만, 팝콘을 먹는 사람은 나 한 사람밖에 없으니 별로 사치스러운 일은 아니었다. 나는 좀 과식을 한 것 아닌가 싶어 중간에 팝콘 먹는 것을 멈추었다.

영화는 세계가 멸망한 후 로봇과 싸우는 사람의 처절한 모습을 그린 이야기였다. 그런 싸움을 심각하게 그려내려고 한 영화였다.

하지만 지금 보니 어쩔 수 없이 웃길 수밖에 없었다. 영화 속에서는 폐허가 된 도시에서 맥주 캔을 잘라 만든 창으로 들짐승을 사냥해 겨우 배를 채우는 것이 지상 최후의 사람이었다. 하지만 실제로는 말끔하게 재개발된 모습의 보존 구역에 소풍 나와서 로봇이 내어준 냉면을 먹고 무한 팝콘을 후식 삼아 씹으며 영화를 보는 것이 지상 최후의 인생이다.

"불 좀 켜주세요."

나는 영화 끝났다는 표시가 나오기도 전에 극장에 불을 켜달라고 했다. 로봇은 서서히 극장을 밝혀주었다. 갑자기 환하게 불을 켜면 눈이 아플까 봐 잘 조절해주는 것이다.

"재밌게 보셨나요?"

"그럭저럭요. 극장 청소 로봇은 재밌게 봤어요?"

"저는 화면 방향으로는 시각과 청각을 배분하지 않고 있었습니다. 무슨 내용인지 몰라요. 영화 내용에 대해 토론하고 싶으시면, 평론가 소프트웨어 3.3과 지금 바로 연결해드릴 수 있습니다."

"아니에요. 괜찮아요."

나는 백화점을 나가려고 하다가 생활용품을 전시해놓은 층에 가서 좀 놀다가 나갔다.

20세기에 나온 활극 영화에 보면 시장통이나 백화점 같은 곳에서 물건을 막 다 박살 내면서 싸우는 장면이 나오는데 그걸 해보고 싶다고 로봇에게 부탁해보았다. 로봇은 전시되어 있는 진품들을 다 치우고, 이런 용도로 쓸 수 있는 모조 생산품들을 준비해서 한 층을 꾸며주었다. 준비하는 데 시간은 꽤 걸렸지만, 한번 해볼 만했다. 나는 가득 전시되어 있는 그릇과 컵, 장식품들을 이리저리 깨고 부수면서 놀았다.

"이런 거 하고 놀면 좀 문제 있는 건가요?"

"매일 그러고 산다면 모르겠지만, 이 정도로는 질병으로 취급할 단계는 아닌 것으로 판단됩니다. 오늘 당장 결단을 내리신다면 오늘의 이런 체험에 영향을 받아 결단의 방향이 조금 뒤틀릴 우려가 있기는 합니다. 하지만, 그것도 그렇게 심각한 정도는 아닙니다."

안내 로봇은 백화점에서 나가는 나를 그렇게 안심시켜주었다.

건물 밖에는 어디선가 나타난 고양이 한 마리와 무엇인가를 부지런히 살피며 날아다니고 있는 작은 로봇 몇 대가 보였다.

고양이를 발견하고 급히 도망가는 토끼 한 마리도 보였다. 토끼가 도로를 가로질러 지나가자, 거리를 지나치던 자동자동차들은 마치 액체의 요동 같은 우아한 움직임으로 토끼가 잘 뛰어갈 수 있게 멈추거나 비켜주었다.

"도대체 왜 옛날 영화에서는 로봇이 세상을 차지하기 위해 인간과 전쟁을 하고 난리를 칠 거라고 생각한 건가요? 그냥 가만히 있으면 언젠가는 사람들은 인구가 줄어서 없어질 거고, 그러면 결국 그 사람들이 만들어놓은 로봇들만 남는 세상이 저절로 올 텐데. 그렇게 사람 세상이 끝나고 그 후계자인 로봇 세상이 펼쳐지는 세대교체가 저절로 일어날 거라는 게 당연하지 않나요?"

"옛날 영화 만드는 사람들은 막 싸우고 서로 죽이고 살리고 그런 이야기가 소재여야 더 만들기 쉽다고 생각해서 그랬던 거 아닐까요."

가로등에게 말을 거니, 가로등 제어 컴퓨터가 그렇게 대답해주었다.

그러고 보니, 가로등에 설치된 컴퓨터와 단말기는 정말로 오래전부터 그 자리에 있던 고풍스러운 것이었다. 몇 세대 전 사람들이 세상을 여유롭고 평화롭게 돌아가게 하기 위해 만들어놓은 그 많은 기계 중 하나였다. 이제 지금 그 기계들과 그 기계들이 새로 만든 기계들은 세상에 가득 퍼져 있다.

"어느 쪽으로 가십니까? 자동자동차 타실 거면 불러드릴까요?"

가로등이 말했다.

"인구청 청사 쪽으로 가려고 하는데, 그냥 걸어가죠, 뭐."

"그러면 변신광화문 쪽으로 가셔야겠네요. 건축 취향이

있으시면 그에 맞춰서 걸어가시는 동안 변신시켜두겠습니다."

"변신광화문이 뭔데요?"

"옛날에 서울시장 바뀔 때마다 광화문 뜯어고쳐서 시장들이 자기 흔적을 남겨두려고 했잖아요. 그래서 변신광화문이 도입되기 전까지 광화문이 여든다섯 번 모습이 바뀌었습니다. 변신광화문은 그 후에 새롭게 만든 것으로 광화문의 도로, 동상, 광장 형태가 커다란 기계 장치 형태로 원할 때마다 자유로운 모양으로 바꿀 수 있는 것인데요. 그렇기 때문에 원하시는 모습이 있으면 그에 맞춰서 광화문 모습을 그때그때 바꿀 수 있습니다. 지금 광화문 모습은 2015년형인데요. 역사상 바뀐 광화문의 여든다섯 가지 모습대로 모양을 변신시킬 수도 있습니다. 장군이나 임금님 동상 같은 것은 지하로 집어넣을 수도 있고 나오게 할 수도 있고 위치를 바꿀 수도 있고요."

"광장이나 도로가 지하로 들어갔다 나왔다 하면서 변신한다고요? 그런 거 하면 전기가 너무 아깝지 않나요?"

"그래도 다 두들겨 부수어서 그때그때 사람 기분에 맞게 다시 만드는 것보다는 자원의 소모가 훨씬 적습니다."

나는 별 대답을 안 하고 가만히 있었다. 그러자 컴퓨터가 다시 물었다.

"그러시면 옛날 느낌 나게 뿌옇게 미세먼지라도 조금 뿌리도록 지시하시면 어떨까요? 지금은 먼지가 날아다닐 만한 원인이 되는 것들이 없으니까 이렇게 하늘이 맑습니다만, 그래도 인공 미세먼지 발생기를 쓰면 옛날 느낌 그대로 만들어드릴 수 있습니다. 미세먼지 나쁨 수준 정도로 살포하는 데 15분이면 충분합니다."

"그거 건강에 나쁜 거 아닌가요?"

"잠깐 구경하는 동안이면 괜찮습니다."

"그런데 인공 미세먼지 발생기라는 말도 이상하네요. 인공이라는 말은 사람이 만들었다는 뜻인데, 사실 사람이 손을 대서 미세먼지 발생기를 만들었다기보다는 그냥 컴퓨터가 만든 거잖아요."

나는 미세먼지는 그냥 지금대로 두라고 하고는 광화문 사거리를 지나 인구청 건물 방향으로 걸었다.

인구청의 건물 모습은 21세기 초 인구청사가 한국의 정부서울청사였던 시절 모습 그대로였다.

온수관이 지나가는 따뜻한 바닥이 있는 곳에 검은 고양이 한 마리가 앉아 있었다. 그 뒤에는 홍보 화면이 설치되어 있었다. 원래 이곳은 한국 정부의 여러 정부 기관이 입주해 있는 큰 빌딩이었다고 했다. 인구가 점점 줄어들게 되면서 인구 문제에 대응하라고 배치한 공무원들과 협회와 진흥위원회의 숫자가 점점 더 늘어나자, 나중에는 이 건물 하나를 통째로 인구청이라는 인구 문제 대책 기관이 사용하게 되었다고 한다.

입구에 재생되고 있는 홍보 영상은 예전에 교육 시간에 본 것과는 표현 방법이 많이 달랐다. 그사이에 조금 더 새롭게 홍보 영상을 다시 만든 것 같았다. 사람을 대상으로 더 잘 홍보하기 위해 영상을 고친 것 같지는 않았다. 나 하나가 볼 영상일 뿐이라면 그렇게 계속 개선할 필요가 있을까. 영상을 힘들여 개선해놓는다고 해도 내가 여기에 찾아오지 않으면 몇십 년이고 그냥 틀지 못하고 그대로 두어야 할 텐데.

"이곳은 보안 구역입니다. 보안 허가를 받았다는 사실을 증명하십시오."

인구청 건물 문 앞에서 보안 로봇 한 대가 나를 막아섰다.

"세상에 사람이라고는 나 하나밖에 없는데 뭘 보안을 하고 말고 할 게 뭐가 있어요?"

"그래도 이전 세대의 사람들이 반드시 보호하라고 지정해놓은 것이라든가, 접근하지 말라고 지정해둔 정보는 엄격히 보호하고 있습니다."

"그러니까 이미 세상 뜬 사람의 뜻을 떠받들기 위해, 지금 살아 있는 사람의 100퍼센트가 찬성하는 일이라고 해도 금지할 수 있다는 거예요? 그건 너무 사리에 안 맞잖아요."

"어쨌건 아직까지는 보안 허가가 없으므로 출입시킬 수

없습니다."

계속 따져나가다 보면 현재 세상 사람 전부가 만장일치로 동의하는 일을 컴퓨터가 거부하는 일은 없을 것이다. 그러니까 결국은 그냥 절차의 문제였다. 이런저런 보안 해제 프로그램을 실행하고, 내가 보안 허가를 받을 만한 사람이라는 사실을 차례대로 입력하면 경비 로봇은 길을 비켜줄 수밖에 없다. 나에게는 언제나 전세계 모든 사람의 의견을 만장일치 100퍼센트로 모을 수 있는 재주가 있다. 왜냐하면 나 자신의 의견이야말로 곧 전세계 모든 사람의 의견이니까.

그러나 모든 절차를 밟아 정식으로 보안 허가를 얻는 것은 귀찮고 오래 걸리는 일이었다. 나는 빠르게 보안을 통과할 수 있는 방법을 사용하기로 했다.

"저는 여기서 태어났거든요. 그러니까 이번 방문이 첫 번째 방문이 아니라 재방문이에요. 그러니까 통과 좀 시켜주세요."

"예전에 방문한 적이 있으신 고객님입니까? 너무 오래간만이라 얼굴 인식으로 알아보기가 어려워서 실수를 했습니다. 죄송합니다."

"무슨 인식을 할 필요가 있나요. 이제 세상에서 사람이면 그냥 무조건 나 하나예요. 그냥 사람이면 바로 그 사람이라니까요."

보안 로봇은 나에게 공손히 인사하고 '환영한다'고도 말했다. 그러면서도 바로 문을 비켜주지는 않았다. 보안 로봇이 말했다.

"왜 여기서 태어나셨습니까? 사람님은 사람이시니 부모님이 계신 곳에서 태어나야 하지 않습니까?"

"이 건물 있는 한국에서는 20세기에 이미 출생 때 병원에 가는 사람들이 더 많아졌어요. 제가 어떤 전문 시설에서 태어났다는 게 이상할 게 있어요?"

"그러면 정확히 이 건물의 어느 지역에서 사람님께서 출생했는지 확인해주실 수 있으실까요?"

"제 주민 기록에서 자주 보던 거라서 잘 알지요. 1001호 인공발생실입니다."

"태어날 당시의 부모님은 누구이십니까?"

"그건 모르지요. 부모님을 어떻게 알아요."

"본인의 부모를 모르십니까?"

"태어나자 공공보육 로봇이 맡아서 저를 길러줬고요. 지금까지도 저는 로봇하고만 같이 지냈어요. 저를 태어나게 하겠다고 결심하신 그 부모는 자식에게 굳이 부모의 정신과 업적을 이어가라고 당부하는 것이 유치하고 안 좋은 일이라고 생각하셨던 것 같아요. 그런 식으로 자식에게 부모가 누구인지 안 알려주고 숨기는 것이 공정하게 사람의 가능성을 잘

발휘하면서 성장하게 하는 방법이라던 때가 있었대요. 그리고 자식에게 부모의 정체를 완전히 숨긴다는 것이 멋있다고들 생각했던 것 같기도 하고. 그런 유행 돌던 시대가 있었던 것 아시잖아요? 저는 부모가 2명인지 아니면 1명인지도 잘 몰라요."

내 사연을 듣고 보안 로봇은 자리를 비켜 물러섰다.

"그러면 우선 과거 방문지로 가게 해드리겠습니다."

나는 로봇의 설명에 따라 1001호 인공발생실로 가게 되었다.

1001호 인공발생실에는 몇십 년 동안 사용한 적이 없는 인공발생기가 완벽한 상태로 보관되어 있었다. 지금 당장이라도 전원만 넣으면 그대로 작동할 것 같아 보였다. 나는 유심히 그 인공발생기들을 살펴보았다. 그중에 한 대는 꼭 내가 거기서 태어났던 것 같아 보였다.

"작동되는 건가요?"

"당연히 작동됩니다. 지금도 명령만 내리시면 유전체 물질화가 시작되어 인간 DNA를 그대로 담은 세포를 만들 수 있고, 그 세포가 이 인공발생기에 들어오면 점차 자라나서 태아가 되고 아기가 되고 결국 출생할 수 있습니다."

나는 내 자신이 그렇게 해서 태어나는 장면을 상상해보았다. 당연히 태어나던 순간의 기억이 나지는 않는다. 그렇지만 이상하게 쉽게 장면들을 떠올릴 수 있었다.

나의 부모가 되는 사람이 이곳에 와서 자기 DNA를 채취해서 기계에 집어넣고, 그 DNA를 바탕으로 자식이 되는 내 DNA를 컴퓨터에게 만들어내라고 했을 것이다. 그리고 그 DNA를 주입한 세포가 이 인공발생기 속에서 열 달 동안 자라나서 사람이 된다. 내가 된다.

"지금 제가 명령을 내리면, 누구 유전자를 가진 사람을 만들 수 있는 거예요?"

"명령 내리시는 대로입니다. 데이터베이스에 저장된 표준형 사람들 중에 한 사람과 동일한 모습을 그대로 복제해서 아기를 태어나게 할 수도 있고, 몇몇의 유전자를 섞어서 그 사람들 사이에서 태어난 자식 같은 유전자를 만들어 아기를 태어나게 할 수도 있습니다. 지금 사람님 유전자를 채취하시고 기억된 유전체 정보와 섞어서, 사람님과 예전에 저장된 표준형 사람들 사이에서 태어난 자식 같은 아기를 태어나게 하는 것도 가능합니다."

"뭘 하든지 안전한가요?"

"당연히 안전합니다. 인공발생기 기술이 정착된 역사는 상당히 오래되었습니다. 한창 인구 감소가 걱정이라고 할 때 조금이라도 사람이 태어나는 것을 쉽게 하기 위해서 임신과 출산 없이 사람을 발생시켜 태어나게 하는 장치가 개발된 겁니다. 그게 인공발생기입니다. 처음부터 관심 갖는 사람도 많았습니다."

그건 아는 이야기였다. 역사 로봇이 특히 중요하게 가르치던 역사의 중요한 순간이었다. 나는 좀 더 구체적으로 얼마나 이 장치가 안정화되어 있는지가 궁금했다.

인공발생실의 컴퓨터는 더 생기 있는 목소리로 대답해주었다.

"지금 명령만 내리시면 다양한 조합의 유전자를 가진 세포를 만들어서 전세계 모든 인공발생실의 인공발생기에서 동시에 사람을 자라나게 할 수도 있습니다. 그러면 1만 명 정도 되는 인구를 단숨에 만들 수 있습니다. 명령을 내리신다면, 몇 년 안에 10만 명 정도의 영유아들을 다시 세상에 태어나게 해서 인간들이 가득한 도시를 만들 수도 있습니다. 지금 로봇들이 지구에 만들어놓은 설비와 자원은 10만 명 정도의 사람을 키우고, 교육시키고, 성장하고, 놀고먹게 하기에 충분합니다. 아무런 부담도 없습니다."

"제가 그렇게 사람이 다시 지구에 득실거리게 만들어달라고 명령하기를 바라는 거예요?"

"아닙니다. 그런 문제에 대해서는 어느 쪽이건 뜻대로 결정하시면 됩니다. 그와는 다르게 결단을 내리셔도 저는 전혀 반대하지 않을 겁니다."

컴퓨터가 어떤 계산을 갖고 있는지 알 수가 없었다. 나는 다시 물었다. 어느새 내 말투는 약간 따지는 것같이 들렸다.

"그래도 예상은 해줄 수 있잖아요. 사람 10만 명을 지금 만들어내서 사람으로 북적대는 도시를 다시 만들어보자고 제가 명령하면 저 자신이 나중에 결국 기뻐하게 될까요?"

"심리 예측 2.0 소프트웨어를 가동합니다."

그렇게 말하고 컴퓨터는 잠시 멈추었다. 10만 명의 아기들이 로봇 보육사들의 품에 안겨 어른으로 자라나는 모습을 상상하게 되었을 때, 컴퓨터는 다시 말했다.

"육아 로봇과 자동 보육 장비가 완전히 실용화된 후에도 사람들이 결국 자식을 기르는 것을 점차 거부하게 된 것은 1명의 사람을 바람직한 상태가 되도록 잘 키운다는 것이 부담스럽고 책임을 많이 지는 일이라고 점차 생각하게 되었기 때문입니다. 한 사람을 세상에 더 태어나게 했는데 그 사람이 불행하거나 비도덕적인 삶을 살게 되면 부모의 책임이니까, 그런 무거운 책임을 지는 일을 꺼려하게 된 것입니다."

"그래서 저도 지금 10만 명의 아기를 태어나라고 지시를 내리면 결국 책임감 때문에 괴로워하게 될 거라는 이야기예요?"

"단정할 수 있는 결론은 아니지만 그것이 상당히 가능성 있는 예상입니다."

그 말을 듣고 나는 더 답답해졌다.

"책임을 져야 된다는 문제를 그렇게 사람들이 심각하게 생각한다고요? 사람 마음은 원래 그보다 훨씬 무책임하지 않나요?"

"그렇지만 로봇들이 많아지고 세상이 점점 풍족해지면서 사람들이 자식을 양육하는 데 대한 책임감의 기준은 점점 더 높아졌습니다."

컴퓨터는 점차 교사 같은 태도로 변해가고 있었다. 컴퓨터가 이어서 말했다.

"초대칭 신 사회주의 이론에 따른 계급 붕괴에 대해 아십니까?"

내가 대답했다. 경제학 시간에 배운 최신 학설이었다.

"문명 발전에 따라 계급 분화가 자연 소멸했다는 이론 말하는 거죠?"

"맞습니다. 옛날 영화 같은 데 보면 미래 사회에서 부익부 빈익빈이 극히 심해져서 소수의 부자들이 힘들게 사는 빈자들을 탄압하고 괴롭히게 된다는 따위의 내용이 많았는데, 실제는 그런 일이 전혀 벌어지지 않았기 때문에 그 현상을 설명하려고 나온 학설입니다."

"그게 무슨 상관인데요?"

"학설에 따르면, 부자들이 빈자들을 괴롭히고 빈자들이

부자들에게 맞서 싸우는 영화 같은 일은 일어나지 않습니다. 대신에 그 전에 그냥 빈자들은 저절로 없어져버렸습니다. 빈자들은 도저히 세상에서 자식을 키울 엄두가 나지 않으니 자손을 남기지 않았고, 그렇다 보니 한 세대 만에 사라져버린 것입니다. 자손을 남기는 사람들은 부자들뿐이었고, 한 세대 만에 세상은 부자들의 후손만 남아 부자만 있는 세상이 되었습니다. 빈자들이 괴롭게 살면서 부자들에게 저항하는 영화 속 미래 세계가 펼쳐지려면 빈자들이 그 괴로운 상황에서도 계속 자식을 낳아야 하는데, 다들 그렇게 하지 않은 것입니다."

"사람들이 자식 낳아 기르는 책임을 그렇게 심각하게 생각했다는 건가요?"

"그런 생각은 점차 부자들 사이에서도 생겨났습니다. 세상에 남은 부자들에게조차도 세월이 흐르면서 결국 자기가 자식에게 완벽한 양육을 제공할 수 없으니 이것은 자식이 불행한 삶을 살게 해주는 것이므로 그럴 바에 차라리 자식이 없는 것이 낫다는 생각이 퍼져나갔습니다. 그렇게 해서 부자 인구도 결국 줄어들었다는 것입니다."

결국 그런 식으로 계속 일이 진행되다가 세상에 사람이라고는 아무도 남지 않게 되었겠지. 겨우 한두 사람 남은 것이 내 부모였는데, 그 사람들은 또 무슨 생각을 했는지 그래도 그들이 사라진 후에 내가 태어나도록 예약을 해두었다는 것이고.

"그렇게 인구가 급속도로 줄어드는데 인구청에서는 무슨 활동을 안 했어요? 어차피 유전자를 섞어서 인공발생실에서 사람을 태어나게 할 수 있으니까, 꼭 자기 자식을 낳으려고 하는 사람이 없어도 정부에서 책임지고 일정한 숫자의 사람들을 계속 정부 관할하에서 인공발생실을 통해서 태어나게하면 됐잖아요?"

"복소사회학의 책임 이론을 잊으셨습니까?"

컴퓨터는 알 듯 말 듯한 소리를 했다.

"그게 무슨 이야긴데요?"

"정부는 누가 운영하지요?"

"공무원들이지요. 아."

나는 그제서야 컴퓨터가 무슨 말을 하려고 하는지 기억이 났다. 나와 컴퓨터가 같이 말했다.

"세상에 공무원만큼 책임지는 것을 싫어하는 사람은 절대적으로 없다."

컴퓨터는 사람들의 성향에 따라 무슨 일에 책임지는 것을 얼마나 싫어하는지를 그래프로 화면에 출력해 보여주었다. 복소사회학 이론에서 공무원의 경우에 대해 이 그래프를 그리면 그래프가 허수 공간에 그려져 있게 된다. 컴퓨터가 이어서 말했다.

"맞습니다. 그래서 결국 정부 관할하에 사람을 계속 태어나게 한다는 정책을 진행할 공무원들이 없어졌습니다. 그러다 보니 자식을 태어나도록 결정하게 하는 사람의 숫자도 계속해서 줄어들었습니다. 그러니까, 확률상으로."

"그러니까 확률상으로 나도 사람 10만 명을 갑자기 태어나게 하는 일은 싫어하게 될 가능성이 높다는 거죠?"

컴퓨터는 그렇다고 말했다. 나는 텅 빈 인공발생기 옆에 앉았다. 한숨이 나왔다.

"그러면 반대로 결단을 내리는 수밖에 없겠네요."

"결단을 내리시겠습니까?"

"일단 한번 차근차근 따라가보죠. 제가 중간에 그만둘지도 모르니까요."

결단을 내리는 쪽에 가까운 이야기를 한 셈이었다.

"알겠습니다. 그러면 우선 지하 11층의 중요정보보존실로 가시기 바랍니다."

"굳이 거기에 가야 하나요?"

"그곳에서 보고 직접 처리하시는 것을 권해드리고 있습니다."

한번 결단을 내리겠다고 생각하니 갑자기 당장 일을 저질러버리고 싶다는 생각이 들었다. 나는 조바심을 느꼈다. 빠른 걸음으로 지하 11층으로 가는 엘리베이터로 갔다. 엘리베이터에서 내려 갈 때에는 거의 뛰는 속도였다.

지하 11층의 정보보존실에는 서버 컴퓨터가 한 대 있었다. 그 서버 컴퓨터에는 광자기 저장판 꾸러미 하나가 반짝거리는 예쁜 포장에 들어 있었다. 중앙에 놓인 그 모습은 아름다운 장식품 같아 보였다. 그리고 방 벽면에는 책이 가득 꽂힌 웬 책장이 있었다.

나는 컴퓨터에게 말했다.

"결단을 내리는 쪽으로 진행해보겠습니다."

"알겠습니다. 그러면 인간 유전체 정보 삭제를 시작하려고 합니다. 괜찮겠습니까?"

"괜찮습니다."

내가 대답했다. 컴퓨터는 목소리를 바꾸어 다시 나에게 물었다.

"다시 한번 여쭙겠습니다. 이제 결단을 내리셔서 인간 유전체 정보를 삭제하고 이 작업이 완벽히 완료가 되면, 이제 다시는 인간 유전자를 가진 세포를 만들 수 없고, 아무리 인공발생기가 있어도 사람을 만들 수 없게 됩니다. 즉, 지금 사람님이 수명을 다해 세상을 떠나면 이후에는 더 이상 지구에 사람이 태어날 수 있는 가능성이 영영 없어진다는 것입니다. 정말 그래도 좋습니까? 그런 결단을 내리겠습니까?"

나는 거기에 대답했다.

"그래도 좋습니다. 저는 어차피 다른 사람을 더 만들어 낼 생각은 없습니다. 제가 세상을 떠났는데 나중에 사람이 누가 또 생긴다면 그것은 저나 다른 사람의 뜻이 아니라 로봇과 컴퓨터 들이 자기들의 계산 결과에 따라 만들어내는 사람일 것입니다. 저는 그렇게 사람이 태어나는 것은 옳지 못하다고 생각합니다."

"그렇게 태어난 사람을 로봇이 괴롭히고 학대할 거라고 생각합니까?"

"그렇게 생각하지는 않습니다. 이미 로봇과 컴퓨터 들이 지구 전체를 뒤덮고 있는데 고작 사람 1명을 괴롭히는 일에 그렇게 집중할 거라고는 생각하지 않습니다. 그보다는 그렇게 먼 훗날 컴퓨터가 사람을 태어나게 한다면 그것은 사람이 로봇과 컴퓨터가 재미 삼아 해보는 일종의 실험에 대해 재료로 태어난 것에 불과하게 된다는 것이 문제입니다. 그것이 옳지 않다고 생각합니다."

컴퓨터는 그에 대해서 바로 반응하지 않았다. 중요한 결정이었기 때문에 여러 가지 심리적 신중함을 이끌어내는 안전장치들이 있었다.

곧 컴퓨터가 보낸 로봇 한 대가 엘리베이터에서 걸어 나왔다. 그 로봇의 모습은 아주 사랑할 만해 보였다. 이제 컴퓨터 대신 로봇이 내 앞에 다가와 정면으로 마주보면서 말했다.

"컴퓨터가 사람을 태어나게 하는 것이 컴퓨터가 장난으로 해보는 실험에 불과하다고요? 그렇다면 지금 사람님이야말로 바로 그런 장난으로 컴퓨터가 수행한 실험에 의해 태어난 결과라고 생각하시지는 않습니까? 어차피 부모에 대해 아시는 것도 기록이 남아 있는 것도 없지 않습니까?"

"그러니까, 애초에 제 부모라는 것은 없었고, 몇백 년 전에 사람은 모두 사라졌는데 괜히 부모가 직접 지시한 듯이 흉내 내면서 컴퓨터가 저를 재미 삼아 태어나게 했다는 건가요?"

"그럴 수도 있다고 가정해보시라는 이야기입니다."

로봇은 짧게 말했다. 하지만 목소리는 아주 너그럽게 들렸다. 나는 그에 반해 일부러 더 매정한 듯이 꾸미는 말투가 되었다.

"그렇다면 더더욱 또 다른 사람이 나중에 그런 일을 당하게 할 수는 없습니다."

뒤이어진 로봇의 말은 이제 거의 나를 측은하게 여기는 투였다.

"사람님의 출생과 삶이 모두 컴퓨터들의 장난이라면, 사람님이 그런 생각을 지금 하고 계신 것 자체도 컴퓨터들이 그런 생각과 성격을 갖도록 가르치고 키운 결과일 수도 있지 않습니까? 컴퓨터들이 일부러 더 이상 사람이 태어나지 않도록 사람에 대한 자료를 모두 삭제하라고 결단을 내리는 사람님의 모습을 구경하고 싶어서 사람님이 태어날 때부터 그런 성격이 되도록 계산해서 꾸민 결과일 수도 있지 않습니까?"

나는 컴퓨터가 나를 구경하면서 '어머나, 쟤는 저렇게 키웠더니 정말로 자기 후손들이 생길 가능성을 스스로 다 끊어버리려고 하네. 사람이란 동물은 신기하구나'라고 수다를 떠는 장면을 상상했다. 그러나 그런 상상은 불필요하다고 생각했다.

"그런 가능성은 제가 판단할 수 있는 영역 밖의 일입니다. 무시할 수밖에 없습니다."

"그렇다면 비록 컴퓨터와 로봇이 어느 날 갑자기 심심해서 다시 사람을 1명 만들어본다고 해도 그 사람이 굳이 불행하게 살 거라고 볼 필요도 없는 일 아닙니까? 지금 사람님은 불행하십니까?"

나는 머뭇거리지 않고 바로 대답했다.

"아닙니다."

로봇이 뒤이어 또 물었다.

"그러면 세상에 사람이 단 하나뿐이라는 것이 너무 외로우십니까?"

"그렇지 않습니다. 저는 그런 점에 외로움을 느끼지 않도록 어렸을 때부터 지속적으로 훈련을 받아왔습니다. 저는 세상에 살고 있는 다른 여러 생물들과 상호 작용하며 다양한 형태의 로봇, 컴퓨터 들과 대화하면서 외로움을 잘 극복하고 있습니다. 저는 세상에 남은 마지막 사람이지만 그래도 즐겁고 풍족하게 살고 있는 것이 아니라, 세상에 남은 마지막 사람이기 때문에 즐겁고 풍족하게 살고 있습니다."

"그런데도 더 이상 사람이 태어나는 것은 막겠다는 이야기입니까?"

나는 잠시 멈추고 말하는 호흡을 가다듬었다.

"그렇습니다."

로봇이 대답했다.

"알겠습니다. 1차 심리 인증 절차가 끝이 났습니다. 이제 서버에 저장된 사람의 유전체 정보를 모두 삭제합니다."

로봇은 웃음을 지어 보였다. 웃음을 지었다가 다시 무표정한 얼굴로 돌아갈 만큼 시간이 흐른 후, 로봇이 다시 말했다.

"이제 사람의 유전체 정보가 모두 내장 데이터베이스에서 삭제되었습니다. 이제 마지막 보존 자료까지 파괴하면, 더 이상 사람을 만들어낼 방법은 공식적으로 없어집니다."

로봇은 말을 마쳤다. 그리고 서랍에서 석유 한 통과 딱성냥을 꺼냈다.

로봇은 내 주변에 있는 책장을 가리켰다.

"이 책장에 꽂혀 있는 것들은 전자장치가 고장 나거나

파괴될 때를 대비해서 인간 유전체 정보를 모두 인쇄해서 종이책으로 만들어놓은 것입니다. 이 책들 속에는 인간 유전체 정보를 표시하는 A, G, C, T 하는 글자들만 가득 쓰여 있습니다. 혹시 이곳 서버가 고장이 난다면 이 종이책을 다시 스캐너로 읽어 들여서 인간 유전체 정보를 복구하는 것이 원래의 계획이었습니다."

로봇은 나를 쳐다보았다.

"이제 결단을 내리셨으니 마지막으로 이 책장을 파괴하십시오."

"여기 이 책에 불을 지르라고요?"

내가 묻자 로봇은 그렇다고 대답했다.

"몇 가지만 질문에 더 대답하시면 불을 지를 수 있는 도구를 드리겠습니다."

나는 로봇의 말을 들으며 책 한 권을 뽑아 보았다. 정말로 다른 내용은 아무것도 없고, AGCTGCGCGAAGGCCTT AGCGCGATCG 하는 유전체 정보를 표시하는 알파벳만 있었다. 이 책 속에 들어 있는 이 많은 기호들이 표시하는 형태대로 DNA 물질을 모두 만들어서 세포 속에 넣고 키우면 1명의 사람이 되는 것이다. 반대로 말하면 이제 이 책만 없어지면 더 이상 사람을 만들 정확한 방법은 없어진다.

로봇이 말했다.

"차라리 인간 유전체 정보를 남겨두는 것이 컴퓨터나 로봇이 먼 미래에 장난을 친다고 하더라도 나은 것 아닐까요?"

"그게 무슨 말인가요?"

"인간 유전체 정보가 없다면, 컴퓨터나 로봇은 언젠가 자기 마음대로 대충 유전체를 만들어서 최대한 사람에 가까운 생명체를 만들어보려고 할지도 모릅니다. 예를 들어 원숭이나 유인원의 유전체 정보를 이리저리 변형시키고 짜 맞추어서 사람과 비슷한 모양을 추정해나가려고 할지도 모릅니다. 최근에 연구가 시작된 웅녀 연구 계획에 따르면 곰의 유전체를 조금씩 바꾸어나가면 사람의 모양과 아주 비슷한 동물로 쉽게 바꿀 수도 있을 것 같다고도 합니다. 그런 과정에서 생길 이상한 동물들을 생각하면 차라리 쉽게 사람을 만들 수 있게 하는 것이 좋지 않겠습니까?"

"아니요. 그렇게 생각하지 않습니다. 뭐 하러 로봇이 인간을 그렇게까지 기를 쓰고 다시 만들려고 하겠습니까? 로봇이 할 일이 없습니까? 저는 사람이니까 사람이 굉장히 중요한 것 같아서, 로봇도 사람을 그리워해서 계속 사람을 만들어내고 싶어하고 사람과 상호작용을 하고 싶어한다고 막연히 생각한 적이 있었습니다. 사람을 만든다는 것이 아주 중대하고 큰일인 것처럼 생각하기 쉬우니까요. 하지만 그것은 그냥 사람으로서 제 관점일 뿐임을 저는 알고 있습니다. 로봇과 컴퓨터들이 그렇게 사람을 만들어낸다든가 만다든가 하는 일을 심각하게 생각하고 매달릴 이유가 없다고 생각합니다."

로봇은 내 말을 듣고 한 번 웃는 소리를 냈다. 로봇이 말했다.

"그렇다면 반대로 굳이 이렇게까지 인간 유전체를 다 불태워 없애서 파괴할 필요도 없는 것 아닙니까? 먼 미래에 지구에 외계인이 찾아오기라도 한다면 한때 있었던 사람이라는 것들은 이랬다는 것을 보여주기 위해서라도 인간 유전체 정보는 갖고 있어야 하는 것 아닙니까?"

"그래도 저는 결단을 내립니다. 저는 이제 더 이상은 사람을 만들어내지 말라는 확실한 제 의지를 보여주기 위해서 이 인간 유전체를 써놓은 책들을 불태울 겁니다."

말을 마쳤을 때 나는 약간 떨고 있었다. 로봇은 나에게 가까이 다가오더니 내 손을 붙잡았다.

"사람님은 로봇과 컴퓨터 들이 작심하고 사람을 속이려고 작정한다면 이 모든 일이 부질없다는 것을 알고 차라리 컴퓨터들을 믿으셔야 합니다. 사람님은 지금 인간 유전체를 모두 삭제하고 책을 다 불태운다고 하고 계십니다. 하지만, 만약에 정말로 꼭 인간 유전체가 필요한 때가 온다면 컴퓨터는 사람님이 세상을 떠나신 후에 그 시체에서 몰래 DNA를 뽑아내서 쓸 것입니다. 어딘가에 떨어져 있는 사람님의 머리카

락을 수집하거나 그 속에서 DNA를 뽑아내는 방식을 쓰거나, 무덤 속이나 표본실에 보관되어 있는 다른 옛사람들의 흔적에서 DNA를 뽑아내도 컴퓨터는 인간 유전체를 확보할 수 있습니다."

로봇은 내 손에 조금 더 힘을 주었다.

"하물며 방금 제가 서버에서 모든 인간 유전체 정보를 삭제했다고 말씀드렸지만, 그 삭제했다는 말 자체가 거짓말일 수도 있지 않습니까? 사람님이 눈으로 서버의 광자기 저장판을 봐도 정말 삭제되었는지 안 되었는지 구분할 수는 없을 겁니다. 게다가 백업 서버들은 세계 곳곳에 널려 있습니다. 그 많은 백업 서버가 전부 다 삭제되었는지 비행기 타고 다니면서 언제 다 확인하실 수 있겠습니까? 삭제되었다는 것 자체도 컴퓨터가 해준 말을 믿는 것뿐 아닙니까?"

로봇이 붙잡은 손은 따뜻하게 느껴졌다.

"이렇게 사람 유전체 자료를 모두 삭제해서 없애겠다고 결단을 내리시는 것보다, 그저 더 이상 사람을 만들지 말라고 컴퓨터에게 명령을 내리시고 그것을 믿기만 하셔도 되지 않겠습니까?"

로봇은 내 얼굴을 가만히 들여다보았다.

"사람이 사람을 더 이상 만들어내지 못하도록 지시하고 있는데, 로봇이 그것을 말리는 장면은 이상하지 않습니까?"

결국 나는 거기서 멈추고 말았다.

나는 인구청 밖으로 걸어 나왔다. 인구청에서는 기념 삼아 커다란 종이 상자에 딱성냥을 담아주었다.

멀리서 자동자동차가 다가와 나에게 말했다.

"오늘도 결단 내리는 일을 아주 끝까지 하지는 못하셨다면서요?"

나는 고개만 끄덕였다. 그리고 종이 상자를 내 옆에 내려 놓았다. 얼마 후 건물 문 앞을 지키고 있던 고양이 한 마리가 이쪽으로 다가와 종이 상자 속으로 들어가서 자리를 잡고 웅크리고 앉았다.

문득 나는 고양이처럼 되고 싶다고 말하던 사람들이 예전에 있었다는 이야기가 기억났다.

빵 좋아하는
악당들의
행성

작가의 말

이 책은 〈환상문학웹진 거울〉이라는 인터넷 사이트에 올렸던 소설들을 모은 것이다.

거울이라는 웹사이트는 단편소설이 주로 올라오는 곳인데, 웹진이라는 이름을 달고 있기는 하지만, 매달 꼭 글을 써야 하는 필진도 없고 원고료를 받으며 글을 쓰는 사람도 없으며, 기사 구성이나 지면 정책도 빡빡하지 않은 지면이다. 그렇다고 해서 광고를 유치한다거나 커뮤니티 활동으로 공동구매 사업을 하는 등의 활동을 특별히 활발히 하는 편도 아니다. 처음 이 사이트가 시작되었을 무렵에는 언젠가 그런 식으로 규모를 키워나가겠다는 구상도 없지는 않았던 것 같다. 그렇지만, 큰 욕심 없이 그저 작가들이 꼬박꼬박 단편소설들을 가볍게 올리는 정도가 가장 중요한 활동으로 자리 잡으면서 글 올리는 게시판이 몇 개 정도 모여 있는 간단한 곳으로 거울은 서서히 굳어지게 된 것 같다.

그리고 19년의 세월이 지났다.

그 시간 동안, 세상에는 수많은 웹진, 차세대 매체, 융복합 콘텐츠 플랫폼, 오픈 리터러처 메타버스 등이 등장했다가 망했다. 그렇게 망해서 없어진 곳 중에는 야심차게 많은 투자를 받으며 등장해 이름 높은 작가들을 여럿 끌어들이면서 거창하게 시작했던 곳도 있었고, 첨단 기술을 이용해 완전히 새로운 사용자 경험을 제공하겠다면서 멋진 모습을 보여준 곳도 있었다. 그런데, 그것들이 거의 다 망해 없어질 정도로 긴 시간 동안, 아무 신기술도 없고 아무런 화려한 활동도 하지 않던 거울은 살아남았다. 거울은 그냥 작가들이 글을 올리고, 그 글을 독자들이 읽는 것이 전부인 곳이고, 많이 읽히는 글이라고 하더라도 조회수가 1천을 넘기는 때가 드물다. 그런데도 거울은 가장 가볍고 조용한 상태로 가장 끈질긴 매체가 되어 지금까지도 꾸준히 버티고 있다.

15년 전인가, 16년 전쯤인가에, 박애진 작가님이 '거울은 돈을 벌지 못하기 때문에 오히려 오래간다'는 말씀을 하신 적이 있었다. 처음에는 그 말씀이 얼른 이해가 가지 않았다. '돈 못 벌면 금방 망하는 거 아닌가?' 하는 생각이 먼저 들 뿐이었다. 그러나 이제 나는 그게 무슨 말인지 이해가 간다. 애초에 대단한 성공이나 엄청난 성과를 거두는 것이 목표가 아니었기 때문에, 오히려 꾸준히 유지되기만 하면 그것만으로 목표 달성이 되어 계속 이어질 수가 있다. 나는 이런 이치가 인생의 교훈이 될 수도 있다고 생각한다.

게다가 그냥 이어지기만 하는 것도 아니다. 요즘 거울은 한국 SF 문화의 성장에 따라 아주 조금씩이지만 올라오는 단편의 수도 늘어나고 있고, 무엇인가 천천히 발전해나가고 있다는 느낌도 든다. 돌아보면, 한국문학 역사에, 혹은 한국 인터넷 역사에 이런 식으로 20년 가까이 이어진 매체가 얼마나 있었나 싶다는 생각도 든다. 희귀한 일이고, 놀라운 일이고, 신기한 일이다.

나는 거울에 2005년 합류했다. 그때만 하더라도 거울을 시작하신 박애진, 최지혜 작가님을 비롯해, 김보영 작가님이라든가 김이환 작가님처럼 종래에 활발히 활동하던 훌륭한 작가님들이 계셨고, 나는 이제 막 글을 쓰기 시작한 초보자라는 느낌으로 글을 썼다. 어떻게 생각할지 모르겠지만, 사실 아직도 나는 거울에 글을 올릴 때마다 왜인지 그 비슷한 느낌을 받는다. 그러나 뭘 어쩌다가 이렇게까지 시간이 많이 지났는지 벌써 2022년이 되었고, 그렇게 내가 초보자 느낌으로 하나둘 써 올린 소설이 어느새 총 백오십 편 이상 쌓이게 되었다. 그러는 동안 내가 쓴 단편소설이 책으로 묶여 나온 것도 일곱 차례쯤 되어, 이번이 여덟 번째 단편집인가 그렇다.

이 책에 실린 소설들은 2018년에서 2021년 사이에 거울을 통해서 처음 공개되었던 이야기들이다.

거울에 올리는 소설은 특별히 많은 조회수가 나올 것을 생각하며 쓰는 글도 아니고, 원고료를 받고 그에 대한 대가로 쓰는 글도 아니다. 즉, 댓글 반응이나 판매 현황을 보면서 글을 어떻게 써야 잘 팔린다는 닦달을 받으며 쓰게 되는 글과 아주 거리가 멀다는 뜻이다. 또한 심사위원 마음에 들어보겠다고 고민하면서 공모전을 위해 쓴 글도 아니고, 대단한 문학적 야심으로 힘겨운 고뇌 끝에 쓴 글도 아니다. 하물며 '그때 그 글 재미있었는데 그런 느낌을 좀 더 담아달라' '글에 통찰력을 담아주면 좋겠다' '좀 더 인사이트 있는 글로 고쳐달라' 같은 뜻을 알 수 없는 말에 시달리며 글을 고치고, 또 고치고, 시키라는 대로 마음 비우고 다 고쳐줬는데도, 클라이언트가 작가님으로부터 원했던 그 첫 의도와는 조금 다르니 처음부터 다시 써달라고 하는 말에 응해가면서 쓰게 되는 그런 글도 여기에 포함되어 있지 않다.

거울에 내가 올린 소설들은 그저 쓰고 싶은 이야기를 부담 없이 써간 이야기들이다. 가장 내가 쓰고 싶은 이야기를 마음 가는 대로 정성스럽게 쓴 글이라고 볼 수도 있겠다. 그런 점 덕택에 다른 곳에서 쓰는 소설에서는 맛보기 어려운 재미를 이끌어내는 때도 있지 않나 생각한다.

각각의 소설에 대해 짧은 설명을 덧붙이면 다음과 같다.

빵 좋아하는 악당들의 행성

2020년 1월 겨울에 올린 글이다. 이 소설에 얽힌 이야기를 모두 다 밝히자면 별 재미도 없는 사연이 구구하게 길기만 하다. 결정적인 대목만 밝혀보자면, 내가 무엇이든 세상에 도움이 되는 착한 일을 한 가지 하고 싶어서 어떤 일을 하면 좋을까 고민을 하고 있을 때, SNS에서 한 분이 헌혈을 홍보하는 소설을 하나 써주면 어떻겠냐는 제안을 해주시길래 그것을 실행에 옮겨본 결과다.

이상한 녹정 이야기

2020년 11월 겨울에 올린 소설이다. 나는 내가 조사한 한국의 옛 괴물 전설을 소재로 소설을 쓸 때에는 '이상한 무슨 괴물 이야기'라는 제목을 붙이곤 한다. 단행본으로 따로 나온 《이상한 용손 이야기》도 그 사례다. 그러므로 이 소설 역시 녹정이라고 하는 한국의 괴물 전설을 소재로 활용해서 쓴 글이다. 이 소설은 2021년 서울국제작가축제에 출품된 소설이기도 한데, 그 덕택에 내 소설 중에 처음으로 영어로 번

역되기도 했다. 행사에서 내 대담 상대였던 켄 리우 작가님께
서 이 소설을 읽어보시고 굉장히 재미있어서 부인에게 추천
하기도 했다고 이야기해주셨다. 뿌듯한 추억이다.

시간여행문

현재 과학자들이 말하고 있는 가장 그럴듯한 시간여행
방법은 웜홀을 이용하는 것이다. 그런데 웜홀을 이용한 시간
여행으로 여행할 수 있는 시간은 그 웜홀 장치를 가동시킨 그
때 이후다. 이런 이론이 의외로 SF 독자들 사이에도 별로 많
이 안 알려져 있는 것 같기에, 그 내용을 소재로 부각시킨 이
야기를 하나 꾸며본 것이 이 소설이다. 2019년 11월 거울에
올렸다.

신들의 황혼이라고 마술사는 말했다

자신이 누군가가 만들어놓은 가상현실 속 등장인물일 뿐
이고, 나 자신을 비롯한 내 주변의 모든 것은 그 누군가가 만
들어 움직이는 조작일 뿐이라는 소재는 SF에서 자주 사용된
다. 그 사실을 반전으로 근사하게 드러내는 소설 몇 편이 특
히 유명한 편이기도 하다. 그런데 나는 그 사실을 알게 된 이
후에 등장인물들이 어떻게 행동하는지, 그 상황에서 어떤 행
동이 가능한지를 상상해보는 것을 더욱더 재미있어한다. 이

소설은 거기에 내가 도전해본 소설이다. 2020년 3월 겨울에 올린 글로, 고등과학원의 2020년 초학제연구 프로젝트 〈실제의 문제〉 연구 세미나에 주제 소설로 선정되어 훌륭한 학자들과 토론하는 기쁜 기회를 준 글이기도 하다.

슈퍼 사이버 펑크 120분

나는 SNS에서 영화라는 것은 멋진 영상을 보여줄 핑계를 잘 만들어서 그냥 그에 맞춰 장면을 늘어놓기만 해도 좋다고 주장한 적이 있다. 그래서 심하게 말해보자면, 훌륭한 배우가 그냥 관공서 인터넷 사이트에서 헤매는 장면만 2시간 동안 보여주어도 볼 만한 것이 나온다고 이야기했다. 이 소설은 그 주장을 소설로 꾸며본 것이다. 그래서인지 SNS에서 반응이 좋았다. 2021년 1월 겨울에 올린 글이다.

판단

2019년 12월 겨울에 올린 소설이다. 사무실이 많은 직장 근처 거리를 점심 때 걷다가 어느 회사의 한 직장 상사가 다른 직원에게 하는 이야기를 잠깐 듣게 되었다. 그런데 그 대화 속에, 정말 그 주위를 걷던 직장인들 중 절반은 대화에 끼어들어 따지고 싶을 만큼 욱하는 내용들이 많았다. 그 느낌을 수첩에 잘 메모해두었다가, 소설로 꾸며보았다.

차세대 대형 로봇 플랫폼 구축 사업

2020년 9월 거울에 올린 글이다. 첨단기술 분야의 일이나 과학 연구라고 하면 대단히 영리한 사람들이 하는 작업일 듯하니 모든 일이 매끄럽게 굴러갈 것 같다는 환상이 생길 수도 있다. 그러나 사실 따져보면 다 그냥 평범한 사람들이 모여서 하는 일이고, 그런 만큼 그렇게 일이 쉽게 풀리지만은 않는다. 그럴 때 받는 답답한 느낌은 다른 직장 생활의 고민거리들과 크게 다르지 않다. 이 글은 그런 식으로 직장 생활하면서 꼬이는 느낌을 소설로 만들어본 것이다. 실제로 직장 생활 중에 직접 목격하게 되는 일은 이 소설의 일보다 오히려 더 황당한 일도 많을 텐데, 너무 황당한 일만 벌어지면 소설에서는 실감 나는 느낌을 주기가 어렵기에 도리어 적당히 수위를 조절하게 되기 마련이다.

멋쟁이 곽 상사

이 소설을 다 쓰고 주인공의 성을 뭘로 할까 싶어서, SNS에서 설문조사를 해보았다. 가장 흔한 성씨인 김, 이, 박과 함께 곽씨를 같이 보기에 넣어 조사했는데, 조사하고 보니 다른 성씨에 비해 곽씨만 너무 튀는 것 같아, 나중에 곽씨와 비슷한 정도로 흔한 강씨, 양씨 등을 보기에 넣어 다시 조사를 해보았다. 두 조사에서 모두 곽씨가 가장 많은 표를 넣어 주인

공을 '곽 상사'라고 부르기로 했다. 그런데 아무래도 작가인 내가 곽씨이다 보니 별 이유가 없어도 투표가 한쪽으로 쏠리는 효과가 있었던 것 같다. 잘못된 투표이고, 그래서 잘못 선정된 등장인물 이름이라고 생각하고 있다. 2019년 7월 거울에 올린 글이다.

기억 밖으로 도주하기

2018년 1월 거울에 올린 글이다. 어느 날 밤 꿈을 꾸었는데, 꿈 내용이 굉장히 기괴하고 이상하고 대단히 재미있었다. 꿈에서 깬 나는 그 내용을 소설로 옮겨도 재미있을 거라고 생각하고 기억이 흩어지기 전에 재빨리 열심히 메모해두었다. 그런데 꿈에서 하늘을 날 수 있게 되거나, 꿈에서 큰돈을 벌게 되는 것이 사실이 아니듯이, 꿈속에서 재미있고 신기한 느낌을 느낀다는 것조차도 사실이 아니라 꿈의 일부로서 느끼게 되는 꿈속 느낌일 뿐이었다. 그래서 막상 찬찬히 따져보니 크게 재미있는 내용은 아니었다. 그래도 아쉬워서 그 이야기를 소설로 꾸며보았는데, 놀라운 순간이랍시고 집어넣은 결말은 지금도 좀 마음에 들지 않는다.

지상 최후의 사람일까요

2019년 2월 겨울에 올린 글이다. 한국과 서울의 상징을 만들겠다는 사람들에 의해 광화문 앞의 모양은 무척 자주 바뀌어갔던 것 같다. 앞으로는 또 어떻게 바뀔지 모르겠다. 과연 먼 미래, 세상의 끄트머리 즈음에 이르면 그게 다 어떤 느낌일까 싶어 생각해본 이야기로 출발한 것이 이 소설이었다. 그런데 소설을 쓰기 위해 좀 더 궁리하다 보니 이야기의 초점이 좀 바뀌어서 결과는 이런 식으로 완성되었다.

*

끝으로 좋은 소설을 쓰기 위한 태도라든가 문학에서 중요한 것이 무엇이라는 깨달음을 얻었다는 식으로 마무리를 하면 좋을 텐데, 당장 2주 후까지 소설 한 편을 다 써야 하는 지금 처지에 그런 주제에 대해서 내가 무슨 말을 해야 할지 모르겠다. 문학에 대해 무슨 좋은 수가 있다면, 독자께서 공유해주신다면 언제나 기꺼이 읽도록 하겠다.

지금 내 머릿속에 가득한 것은, 이 책을 마무리하고 있는 현재 쓰고 있는 새로운 소설도 부디 그럭저럭 읽을 만한 수준으로라도 완성될 수 있기를 기원하는 마음뿐이다. 그러니 '작가의 말'에서는 책을 읽은 독자께서 앞두고 계신 일도 미래의 내 소설과 같이 잘 풀려나가기를 한마음으로 기원하고자 한다. 어느 시간, 어느 공간에서 이 책을 접하시건 오늘 이곳의 이러한 내 마음은 진심이라는 이야기도 덧붙인다.

2022년, 목동에서

빵 좋아하는 악당들의 행성 🪐

1판 1쇄 발행 2022년 3월 30일 **1판 2쇄 발행** 2022년 9월 26일

지은이 곽재식
펴낸이 고세규
편집 박규민 **디자인** 홍세연
마케팅 이헌영 **홍보** 이혜진

발행처 김영사
주소 경기도 파주시 문발로 197(문발동) 우편번호10881
등록 1979년 5월 17일(제406-2003-036호)
구입 문의 전화 031)955-3100 **팩스** 031)955-3111
편집부 전화 02)3668-3290 **팩스** 02)745-4827 **전자우편** literature@gimmyoung.com
비채 카페 cafe.naver.com/vichebooks **인스타그램** @drviche **카카오톡** @비채책
트위터 @vichebook **페이스북** facebook.com/vichebook
ISBN 978-89-349-7510-6 03810 책값은 뒤표지에 있습니다.

비채는 김영사의 문학 브랜드입니다.